1916年，少年林徽因在北京

中学时代的林徽因（右一）与表姐们

1920年，林徽因在伦敦

青年梁思成

1922年，林徽因在伦敦

青年林徽因

1928年3月，林徽因身着自己设计的礼服与梁思成在加拿大渥太华结婚

1929年，梁思成、林徽因夫妇与女儿宝宝、林母在沈阳

1930年，林徽因在北平

20世纪30年代的梁思成、林徽因夫妇

1932 年，林徽因与女儿梁再冰

林徽因与一双儿女

1934 年，梁思成、林徽因夫妇在考察山西民居的路上

林徽因与梁思成在天坛祈年殿上

1938年，梁思成全家与朋友们在昆明西山华亭寺（左起：周培源、梁思成、陈岱孙、林徽因、梁再冰、金岳霖、吴有训、梁从诫）

1943年，林徽因在四川李庄家中的病榻上

1946 年，林徽因在昆明

20 世纪 50 年代初的梁思成、林徽因夫妇

梁思成、林徽因及他们的女儿梁再冰

林徽因与病中的梁思成讨论国徽设计方案

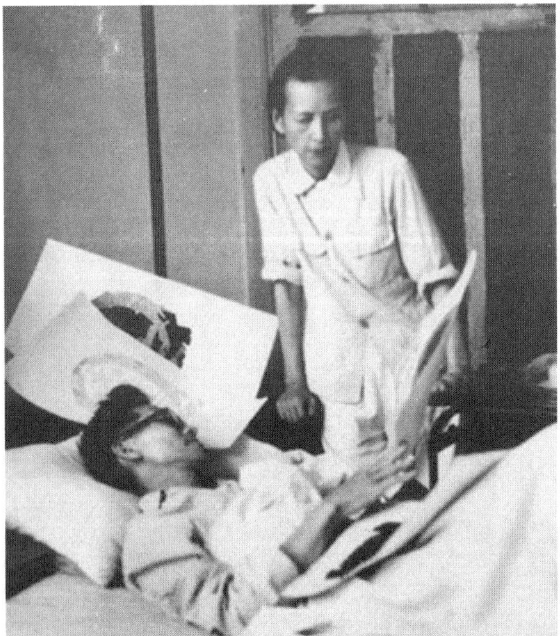

民国爱情传奇

金玉良缘

梁思成与林徽因

黄志能／著

山西出版传媒集团
北岳文艺出版社
BEIYUE LITERATURE & ART PUBLISHING HOUSE

图书在版编目（CIP）数据

金玉良缘：梁思成与林徽因 / 黄志能著 . — 太原：北岳文艺出版社，2014.12

ISBN 978-7-5378-4348-5

Ⅰ . ①金… Ⅱ . ①黄… Ⅲ . ①长篇小说 – 中国 – 当代 Ⅳ . ① I247.5

中国版本图书馆 CIP 数据核字（2014）第 300928 号

书　　名	金玉良缘：梁思成与林徽因
著　　者	黄志能
责任编辑	张　丽
设计制作	鸿儒文轩
出版发行	山西出版传媒集团·北岳文艺出版社
地　　址	山西省太原市并州南路 57 号
邮　　编	030012
电　　话	0351–5628696（太原发行部） 010–57571328（北京发行部） 0351–5628688（总编室）
传　　真	0351–5628680　010–57571328
网　　址	http://www.bywy.com
E–mail	bywycbs@163.com
印刷装订	三河市华东印刷有限公司
开　　本	787 × 1092　1/16
字　　数	234 千字
印　　张	17.75
版　　次	2014 年 12 月第 1 版
印　　次	2020 年 10 月河北第 3 次印刷
书　　号	ISBN 978-7-5378-4348-5
定　　价	35.00 元

前言

民国，一段沾染着古风又新潮时尚的时光，就如一片广袤的沃土，养育出了众多才情女子与风流男子，演绎出一场场风花雪月与柴米油盐共存的剧目。

这个年代，不如今天的城市光鲜亮丽，不如现在的生活五光十色，那已逝去的几十年时光，在历史溪流的静静冲刷下，反而愈发纯净透亮。它不光鲜亮丽，但质朴本真；它不五光十色，但生机勃勃；它不日新月异，但人们对爱情和理想的追求却执着而历久弥新。

我国建筑史上的那一对璧人，梁思成与林徽因的故事便在这期间闪耀着光芒，照亮了一个时代。他们的爱情故事被人们久久传诵，他们对建筑事业的追求让人们心生敬仰。

“清水出芙蓉，天然去雕饰。”在梁思成出生之初，一代革命伟人梁启超只是希望他的长子能做一个清清白白的人，这只是父亲对儿子最朴实平凡的期望，似乎别无他求。际遇却注定让梁思成被后人永远铭记。他沉稳内敛、气度不凡，他对中国建筑的研究与贡献持续一生，是中国建筑史上第一人，是新中国城市规划的推动者，被英国著名学者李约瑟誉为“中国建筑历史的宗师”。

“答案很长，我准备用一生的时间来回答，你准备要听了吗？”当民国才女林徽因说出这句话的时候，相信没有人会不为她倾倒。就这样简约的一句话感染了无数后来人，被人们不断传颂，而林徽因更是成为几代人的梦中情人。她有智慧、有才情、有梦想、有主见，她可刚可柔、能屈能伸、享得了富贵受得住贫穷，她有着出众的才华、倾城的样貌、精明的处世，被胡适誉为“中国一代才女”。

梁思成、林徽因，两人的名字同样光芒万丈，因彼此而更加传奇。

林徽因，出生于江南小城的旧式封建家庭，父亲留洋，母亲却并不受宠，伴着江南的朦胧烟雨与封建大家的恩宠而成长，从小懂事又早熟，很受父亲的喜爱。她天资聪颖，酷爱戏剧，也专门学过舞台设计，却是梁思成的同行，表面上只是他的得力协作者，实际却是梁思成灵感的来源、是炽热的激情、是无限创作的支柱、是灵魂深处的明灯。而梁思成出生于名门，从小就接受父亲传统文化的教育和日本文化的熏陶。他勤奋踏实，心思细腻，潜心于建筑研究之中，之于林徽因他不仅是其前行的物质依赖，更是她精神的坚实依靠，是永恒的温暖来源，是迷失后的停泊港湾，是随时都可以停靠的宽广海岸。

这对郎才女貌的伉俪，倘若生在今天也许就此幸福平静地携手一生，历史的墙壁上就会少了一段瑰丽传奇的故事。

在战事频发、民生凋敝的民国，梁思成与林徽因无可避免地随着这个大时代跌宕起伏。事业的取舍、生活的困顿、情感的波折，他们都一一经历。创办东北大学建筑系，加盟建筑研究机构营造学社，奔走考察于各式古代建筑之间，颠沛流离在战火纷飞的逃亡路上，还好他们最终为中国建筑留下了弥足珍贵的资料，还好他们还能相濡以沫地回到故土重新生活工作。一切都还好，因为他们遇到了对方。

两人的故事成为一个时代幸福的标志，他们的情感生活美得像一个春天的童话，幸福而浪漫，即使是奔走逃亡在那个战火纷飞的年代。他们经历过繁华，也曾经一贫如洗；一度被人众星捧月般包围，高高在上，也曾经逃亡在穷乡僻壤，疾病缠身，无以为生。

他们在婚前既笃于西方式的爱情生活，又遵从父母之命结秦晋之好；婚后不仅曾一起历经动荡的苦楚，也曾在婚姻中找到志同道合的伴侣。他们的结合是珠联璧合，是一段金玉良缘；他们的爱情是志同道合，是一生相濡以沫。对于订婚之初，梁思成“为什么是我”的疑问，且看林徽因如何用一生来回答！

目录 \ contents

金玉良缘：梁思成与林徽因

第一卷

人生若只如初见

林家有女初成长 003

名门之后梁思成 010

惊鸿一瞥定情缘 018

康桥的浪漫初恋 023

第二卷

自古佳人多烦忧

不带走一片云彩 033

故人的再次拜访 046

林家顶梁柱倒塌 054

美国求学见真情 063

新月诗社三人行 070

第三卷

志同道合执子手

聪慧女子的选择 089
东北执教夜夜心 104
北平古建增情意 118
晋汾佛光添知音 131

第四卷

此情可待成追忆

客厅沙龙文人聚 143
噩耗传来惊心魄 154
遇见是劫亦是缘 163
情爱之事古难全 172
为建筑奔走远方 181

第五卷

山河破碎奔天涯

硝烟中与你同行 191

逃亡山远天高路 199

屋漏偏逢连夜雨 209

日暮乡关何处在 218

再见物是人已非 225

第六卷

天若有情天亦老

回归清华重新生 237

峥嵘岁月多坚持 244

莲花归寂引人叹 248

孤灯独照只身人 252

第一卷

人生若只如初见

人生若只如初见，何事秋风悲画扇。回眸一视，浮华尘世如过眼云烟般。最初的心动，记忆里的一颦一笑，一言一行，至今想来仍如春风拂面。那种怦然心动，似火焰热烈，燃起了无边的情意。

林家有女初成长

不是每个大家都出闺秀，不是每个名门都出才女。要成长为既有闺秀的贤惠隐忍，又有才女的不凡见解的女子，更是难能可贵。

林徽因做到了。

谁也说不清，怎样的家庭、怎样的教育才能造就如此优秀的一个女子，即便是读透了林徽因的成长史，谁也难以肯定地说，换作他人也可变得如此优秀！

一切只因她的与众不同，只因她就是林徽因。

1904 年 6 月 10 日，杭州的天气温暖而美好，西湖的莲花开得正盛。随着一声响亮的婴儿啼哭，林家院子里又迎来了一位可爱的小天使，如莲般纯净而祥和。她就是林徽因，一位旧式家族庶出的大小姐。

林家是个大家族，翻译过《茶花女》的文学家林纾，写出《与妻书》的林觉民都是林家的人。

徽因的祖父林孝恂，是光绪年间的进士，曾留学日本，参加过孙中山领导的革命运动。而徽因的父亲林长民也是时代的翘楚，曾两度留学东洋，投身辛亥革命，推行“宪制运动”，终身致力于公理与和平的推进。

生长在这样的家庭，既是林徽因的幸运所在，也有她的不幸之处。

幼年的林徽因和一群表姐妹住在祖父偌大的院子里，能得到良好教育的同时，来自族人的倾轧与磨难也成为她童年时期的必修课。

时间溜走的快慢，仿佛也分地域，在杭州这个潮湿而温暖的江南水乡，它仿佛会走得更快、更急。

很快，林徽因便已成长为五岁的小丫头，爱追着表姐妹们一起读书玩耍了。她的启蒙教育落在同住一起的大姑母身上，因为是大户人家，所以大姑母出嫁后依然常年住在娘家。差不多年纪的几个小女孩在一起，就像多颗晶莹的珍珠，有时候好得像一整串，有时候又闹得不可开交。大姑母显然很懂得对孩童的教育，总是任由她们打闹，并不干预。林徽因异母的弟弟林暄回忆说："林徽因生长在这个书香家庭，受到严格的教育。大姑母为人忠厚和蔼，对我们姊妹兄弟亲胜生母。"

在这个大家庭中，大姑母的豁达与学识明显弥补了林徽因母亲性格、文化方面的不足。林徽因从小便很有灵气，常被大姑母夸奖"她聪明灵秀"。一起读书的几个姐妹中，徽因年龄最小、最贪玩，上课的时候也不注意听讲，可是她却总是背书背得最快最好的。

父亲时常在外，只得留林徽因在祖父身边。她是个聪颖的女孩，因此也深得祖父、父亲的喜爱。平时，祖父总是会经常给她讲这样那样的故事。到六岁时，她已能为祖父代笔，给父亲写家信，成为祖父与父亲之间的通信员。

也是在这一年，林徽因迎来了人生中第一场"大病"。她出了水痘，按照杭州的说法，这叫出"水珠"。幼小的徽因期盼着有人能来后院看看她，不是因为感觉到孤独，只是希望有更多的人知道自己出了"水珠"。她喜欢"水珠"这个名字，也因着这个病而多了几分骄傲和神秘。后来，林徽因回忆说："当时我很喜欢那美丽的名字，忘却它是一种病，因而也觉到一种神秘的骄傲。只要人过我窗口问问出'水珠'么？我就感到一种荣耀。"这异乎寻常的感受，似乎早已显露出了她天性中那难以掩饰的艺术天赋。

此时，林徽因的天地有如祖父的庭院一般阳光灿烂，满院芬芳。

1909 年，林徽因的父亲林长民从日本早稻田大学留学取得政治经济学的学位毕业回国。随着林长民的升迁，林徽因一家由杭州搬到了上海。1912 年，他们又举家搬到了北京（在中华民国前期，北京称顺天府、京兆地方，1928 年之后改名为北平，1949 年成立新中国后，9 月 27 日更名为北京）。在那里，父亲在几届政府中升迁到很高的官职。但是很长一段时间，他仍然没有儿子来继承香火。林长民对女儿疼爱有加，对何氏却十分冷淡。

林徽因的生母何氏大名何雪媛，她来自浙江嘉兴的一个小镇，被认为是小镇西施。她的父亲是个小作坊主，家庭还算殷实，因为在家里排行最小，免不了有种老幺的任性，女红学得不甚到位，处理人际关系上也欠缺技巧。她是林长民的续弦。大太太叶氏与林长民是指腹为婚，感情不深，她过早病逝，没留下子嗣。可想而知，何雪媛嫁入林家的重要任务之一，就是传宗接代。

何雪媛生过一男两女，只有林徽因活了下来。在重男轻女的时代，她得不到婆婆的欢心几乎成了必然。更何况，女红、书法、诗词，她没一样能拿得出手，在出身大家闺秀的婆婆面前，她无疑是有些自卑的，也正因此她偶尔也想要表现，一不小心却也会露怯。

旧时妇女，庭院深深，家庭几乎就是她的全部天地，小范围内的不得志，已经足够给何雪媛致命的打击。可她又有苦说不出，她也努力了，生了儿子也生了女儿，但即便是她踮起双脚、伸长双臂，理想中的幸福却还是像枝上的红苹果，高高挂起，那么遥不可及。

旧时代，不孝有三，无后为大。结婚十年后，何雪媛迎来了一位“妹妹”，上海女子程桂林，林徽因叫她“二娘”。二娘其实也没有什么文化，但何雪媛不得不把丈夫分给程桂林。可叹的是，程桂林几乎把丈夫囫囵个抢了过去。

程桂林文化不高，但经过上海风尘的熏陶，乖巧伶俐想必是肯定的，再加上她年轻，能生养，一连生了几个儿子，在有着传统的重男轻女观念的林家，二娘和她的孩子们赢得了林长民的欢心，举家欢喜。偏偏林长民又是不懂掩盖自己情绪的人。他有个别号，叫“桂林一枝室主”，这一名字，显然是从“程桂林”三个字里化出来的。林长民住在“桂林一枝室”里，这里充满了快乐的喧闹，其乐融融。林徽因和何雪媛被撵到了后院，住在后边一个较小的院子里。从此，前院承欢，后院凄清。从此，何氏开始了被丈夫冷落的生活。

何氏长期被遗忘在冷僻的后院，生活孤单而落寞，脾气变得越来越坏。林徽因很小的时候就清楚，父亲不喜欢母亲。母亲经常背着人流眼泪，她的心也很苦。徽因只要去过前院，回来后就会被母亲数落。她数落前院也抱怨丈夫，一边哭一边感叹自己命苦。

何氏对林长民这第二个妾满怀嫉妒，多愁善感的林徽因被夹在中间，她对母亲愤怒的悄悄话表示同情，同时又爱她的父亲，她喜欢同父异母的弟弟妹妹，可是她讨厌他们在一起时那无尽的吵闹和苦恼。和母亲生活在冷清的后院，她常常感到悲伤和困惑。梁从诫这么说他的母亲林徽因：“她爱她的父亲，却恨他对自己母亲的无情；她爱自己的母亲，却又恨她不争气；她以长姊真挚的感情，爱着几个异母的弟妹，然而，那个半封建家庭中扭曲了的人际关系却在精神上深深地伤害过她。”

童年生活，对于林徽因来说，是阴天多过晴天。父亲和母亲在她的生命中划出了一道界限。父亲那边是晴天，明朗的，向上的，簇新的；母亲这边是雨天，阴郁的，沉寂的，钻心的。何雪媛的急脾气，恐怕多少也影响到了林徽因性格的养成。林徽因也是急脾气，心直、口快、耐不住。但环境的不如意，也让林徽因变得早熟。

林徽因的挚友费慰梅回忆说：“她的早熟使家中的亲戚把她当成一个成人而因此骗走了她的童年。”

也许，她的童年依然存在，只是这个童年却没有童心。

父亲的归来让她很是高兴，而她那敏捷、聪慧、多愁善感的性格也使父亲对她倍加喜爱。只有美好与阴暗有了对比，人才能更快地找到一种方法去接近美好，让现有的阴暗无限接近美好吧！林徽因的早熟，除了因为自身的聪慧与多愁善感，还由于父亲对自己的疼爱与对母亲的冷落，由于母亲终日的神情落寞与抱怨不堪，她幼小的心灵是有阴影的。虽然她深得父亲以及其他长辈的宠爱，但每次回到冷落的后院，面对母亲阴沉怨愤的神情，她不得不过早地体会世态的炎凉。

这些都真实地存在林徽因短暂的童年里，深深根植在她的记忆里。

时光荏苒，当林徽因长到十二岁时，已是落落大方的青葱少女。因为从小体弱多病，所以看上去比常人要瘦，却更显得亭亭玉立，纤细柔美，十足一个清秀美丽的大家闺秀。不仅如此，这个时候的她已经是一个聪明、有主见、能帮助料理家务的好帮手了。对于这样贴心的小棉袄，林长民没有任何理由不去喜爱，对这个女儿也更多了一些体贴和关心。林家人都说，徽因是父亲最喜爱的孩子。

林长民时常在外，偶有书信寄回家，林徽因会写回信。林长民写道：“知悉得汝两信，我心甚喜。儿读书进益，又驯良，知道理，我尤爱汝。闻娘娘往嘉兴，现已归否？趾趾闻甚可爱，尚有闹癖（脾）气否？望告我。”林徽因回信说：“本日寄一书当已到。我终日在家理医药，亦藉此偷闲也。天下事，玄黄未定，我又何去何从？念汝读书正是及时。蹉跎误了，亦爹爹之过。二娘病好，我当到津一作计。春深风候正暖，庭花丁香开过，牡丹本亦有两三葩向人作态，惜儿未来耳。葛雷武女儿前在六国饭店与汝见后时时念汝，昨归国我饯其父母，对我依依……”

字里行间，已经略脱掉了“孩子气”，有一种自觉的通明。

母亲失意，女儿自然要处处小心，虽然不比林黛玉进贾府那般敏感，但对人情和世事的洞察，却是不得不具备的生存技能。

夹在母亲和二娘之间，而父亲林长民则常年在外，因此，她常常还需要应对母亲和二娘之间的关系。那种人际处理上的压迫与纠结，纵使林徽因心胸豁达敞亮，想来也免不了受些不必要的夹板气。

祖父林孝恂去世后，林家搬到了天津。林长民在北京忙于政事，天津家里上下里外，两位母亲，几个弟妹，都需要十二三岁的林徽因打点照料，她俨然一个“民国探春”，被各种事情逼着，不想成熟也得早日成熟。在给父亲的一封信上，她曾这么批注：“二娘病不居医院，爹爹在京不放心，嘱吾日以快信报病情。时天苦热，桓病新愈，燕玉及恒则啼哭无常。尝至夜阑，犹不得睡。一夜月明，桓哭久，吾不忍听，起抱之，徘徊廊外一时许，桓始熟睡。乳媪粗心，任病孩久哭，思之可恨。”

半夜哄孩子的事，也得由这位大小姐亲自动手。父亲暂时不能担的，母亲担不起的，她来担。林徽因敏感而独立。

多年以后，当林徽因已经成为一位颇有名气的诗人，在她发表的某篇小说中，她描述了这样一个哀婉的故事：绣绣漂亮而乖巧，却生活在一个十分不幸的家庭，母亲没有文化，懦弱而狭隘，父亲又新娶了姨娘。新姨娘很受宠爱，为父亲生了很多小孩，绣绣每天都在父母不尽的争吵中度日、挣扎，没有温暖的亲情，只能在矛盾和仇恨之间生存，后来因为疾病而死去。

人说，我手写我心。这正是少女时期林徽因的心情，是她真实生活的一个缩影。小说结尾处她以“绣绣”的朋友“我”的口吻这样写：“我对绣绣的父母真是恨透了，恨不得要同他们说理，把我所看到各种的情形全盘不留地倾吐出来，叫他们醒悟，乃至于使他们悔过，却始终因自己年纪太小，他们情形太严重，拿不起力量，懦弱地抑制下来。但是当我咬着牙毒恨他们时，我偶然回头看到我的小朋友就坐在那里，眼睛无可奈何地向着一面，无目的愣着，忽然使我升起一种很奇怪的感觉。我悟到此刻在我看去无疑问的两个可憎可恨的人，却是那温柔和平的绣绣的父母。我很明白即使绣绣此刻也有点恨他们，但是缔结在绣绣温婉的心底的，对这两人到底仍是那不可思议的深爱！”

林徽因说：“早年的家庭战争已使我受到了永久的创伤。”在这样旧式家庭中成长的她，也曾感到苦不堪言吧！这“创伤”对她来说是如此刻骨铭心，甚至影响了她的一生。她只好用手中的笔，让这样的遭遇在小说中重现，以一个旁观者的姿态去体会其中的恨与爱，只有这样透彻的感悟后，才能暂时驱除心中的阴影，努力向阳生长。

其实，如若需要，“早熟”也是一种美。

名门之后梁思成

中国建筑业的发展日新月异，人们始终难以忘记中国建筑业的始祖梁思成当初是怎样来到这个世界，又是怎样被人引领走入这个奇妙的世界。这一切仿佛一块巨大的磁石，吸引着无数的目光。

你是水，终究会婉转绵延；你是山，总是流露出伟岸高深；你是漫漫岁月里沉淀的一杯苦茶，愈品愈香，浸润了无数人的心田。

文化只有渗透到了生命，才能得到永恒的延续，梁思成作为一代名人梁启超的长子，不负众望地继承了父亲的才干。作为名门之后，无疑梁思成是幸运的。

1898 年的夏天，连空气都躁动不安，腐朽的中国仿佛在等待一次久违的甘露，来增添生气。就在这个燥热的夏天，老师康有为与学生梁启超，为中国带来了一波更大的热浪，他们掀起了轰轰烈烈的戊戌变法帷幕。天真的他们期望着能够通过支持年轻的皇帝，引进新鲜的血液，实施激进的改革来拯救暮气沉沉的国家。然而，这也只是个想法而已。对于中国，变法并没有带来什么改变；对于变法领袖之一梁启超，却仿佛经历了一次地震，不得不开始迁徙流离。

随着变法由于保守的政变而以失败告终，梁启超也因此暂时离开了故土中国，流亡到了岛国日本。这一年，梁启超只是一个二十五岁的年轻人，朝气蓬勃，有着自己远大的理想和抱负，有着一身饱满的精力和才学去释放、去展现。

然而，即使是新潮而时尚的变法领袖，在当时依然不能逃离家族安排的婚姻生活。他不到二十岁便早早地结了婚，妻子是一位比他大四岁的贵州女子，名叫李蕙仙。在这样一段看似不般配，也没有感情基础的婚姻中，两人婚后生活却十分和谐美好。作为丈夫的梁启超，立志要以探索和开拓更广阔的世界为目标与责任；而作为妻子的李蕙仙，虽然只是一个普通得不能再普通的女子，以至于她的其他情况很少有人知道，却也贤惠乖巧。1893 年，李蕙仙在广东生下了她和梁启超的第一个孩子——女儿梁思顺。

随着变法的失败，梁启超已经无法继续在中国安稳地生活下去。男人在哪里，家就在哪里。在梁启超到达日本后不久，妻子李蕙仙也带着五岁的可爱女儿来到了日本，和流亡中的丈夫梁启超团聚。

也许，人的一生不经历一番动荡，便不会了解平静生活的可贵；也或者生命本就是这样，总在漂泊与安定间摇摆。

经过了那些动荡不安的漂泊岁月，梁启超一家三口终于在日本团聚，一家人的生活过得也舒心而安定，女儿梁思顺乖巧可爱，那逗人的小模样让初为人父的梁启超时常觉得幸福不已。但在那样一个封建守旧的年代，即使是流亡在日本，家里也必须要有一位男性继承人来给家族传宗接代，这样的需要在当时的人看来是理所当然的。作为这一任务的执行者，李蕙仙的心里敞亮得如明镜一般，没有任何角落可供躲藏。

很快，作为标准好妻子的李蕙仙再一次怀孕了，这次，她生下了一个男孩。原本是件大喜事，却反而成了悲伤的故事，这个小小的男婴在生下来之后不久便夭折了，一家人的欣喜也落了空。

女人的生育年龄是有限的，随着年龄越来越大，李蕙仙怀孕的概率也越来越小。已经三十三岁的她，只给梁家又添过一个女儿。或许，李蕙仙的心中有太多的愧疚，也或许在当时的女人看来为家族传宗接代才是最大的使命。心里挣扎了一番后，这个识大体的女人还是给梁启超找了一个适合的、可以为他传宗接代的女子，当时梁家的一名女佣。

事情却往往在你预料不到的时候发生，坏消息如此，好消息也不例外地降临。当李蕙仙为梁启超纳妾后不久，李蕙仙便发现自己有了身孕，仿佛能感知似的，心中认定这就是个男孩，将来梁家的长子。

1901 年 4 月 20 日，梁家的气氛陡然热烈了起来，随着一声响亮的婴儿啼哭，梁思成在日本的首都东京降生，啼哭声响亮而持久，仿佛在向这个欣喜的家庭宣告着自己的不可取代。作为梁家人期盼已久的长子，梁思成似乎从呱呱坠地的那一刻开始，便承担着一种重大的责任。

虽然出生在东京，梁思成对东京却并没有什么记忆，他幼时的记忆从迁居到横滨时开始。那时，父亲梁启超担任《新民丛报》的主编，而梁家就安置在报社的二楼居住。在梁思成的记忆中，日本这个岛屿国家频发的地震给他留下了深刻的印象。后来，梁思成回忆说："日本地震很多，记忆中，居住的房子可怕地摇晃就有好多次。缠足的母亲上下楼梯很困难，每次地震总是女用人把我背下楼。有一天晚上，邻居家着火了，通红的火焰烤灼了天空，映红了窗子的玻璃，一瞬间抱起熟睡的我跑下楼梯的，还是女佣人。"对于那位女佣人在救他的过程中匆忙下楼的脚步声，即使是在六十年后，梁思成仍然记忆犹新。

除了地震带来的恐怖记忆，梁思成在日本的学习生活还是十分愉快的，在幼稚园他就曾有一位待他像姐姐一样亲切的老师。1964 年，梁思成在《追忆中的日本》一篇回忆文中写道："我上的是华侨经营的大同学校附属幼稚园，虽是华侨经营，老师却都是日本的女教师。她们就像母亲或姐姐一样亲切，对我们循循善诱，关爱备至。当淘气摔倒把膝盖蹭破时，老师就过来一边哄着不要哭，一边为我涂药包扎。伤口疼痛不能行走时，老师就抱着把我送回家。”

幼稚园后，梁思成继续在日本的华侨学校上学，接受学校教育的同时，中国传统的教育也在父亲梁启超的督促和影响下进行。自小，梁思成就开始攻读《左传》《史记》等古籍，对中国古文化有着良好的基础和浓厚的兴趣。

而此时的中国，在有了第一次变法失败后，人们改变了拯救中国的思路。革命的浪潮一波又一波，终于击垮了末代清朝的腐朽躯壳，清新的空气扑鼻而来。而与之重生的，不仅仅是中国，还有梁启超。因为这样的喜讯，意味着他不再需要继续过流亡国外的漂泊生活了。对于全家来说，这无疑是一个天大的好消息。

1911 年，辛亥革命的胜利推翻了清政权的统治，从此结束了中国两千多年来的封建帝制，中国历史也自此掀开了一个崭新的篇章。1912 年，归心似箭的梁启超带着全家回到了他魂牵梦萦的故土，这一年梁思成十一岁。

往事如风，将生平飞落如雪的悲苦尽数吹散开来，如同蝴蝶的翅膀掠过干涸的心海。无论时隔多久，故乡总是格外亲切。

1912 年，梁思成随父母回国。他们原本的家是在天津意大利的租界处，而当他们全家从日本回来以后，又有了第二所房子。那是一所西式风格的房子，由意大利的建筑师设计。这栋房屋足足有三层楼之多，比之前的老房子还要宽敞明亮，白色的石头艺术地组成了一垛垛的墙，隔开了一个个的屋子。整个家显得那样的洁净与清雅，就如同一个款款绅士，风度翩翩。

房屋最上面的两层是给梁启超做藏书室用的，下面一层则分布着卧室、大厅、餐厅，以及其他接待客人的客房和仆人的休息处。当然，最重要的还要数梁启超的书房。

他曾经给自己取了一个极具深意的名字——“饮冰老人”，以此来标明他的著作。由此而来，梁启超还在自己新书房的门上挂上了一块写有“饮冰室”的牌匾，每个见到它的人都感叹不已，“饮冰室”三个字真正是夺人眼球，不容忽视！

从天津迁居到北京，变动的不仅仅是住所，孩子们的生活也发生了很大变化。像梁启超这样有学识的家庭，传统的做法是让孩子们上私塾。但那个时候全家在日本，没有私塾。所以梁思成和他的弟弟，以及其他的兄弟们上的是当地的一个中文学校。

具有现代思想的父亲认定他的长子梁思成已经到了适合的年龄了，他必须要学习英语并准备将来在国际大环境中生活。有了这样的想法，自然地，梁思成进入了北京一所著名的英国学校，在那里度过了属于他的两年美好时光。

美好的时光总是过得格外快，回国的日子三秋如一日，眨眼间溜走。那个初回国时还有些战战兢兢的孩子，也已成为对周遭环境应对自如的小绅士。

1915 年秋天，梁思成顺利考入了清华学堂，成了中国政府公派留美预科班的一名学子。清华学堂最初是用美国给中国的庚子赔款创立的学校，这里不仅供给六年预科、两年本科，而且还为优秀的学生提供到美国深造的机会和奖学金。

学校里的课程和美国的高中课程十分相似，很注重英语和科学。但艺术、音乐和体育这样的副科也并没有被忽视。学校里有些美国教师，他们的教学全部都是用英文来进行。认真好学的梁思成在学术和艺术方面都有出色的表现。虽然他在绘画、着色和音乐方面并没有接受过专业训练，但他聪慧好学，在中学便学会了素描，这也对日后作为建筑师的他起到了相当大的作用。

进入学校后，梁思成很快便展现了自己的才华，并顺利进入了清华艺术俱乐部，成为大学年报《清华校刊》的艺术编辑，主要负责为刊物画一些整版的水墨画，偶尔还会插上几幅漫画。在年报的学生名单里，梁思成不仅被同学和老师称为艺术家和作家，更被赞扬“精通音乐”。至于体育，梁思成也不是弱者，强壮而健康的他，热爱着跑、跳、攀缘和体操，同学们经常可以看到他那飞奔的矫健身影。

他的老同学陈植先生回忆说：“在清华的八年中，思成兄显示出多方面的才能，善于钢笔画，构思简洁，用笔潇洒。曾担任清华年报1922年到1923年的美术编辑；他酷爱音乐，与其弟梁思永及黄自等四五人向张蔼贞女士学钢琴，他还向菲律宾人范鲁索学小提琴。在课余孜孜不倦地学奏两种乐器是相当艰苦的，他却引以为乐。约在1918年，清华成立管乐队，由荷兰人海门斯指挥，1919年思成兄任队长，他吹第一小号，亦擅长短笛……此外，思成还与同班的吴文藻、徐宗漱等四人，将威尔斯的《世界史纲》译成中文，由商务印书馆出版。”

梁启超担心孩子们在清华接受了西方文化而丢了国学。于是他在假期总是会为子女讲学，先讲《国学源流》，后讲《孟子》《墨子》等。后来，梁思成回忆说：“父亲的观点很明确，而且信心极强，似乎觉得全世界都应当同意他的观点。”

回国后，一切都显得那样顺其自然，一切都是那样美好，甚至让人心生嫉妒。似乎这一刻，梁思成成了上帝的宠儿，一切美好的东西他都有，虽然出身名门，但家庭幸福和睦；虽然曾辗转两国，但学业位居翘楚。

然而再完美无瑕，也还是会有疵点。于梁思成来说，唯一不足的就是这座清华学堂位于北京城西北边，路途的遥远让交通成了个大问题。固然，人力车和自行车是最快的，但是身为学生，这样的花销难免有些昂贵，支付不起。驴和驴车倒是能雇得到，但速度慢且不方便。尽管学校里装着电话，但那也只是个摆设，在平日里是不允许打的。于是，这些学校的学生同家人和朋友们的唯一联络方式就只剩下写信了。

对于梁思成来说，这段相对隔绝的时间，反而能让他更专注地接受清华的教育。清华八年的教育和梁启超的影响，对梁思成形成乐观开朗的性格、不断进取的精神、坚定的自信心、学术上严谨的作风、广泛的兴趣与爱好起了决定性的作用，并使梁思成成为一个炽热的爱国主义者。张锐老先生就曾用“自强不息”四个字来概括清华对梁思成的影响。

回忆起当年在清华求学的那几年，梁思成认为当时清华的教育水平还是偏低的，那些繁多啰唆的课程完全可以缩短为五年。因为他曾评价说：“我很感谢母校对我的培养，那时学校在生活上对我们管得很严，清华有不少达官阔佬的子弟，但是不管家里寄多少钱来，都由斋务处掌管，学生花钱要记账，周末交斋务处检查，乱花钱不记账要记过的。但另一方面，学校提倡各种社团活动，对培养学生的民主精神，对学生的全面发展很有好处。只是学制太长了些，我看不用八年，最多五年就够了。”

或许，梁思成的这种看法偏颇了些。但无论怎样，那个时候的梁思成已然是一位翩翩少年，他受到父亲的感染，接受着中西方文化的熏陶，周围的一切都在帮助他成为一个更优秀的、博学多才的男子。

所谓“诗酒趁年华”，人生在世，漫漫长路，也只有青春鼎盛之时人们才敢于拼尽全力去博览群书，淡定从容。新的世界，新的人物，新的知识，一切都充满了活力，召唤着你去汲取、去品尝，梁思成沉醉其间。

日子如流水倏然而过，彼时的梁思成，在为自己筑造一个梦，一个充满学识的梦，在梦里期盼着那属于自己的未来。

未来，会有什么变化，将会是什么样子。一切总有答案，揭晓只在于时间，也许十年，也许半载，也许就是弹指一挥间。

惊鸿一瞥定情缘

世间风情万种，每一天都有相遇，每一天都有离散，更多的是陌路擦肩。很多时候，我们都无法清楚地知道自己想要什么，直到懵懂多年，那不期然的一个眼神的相遇，成了令你心动的风景，突然确定那就是自己想要的，一辈子都想拥有。

于千万人之中抓住了你的眼神，于万家灯火中打开你的那扇窗，于起伏平仄的诗句中读懂你的韵，这就是缘，多少人一生寻求的缘。

也许，某一天，我们都会别离，道一声“后会有期”；也许，某一天，我们终将重逢，说一句“你还在这里”。管他呢，至少有过惊鸿一瞥也值得用一生去怀念了。

于梁思成和林徽因来说，他们是幸运的，他们遇见了。

在林徽因的舞台剧中，翻开童真的那一幕，新的篇章开始于她美好曼妙的十五岁。

十五岁的林徽因，纯净、优雅、娉婷。她有着安静时的恬静与典雅，亦有热情时的狂热与躁动。安静的时候，她喜欢自己一个人，喜欢沉醉在独处的美妙当中，静得如此宁谧，如此认真，甚至连她的血液也安静下来，静默无声，她的灵魂也是安静的，纯粹无物。那样的她，宛如婴儿般，在梦里寻找着一切的美好与纯净，让人不忍心去打扰，去惊动；而有些时候，她又是那么的不甘于寂寞，不甘于轻易地被人遗忘，她的血液里满是狂热和躁动不安的基因。

是啊，人世间的一切并不是如我们所想的那样简单明了。它是复杂的，复杂到有太多太多的东西我们还不了解，有太多太多的世界我们还没有看见。而这一切，都是那样真实地存在着，以它们特有的方式，存在着。

就像是彼时的林徽因，她有着与生俱来的优雅恬静，聪慧灵秀，也有着后天姑母对她的教育培养，这一切都为她日后的才情和韵致种下了美好的种子。

此时的林长民和梁启超，由于彼此志同道合，又常在一起谋事，已经是互相欣赏的非常要好的朋友。由于两人都在日本待过一段时间，后来又都在革命后的北京政府中任高级官吏，所以，让梁、林两家结为亲家的想法便在两位长辈的脑海里萌生了，这个想法似乎一拍即合。

林家有女初长成，梁家有子多才学。他们想用梁思成和林徽因的这段婚姻把两家的关系进一步联结在一起。

1919 年的某一天，对于其他人来说，也许平淡无奇，但是对于林徽因与梁思成来说，却是极不平常、甚至很有意义的一天。因为就在这一天，这对才子与佳人，在长辈的安排下，初次见面了。

回想那一年，梁思成十七岁，林徽因十五岁，少年拨动了心中的弦，莲花初次绽放了她的美。

那是他们的第一次见面。亭亭玉立但仍旧是稚气未脱的林徽因走进房来，她梳着两条油光光的辫子，明亮的双眸清澈有神，精致的五官更是衬托了她的娇美与含蓄。浅色的半袖短衫罩在长及膝盖的深色绸裙上，更多的是一份素雅与纯洁，是一位谁见了都会心生喜欢的女孩。

她安静的时候内敛沉稳，活泼的时候朝气蓬勃。当她翩然转身想要告辞时，飘逸模样宛如一个小仙子，就那样，带着她那淡淡的笑容，令春风失色，让百花汗颜。如同她的那首诗——《笑》：

笑的是她的眼睛，口唇，
和唇边浑圆的漩涡。
艳丽如同露珠，
朵朵的笑向
贝齿的闪光里躲。
那是笑——神的笑，美的笑：
水的映影，风的轻歌。

笑的是她惺忪的卷发，
散乱的挨着她的耳朵。
轻软如同花影，
痒痒的甜蜜
涌进了你的心窝。
那是笑——诗的笑，画的笑：
云的留痕，浪的柔波。

爱情是一场注定的潮水，而自己就是一叶随时等待靠岸的小舟。潮来潮去，随波逐流，载沉载浮，在劫难逃。同林徽因一样青涩懵懂，那时候的梁思成也只有十七岁而已。风度翩翩如他，年少气盛如他。那种强烈的优越感也因此油然而生：他有着一位受人敬重的父亲，有着良好的出身和家世，亦有着帅气的容貌。如此的他，身边自然也不会少了优秀漂亮的想要与他成为朋友的女孩，可是他却从没有对哪个女孩子真正动过心，或许只因那个能让他心跳加速的女子还没有出现！

而这一回，却是例外的。面对如仙子般的林徽因，他是真的动心了，他心里面一直等待的那个人终于到来了。想来这也难怪，像林徽因这般清新温柔的江南女孩，纯真自然，毫不做作，又有哪个情窦初开的男孩子能不喜欢呢？

而眼前出现的这个阳光帅气的大男孩，也让当时情愫懵懂的林徽因心灵为之一震。她不禁有些腼腆，甚至脸上泛起了红晕，就连行动也难免变得有点拘谨。在心仪男子的面前，似乎每一个心思细腻的女子都想把自己最完美的那一面展现出来，她们不想把自己的不足之处轻易暴露，哪怕是一点点的小失误，也会让自己懊恼半天。但毕竟这次见面是两位长辈安排的，林徽因大概也偶尔听到过自己父亲对于这个男孩子的谈论，或许也听到过这个男孩子的名字。

聪慧早熟如她，怎会不明白，这个人总有一天是要见到的，甚至或许还会和他喜结连理，共度一生。无论怎样，只要是家里人的意愿，她便会遵循。只不过，她没想到来得会这么快、这么突然，让她有些始料不及。

千百年来让那么多红颜才子纠结不已的情感，是如此剪不断、理还乱，是如此说不明、道不清。这奇妙的情感，还是发挥了它神奇的力量，终是将两个人牵连到了一起。关于风流倜傥的梁家公子和美若天仙的林家小姐第一次见面的其他情景，我们不得而知，但我们能确定的是，这一次的见面，二人都给对方留下了深刻的印象。或许，脑海中挥之不去的身影就注定了他们的生命必有交集。

尽管两位长辈希望这门亲事可以结成，尽管林长民早已在心中认定了青年才俊梁思成就是他的乘龙快婿，尽管梁启超对林徽因这样的儿媳也是中意的，但毕竟这两位父亲是有着先进思想的学者，他们是开明的，并没有落入俗套。他们深知儿女的婚姻大事还应该由他们来自由选择，自定婚姻，才会幸福，这才是他们所希望的。因此，梁启超和林长民也都决定先不向两个孩子透露他们的打算，顺其自然才是最佳的选择。

有人说，邂逅一个人，只需片刻；而爱上一个人，往往会是一生。

每个男孩都曾幻想过邂逅一个清纯女孩，渴望肩并肩行走的喜悦，渴望十指相扣的温暖。每个女孩都曾勾勒过一个阳光男孩，渴望背靠背谈论理想，渴望两眼相对间的细腻柔情。拥有也许短暂，却值得用一生去怀想，去回忆。

也许短暂相逢后的随即分开，并不意味着错过；也许刻骨铭心天荒地老，也并非完美。一切，只要有缘，自会再次相遇；只要有情，必会平淡相守。

康桥的浪漫初恋

女孩真正长大，总是需要一个仪式，一种或浪漫，或隐晦，或狂热的爱情，总是让女孩如破茧的蝶，蜕变得十分美丽。

没有谁的过去会是一片空白，再乏味的人生也会有各种故事将之填满。

之前的邂逅只是简单的遇见，林徽因的第一次心动不属于温暖的男子梁思成。她将这一次心中的悸动留在了那一场浪漫美丽的康桥之遇，心动只为了那个风流倜傥、才华横溢的男子徐志摩。

生逢乱世，动荡不安，自然也少不了如洪水般汹涌而来的一件件家国大事。当国联在第一次世界大战结束时创立，就像别处一样，中国也成立了国联协会。林徽因的父亲林长民就是国联协会的发起人之一，所以也是协会的总干事，公务的繁忙，让他为了国联的事务而常驻伦敦。

1920 年的夏天，林徽因第一次离开了故土中国，跟随父亲林长民一起前往远在重洋那边的英国。因为不想让自己再留有遗憾，所以这一次，林长民决定把这个心爱的女儿也带在自己身边。要知道，林徽因流利的英文使她本就敏捷的心思更增添了不少才气，带上这个女儿，不仅是个悦人的伴侣，更是个绝佳的助手。

林长民希望自己这一次和女儿林徽因一起出行，可以让她多看看外面的世界，长长见识，增加一下她的学识。而且更重要的是，通过这一次的英国远游，可以让林徽因看到西方的文明，不至于让她生活在中国文化这样小小的圈子里。塑造她中西兼备的眼光，这为林徽因后来的成长和对建筑的喜爱打下良好的基础。

林长民曾在给女儿林徽因的信中写道：

我此次远游携汝同行。第一要汝多观察诸国事物增长见识。第二要汝近我身边能领悟我的胸次怀抱……第三要汝暂时离去家庭烦琐生活，俾得扩大眼光，养成将来改良社会的见解与能力。

可见，林长民作为一位父亲的良苦用心。

而此时，林徽因作为一个不谙世事的少女，只沉浸在西方的自然美景和异国的文化里，似乎还并没有意识到这一次的重洋远游，会对自己的未来产生怎样重要的影响。她还不能未卜先知地知道在这个异国他乡，虽然只逗留了短短的时光，却会给她留下难以磨灭的浪漫忧伤的记忆。

就这样，父女二人登上了法国邮船，航行在广阔无边的大海上，激起了层层的白色浪花。第一次坐船的林徽因也与其他这个年纪的姑娘一样，难免有些好奇与兴奋。她纵目远眺，蔚蓝色的大海一望无际，湛蓝的色彩几乎与天空连成一片，分不出边界。天上白云悠悠地漂浮着，鸣叫着的海鸥在云朵里疾速穿行着。

他们乘坐邮船抵达法国，而后，她陪着父亲开始了长达四个月的旅行。他们一路走过了巴黎、日内瓦、罗马、法兰克福和柏林，在父亲身边，她充当着翻译和小女主人的角色，替父亲周到地接待着众多客人，陪同父亲参加各种社交活动。

林长民交游很广，来的客人大都是精英人物：著名史学家威尔斯、大小说家哈代、美女作家曼殊斐儿、新派文学理论家福斯特以及旅居欧洲的张奚若、陈西滢、吴经熊……这些人都是林长民家的常客，他们谈论的话题十分广泛，从文学、哲学到经济、社会科学等许多方面，引经据典，嬉笑怒骂。倘若将那时的谈话记录下来，我们或许会多读到一篇篇极妙的经典文章。

林徽因热情地招待着这些满腹经纶的客人，与此同时，年轻的她无疑是一个最好的倾听者，她专注地听着他们的谈话，汲取着其中的知识养分。几个月下来，她已在不知不觉中提升到一个新的层次。

和父亲在伦敦定居下来后，她进入St. Mary's College（圣玛莉女子学院）学习，在那里她习就了一口纯正的英文。许多年后，她甚至以一手漂亮的英文文章赢得了哈佛校长的女儿费慰梅由衷的赞赏。

离开充满母亲泪水和抱怨的封建大家庭，林徽因在伦敦的晨雾里成长得更加亭亭玉立了，标准典雅的瓜子脸，洁白盈润的肌肤，黑白分明的杏眼，浑身都充满着江南小女子的灵秀气质，被西方人赞赏称“漂亮如同瓷娃娃”。

或许林徽因从未想过，自己会来到千里之外的英国，也从未想过在这个异国他乡，自己会体会到初恋的美好与忧伤。梦一样的年纪，情窦初开便是他们的主旋律，少男少女的懵懂是如此的不安分，悸动的心在焦急地等待着，等待着那未知的爱情。可这爱情是如此让人琢磨不透。

林徽因十六岁了，而父亲总有着自己的交际活动需要忙碌，课余时间的林徽因难免觉得烦闷无聊了些，心里某些情绪与向往开始在心里潜滋暗长。她这样描述当时的生活：“我独自坐在一间顶大的书房里看雨，那是英国的不断的雨。我爸爸到瑞士国联开会去，我能在楼上嗅到顶下层楼下厨房里炸牛腰子同洋咸肉的味道。到晚上又是在顶大的饭厅里（点着一盏顶暗的灯）独自坐着（垂着两条不着地的腿同刚刚垂肩的发辫），一个人吃饭，一面咬着手指头哭——闷到实在不能不哭！”

就在这时，在这座浪漫朦胧的城市，她遇见了她的爱情，把这一生中最美好无瑕的初恋给了满腹才情的诗人徐志摩。这爱情是美妙的，是甜蜜的，可这爱情也是短暂的，遗憾的。

有人说，这个世界什么都古老，只有爱情才永远年轻。这一点，在浪漫诗人徐志摩的身上得到了最大的体现。

作为新月派的代表诗人，徐志摩最好的一首诗不是别的，而正是他自己的一生，是他那比诗歌还要诗情画意的一生。他曾说过一句既诗情又悲情的话：“我将于茫茫人海中访我唯一灵魂伴侣，得之，我幸；不得，我命。”

幸运的是，他找到了自己唯一的灵魂伴侣，那个人就是林徽因；而悲情的是，他哪里知道自己与林徽因终究是情深缘浅。

爱情是股纯洁的泉水，它从长着水芹和花草、充满沙砾的河床出发，在每次泛滥中改变性质和外形，或成小溪或成大河，最后奔流到汪洋大海中。在英国伦敦，林徽因偶遇了诗人徐志摩。这个如诗般的男子，是她第一个爱的人。在众多倾慕者中，她独恋上了徐志摩，只是他们的爱情像一场烟花，璀璨绽放过后只剩下一地碎屑。

徐志摩是林长民的朋友，出身于浙江海宁一个富商家庭，其父是当时著名大实业家徐申如。在家中，他有一个名叫张幼仪的妻子，是上海宝山巨富张润之的次女，已经替他生了一个活泼可爱的儿子。

他来到英国是为了投入哲学家罗素门下，然而遗憾的是，等他来到剑桥，罗素已经被学校除名。于是，失望的他经由小说家狄更生的介绍，进了剑桥大学皇家学院，研究西方文学。

1920 年 9 月，徐志摩从美国来到英国拜访林长民，为的就是想要结识狄更生先生。林长民是个交际和见识都极广的人，自然乐于引荐。随着两人交谈变深，很快便有了相见恨晚之感。之后，徐志摩便成了林长民家的常客，并很快认识了年仅十六岁的才女林徽因，这个让他爱慕终生并最终丢了性命的美丽女子。

林徽因第一次见徐志摩的时候，差点儿叫他“叔叔”，因为他是父亲的朋友。之后，他们便自然而然地熟悉了，徐志摩给林徽因介绍了许多书，雪莱、济慈、拜伦、曼殊斐儿和伍尔芙等，她都一一拜读了他们的作品，再见他时，他们便一起讨论书中的内容。

而对林徽因，徐志摩并不是一见钟情，而是随着了解加深而产生了感情，一发不可收拾。

坠入爱河的两人，会经常相携坐在壁炉前，尽情地畅聊。从伦敦冬季恼人的迷雾，谈到诗歌中的风雅景色描写，再谈到巴黎迷人的沿河风景。他们常常沿着康河岸边散步，午后的英伦有慵懒的阳光，淡淡落在他们肩头，他们聊某首诗、某部作品，评论的时候，她的眼里闪着亮亮的光。

这些谈话让徐志摩更加了解林徽因，他渐渐地感觉到，作为中学生的林徽因，不仅仅有着美丽的容颜，而且还学识广博，她读过很多书，对于西方文化更是有着自己明澈清新的独到见解。而更让徐志摩惊异的是，林徽因的表达能力极强，她那略带江南口音的普通话，以及纯正流利的牛津英语，让人听上去是那样的舒心。

他很惊讶于一个十六岁的少女会有如此犀利的见解，她的灵气打动了他。他终于发现，他作为一个诗人梦寐以求的东西——爱、自由和美，都在林徽因身上找到了。

才女林徽因让徐志摩深深地陷入其中，无法自拔。是的，林徽因的一举一动，一颦一笑，都吸引着徐志摩。随着二人见面的次数多了起来，谈心聊天的机会也就多了起来。他们从一个话题过渡到另一个话题，是那样的淡然。

或许连徐志摩自己也说不清楚，自己是从何时开始如此喜爱这个小姑娘的。是因为只有他才能从林徽因的眼睛里读到那种与生俱来的忧郁的时候？还是因为彼此在精神上的琴瑟和鸣？抑或仅仅是二人脾气相投，兴趣相同？他不知道，不过不管将来如何，他都确定了一点——林徽因是他徐志摩此生唯一的灵魂伴侣。

他喜欢林徽因那淡淡的秀眉，喜欢林徽因如湖水般清澈见底的眸子，喜欢林徽因似有似无的腼腆笑容，喜欢林徽因如百灵鸟般动听的声音，喜欢林徽因淡定自若的侃侃而谈……无论是什么，只要是关于林徽因的，他都喜欢。

是的，他爱上了林徽因。

对于林徽因的爱，是潜藏在灵魂深处的灵性苏醒了的表现，是徐志摩一生追求真爱的最高形式，真挚美好，不可亵渎。

他们都是热爱诗歌的，热爱诗歌里的情，热爱诗歌里的意。那一首首情丝含蓄、娟美秀丽的诗，总是能激起彼此那颗不安分的诗意之心。林徽因空灵的艺术感和独树一帜的见解，常常能激发出徐志摩写诗的灵感。林徽因打开了徐志摩内心的炽热与激情，触动了他那颗诗意般的心。

此时的一草一木，一石一鸟，对于感受到爱情美好的徐志摩来说，都是那样的诗情画意。康桥那多情的柔波中，橙黄色的影子影影绰绰，轻盈而柔情，点点滴滴，宛如烟气一般从河面上升起。徜徉在盛夏的夜晚，空气中仿佛传来淡淡的玫瑰香气，让人心中温馨无比。河水越发显得宁谧与安详，似乎怕那层层的涟漪打扰了岸边散步的人们。徐徐的微风，无情地吹落了花瓣，飘飘洒洒地浮在河面上……

一切，因为爱情，而变得美好。

而对于林徽因，面对着这样一个风度儒雅的才子，心中怎能做到静如止水呢！徐志摩横溢的才华，奔放的热情，坚定的信念，孩子一样的天真和纯情……这些都深深地打动着林徽因。而初尝恋爱滋味的林徽因，也把自己对徐志摩的绵绵恋情，融入了她多情的诗句《藤花前（独过静心斋）》里：

紫藤花开了
轻轻的放着香，
没有人知道……

紫藤花开了
轻轻的放着香，
没有人知道。
楼不管，曲廊不作声，
蓝天里白云行去，
池子一脉静；
水面散着浮萍，
水底下挂着倒影。

紫藤花开了
没有人知道！
蓝天里白云行去，
小院，
无意中我走到花前。

轻香，风吹过
花心，
风吹过我，——
望着无语，紫色点。

爱情，让徐志摩冲昏了头脑，迷茫了自己。似乎为了爱，他可以牺牲一切。只因为林徽因让他着迷，让他倾倒，那样的琴瑟和鸣，是自己所不能抗拒的。陷入了爱情泥潭中的徐志摩，一头扎了进去，就再也出不来了。但是，他忘记了，自己是有妻子的，这，也成为徐志摩与林徽因爱情中最致命的伤。

可是，是喜是悲谁管呢？至少爱来过，这就够了！

第二卷

自古佳人多烦忧

『自古佳人多烦忧』，仿佛是上帝对出色女子的一种惩罚。她们有才情、有美貌，注定要被更多男子所仰慕，而这些如果不是发生在对的时间，结局便注定忧伤。对于爱，我们总是看不透的。

不带走一片云彩

有人说：看得破的人，处处都是生机；看不破的人，则处处都是困境。在才情美女林徽因与浪漫诗人徐志摩的这场本不该发生的康桥邂逅里，徐志摩无疑是那个看不破所以总觉身处困境的人；而林徽因似乎从小就清楚地知道自己想要的是什么，她将这场邂逅的结局看得透透的。

人最是多情，也最是无情。

在伦敦这样一个充满浪漫与诗意的雾都，林徽因虽然遇见了自己心中第一个爱的男人，他们相互倾慕，也情投意合。可是这段感情，还没有真正开始，便注定要宣告结束。不怪情不够深，只言缘分太浅。

徐志摩的洒脱和浪漫不羁的天性，是林徽因所欣赏的，同时也是她无法把握的。他的热情让林徽因着迷，他的痴情让林徽因沉醉。可是她也不知道，徐志摩对她的那份痴迷和热情到底能维持多久。

小徐志摩四岁的张幼仪在自己十五岁那年就嫁到了徐家。尽管那时的她还是个情窦未开的少女，却也做了人妻。如果不是这桩婚姻，天资聪明的张幼仪还是个新式的女学生。她从小就受二哥张君劢和四哥张嘉璈的影响，求知欲望强烈。认真好学的她，后来以优异的成绩考入了苏州第二女子师范学校。

就在1915年10月29日，尚未结业的张幼仪却突然被接回家中，遵从父母的遗愿与徐志摩成了亲。她披上了大红的嫁衣，从此，成了徐家的少奶奶。

促成两人这段姻缘的，是张幼仪的四哥张嘉璈。张嘉璈在当时任浙江都督朱瑞的秘书，有一次在巡视学校的时候，他发现杭州一中有一位才华横溢的学生，他很是欣赏，这个学生就是徐志摩。当时的徐家已是江南富商，和有着庞大政治经济地位的张家联姻，对于徐志摩的父亲来说是求之不得的好事。于是两家商榷了之后，便把二人的婚约定了下来。但对于这段婚姻，徐志摩的态度却仅仅只是“媒妁之命，受之于父母”。

婚后不久，徐志摩就出国留学了。1920年，徐志摩收到了新婚妻子张幼仪的来信。纵然不喜欢，但也无可奈何，只好把妻子接到了自己身边。

在国外，徐志摩和他的妻子张幼仪住在了沙士顿，这是一个只有几十户人家的小镇，它有着属于英格兰古老的韵味。葱郁茂密的树木覆盖着高高低低的农舍，景色宜人的田园风光、历史悠久的街道和建筑，古朴、恬静、美丽、自然，一切都让人情不自禁地陶醉其中。

在英国伦敦、沙士顿，以及后来在德国柏林的那一段生活，徐志摩对待张幼仪并不友好，甚至可以说是有些残酷的。两人在沙士顿住下后没多久，张幼仪就发现自己怀孕了。欣喜若狂的她还不知道，此时的徐志摩正在疯狂地追求着另一个女人，那就是林徽因。这时候的徐志摩怎有心思去顾及张幼仪？而更令她意想不到的是，徐志摩竟然会狠心地要自己去打掉孩子！

很多时候，人就是这样，不到疤痕被血淋淋地揭开的那天，就总会告诉自己其实一切都还好，对一切病症不做多想。离开家孤身一人来到英国的张幼仪也是如此。

直到有一天，邮差送来了一封寄给徐志摩的信，张幼仪无意中拆开，读了一半，便觉得天旋地转，伤心不已。那是林徽因寄给徐志摩的，在这封信中林徽因说道：“我不是那种滥用感情的女子，你若真的能够爱我，就不能给我一个尴尬的位置，你必须在我与张幼仪之间做出真正的选择，你不能对两个女人都不负责任……”

看罢，张幼仪明白了这一切，明白了自己的位置，明白了自己的处境，也明白了丈夫所作所为的缘由。她恨自己糊涂，怪自己粗心。徐志摩足足有半年时间言必提到林徽因这个名字，自己怎么就没有留心呢？她是见过他们在一起时徐志摩那魂不守舍的目光的，而这目光，也是命运对她最大的打击。

面对徐志摩热烈而真挚的感情追求，面对这些复杂纠结的人际关系，林徽因最后还是冷静了下来。虽然自己还是个少女，但是在面临人生的重大抉择时，林徽因并没有少女的冲动，她还是听从了理性的召唤，也正是因为她当时的理性选择，才使自己今后的人生得以沉静而完满。

她要放弃了，她要放弃了徐志摩的爱。这样的放弃，这样的决定，大概就发生在徐志摩逼着怀孕的张幼仪签字离婚的那一瞬间吧！

徐志摩想要与自己妻子离婚的想法更加坚定了林徽因拒绝他的决心。林徽因的心思是细腻的，少年时代的母亲给她的阴影就像是一个梦魇，一直紧紧地追随着她，她忘不了“家庭战争”，她知道如果自己接受了徐志摩的爱情，那么他的离婚便会让张幼仪痛苦不堪。

她想到了自己的母亲，她无法想象自己将去顶替张幼仪的位置。在她年幼的岁月里，父亲因为二娘的缘故，几乎遗弃了她的母亲，她目睹了母亲心底的忧伤与难过。因此，只要想到徐志摩无辜的妻子将因为自己而被抛弃，她就感到无比内疚和羞惭。

徐志摩的 " 爱情 " 对她而言只是悲剧，她不愿陷入这样的三角关系中，就像母亲、二娘与父亲那样，那不是她想要的爱情。

在她开始对爱情有憧憬的时候，便已下定决心，这一生她要一段完整的、纯粹的、只属于她一个人的爱情。即使她心底对徐志摩的爱也是那么的不舍，即使她喜欢听他谈诗论文时那充满灵光的话语，喜欢和他一起读书时的心有灵犀，可她相信那不是爱情。

于是，林徽因郑重地收藏起了自己对徐志摩的情感，这份美好的情感，她将会永远报以深情的凝视。既然决定如此，那么自己便不会逾越半步。所以当徐志摩要求林徽因"许他一个未来"时，林徽因婉言拒绝了。

她委婉地说出了自己对张幼仪的同情和对徐志摩想要与之离婚的不满，但是被林徽因深深吸引的徐志摩却依旧不甘心地追问道："就为了成就那虚无缥缈的道德？"听到这样的追问，林徽因回答说："道德不是枷锁，而是对生命负责的态度。"停了一会后，她继续说道："我不是没有来，只是无缘留下。"

当人们都在为徐志摩的浪漫、真诚、痴心而着"摩"时，回看往昔，我们也不得不承认，这位诗人对他的原配夫人张幼仪是那样地无情而冷酷。由于是父母包办的婚姻，从婚前到婚后，徐志摩对于这个自己不爱的女人，都是那样的鄙弃。

就如因果轮回一般，这一次，徐志摩受到了沉重的打击。"我不是没有来，只是无缘留下"，多么无奈苍凉的一句话。或许真的都是缘分在作怪吧，给了缘相爱，却无分再继续，这无疑是对相爱的人的最大惩罚。

林徽因没有责怪他人，怪只怪自己在错的时间里，遇见了心动的那个人。这，都是命中注定的。也许，这时的林徽因，心底也曾有过无奈与伤心，也有不舍和幽怨吧！就如同就她后来写的《情愿》一般：

我情愿化成一片落叶，
让风吹雨打到处飘零；
或流云一朵，在澄蓝天，
和大地再没有些牵连。

但抱紧那伤心的标帜，
去触遇没着落的怅惘；
在黄昏，夜半，蹑着脚走，
全是空虚，再莫有温柔；

忘掉曾有这世界；有你；
哀悼谁又曾有过爱恋；
落花似的落尽，忘了去
这些个泪点里的情绪。

到那天一切都不存留，
比一闪光，一息风更少
痕迹，你也要忘掉了我
曾经在这世界里活过。

相爱太艰难，唯有记取前生。

许多年后，当她和人谈起徐志摩，她说："他的记忆也总是和文学大师们联系在一起，雪莱、基兹、拜伦、凯塞琳、曼殊斐儿、伍尔芙，以及其他人。他可能承担了教师和指导者的角色，把我带入英国的诗歌和戏剧的世界……"在她心里，他充当的并不是一个恋人的角色，更像一个亦师亦友的精神导师。

张幼仪为徐志摩低眉顺首，无悔生养，甚至为他孤身一人追随异国，徐志摩却对这一切视而不见，怨愤以对。林徽因这个美丽如蝶的女子，在他面前翩然飞舞，时远时近，却惹得这个风流才子深情相随，为她写下无数情真意挚的诗句。

不能怪人太多变，只是当时情已深。就怪伦敦康桥吧，这个美丽浪漫、云萦雾绕的城市，太容易让人产生美好的爱恋，又太容易让人看不清情事。只怪这个城市太多情，让人轻易踏上了为爱喜、为爱悲的漫漫长路。

就在张幼仪离开英国，前往德国柏林，并且在那里生下次子的时候，林徽因和父亲林长民也开始起身离开英国。

站在海港前，徐志摩一直拉着林徽因的手，心中满是不舍。

然而，即便是再依依不舍的爱情，在海轮的汽笛声中，徐志摩也必须把林徽因送上船。很快，他就在甲板上看到了林徽因的身影。在人潮拥挤之中，似乎这个女子有着粉红色的光环，让他一眼就能够在人群之中看到她，他深信这就是爱情的力量。他奋力地挥手，期待着林徽因能够寻找到自己。就在两个人的目光在空中交汇的时候，徐志摩觉得，自己的爱情终于要迎来最坚定、最完美的时刻了。

而站在甲板上的林徽因，此刻的心情却十分复杂。

虽然是 10 月份，但清晨已经微微透出寒气。她双手握住甲板上的围栏支撑身体，冰冷的铁栏杆传来阵阵的凉意。在人群之中，身着长衫、头戴礼帽的徐志摩显得那么特立独行、鹤立鸡群，那是她爱情的发光体。

可是，站在她身边的父亲林长民却心生感慨：中国，是祖国是家乡是过去，家乡里有很多现实要去面对；英国，仿佛是他们的梦想之地，在那里，他们可以拥有谈笑风生的友情、浪漫的爱情，是个自由的国度。这艘船、这块甲板似乎成为踏上故土的跳板，成为梦想国度和现实世界之间的纽带，一身荣辱、两袖清风，都将在这波涛汹涌的蔚蓝大海之中变得清晰起来。

她的父亲林长民对他们的交往也是持反对态度的。林长民以一个过来人的眼光看得很清楚，徐志摩并不适合做一个丈夫，诗人的天性让他只想追求一段浪漫的爱情，而根本没有考虑过林徽因的声誉与前途。这时的林徽因只有十六岁，一个十六岁的少女与一个长她七八岁的已婚男人谈恋爱，并使得他抛妻弃子，这在国内可想而知会招致怎样的骂名。

是的，林长民的考虑的确非常在理。徐申如根本就不可能接受自己的儿子要和他非常满意的儿媳妇张幼仪离婚，作为第三者的林徽因要如何满足爱情最终的诉求——结婚呢？任何一个女子在追求爱情的时候都可以不顾一切，但是当爱情到达一定程度的时候，女人永远要求的都是名分、地位和认可。

而林徽因是林长民最钟爱的女儿，他不允许这桩 " 绯闻 " 毁了她。他写了一封信给徐志摩："志摩足下，长函敬悉，足下用情之烈，令人感怵，徽亦惶恐不知何以为答，并无丝毫mockery(嘲笑),想足下悮(误)解耳。星期日（十二月三日）午饭，盼君来谈，并约博生夫妇。友谊长葆，此意幸亮察。敬颂文安。弟长民顿首，十二月一日。徽音附候。"

林徽因随父亲踏上返回中国的轮船之后，徐志摩感到自己灵魂中最重要的一部分飘走了，去追寻林徽因了。就在这个时候，张幼仪生下了次子彼得。他听说了这件事情，却并没有做父亲的喜悦，他就如同走火入魔一般渴望着单身的自由。

很快，他就买了张机票飞往德国柏林。去德国之前，他给张幼仪寄去一封信。在信中他非常坦诚地写出自己内心对婚姻和爱情的理解：真生命必自奋斗自求得来，真幸福亦必自奋斗自求得来，真恋爱亦必自奋斗自求得来！彼此前途无限……彼此有改良社会之心，彼此有造福人类之心，其先自做榜样，勇决智断，彼此尊重人格，自由离婚，止绝苦痛，始兆幸福，皆在此矣。

这封信，让张幼仪对生命、对幸福、对自我价值有了一个全新的认识，这个从来都没有属于过她的男人，与其用两个孩子、婚姻的枷锁来绑住这个并没有太多责任感的男人，还不如放他自由。很快，离婚这件事情就正式提上日程。

当徐志摩在离婚协议上签下自己名字的时候，他的心突然之间安静下来，整个心房就像是一个庄园，他已经将这里打扫干净，并且种植了娇艳的玫瑰，等待迎接新的女主人到来，而这个女主人，自然就是林徽因。可是，该走的已然走了，该来的人会来么？

与张幼仪正式办理了离婚手续的徐志摩在第一时间乘船返回中国，当他也站立在轮船的甲板上放眼望去，船下送行的人群中没有一个他熟悉的身影。他并不知道，回国之后等待他的是当头棒喝——林徽因已经决定跟梁思成交往，并且很快就要结为秦晋之好。

这件事情并不是林徽因亲自告诉他的，而是别的朋友将这个消息带给他的。在很多天里，他都是活得浑浑噩噩的，如同行尸走肉一般。心爱的那个女子竟然在这么短的时间内就成为别人的未婚妻，原本已经打扫好的爱情庄园，女主人不会再出现了，曾经娇艳的玫瑰，还未真正绽放，就已然枯萎。这让一个一心一意追求浪漫挚爱的诗人如何能够接受呢？

得知这个消息后的徐志摩和朋友说："我很怕……我还记得，曾经在送别的时候，她站在甲板上，我使劲地和她挥手，但是她却并没有向我挥手过，只是愣愣地站在那里。那一刻，我一直以为她是因为面临离别而感到伤感，或许在那一刻，她就已经决定就此离开我。"

经历了一番内心的挣扎，徐志摩最后还是决定鼓起勇气，踏上北去的列车。不知道在火车上的徐志摩，在这漫长的一路他究竟是怎样的一种心情，或许他也在想象着，见到林徽因，首先要说的究竟是"我想你"，还是"为什么"，是要直接拉住林徽因的手离开，还是强忍悲痛祝她幸福……

再短的路程，对一个内心煎熬的人来说，都是非常长的；再长的路程，即使不愿，也会有一个真正的终点。

就如一个轮回一般，在北平的林家，徐志摩第一个见到的人并非林徽因，而是为人热情的林长民。当听到管家通报说是徐志摩前来拜访时，林长民这个作为长辈的男子有一瞬间的错愕和尴尬。开始的时候，如果他没有在第一次见面就将徐志摩介绍给自己的女儿，或许女儿也不会背负上第三者的骂名，两个孩子也不会在这么小的年纪就失去了温暖的家庭，张幼仪也不用独自怀着身孕远赴德国……想到这些，林长民只能长叹一声，在徐志摩进入客厅的时候，收起脸上复杂的神情，展露笑容来热情招待。林长民吩咐自家的佣人，多准备些饭菜，对徐志摩也是十分热情，招待周到，却并没有让他见到想见的人。

徐志摩环视了一下四周，这是他第一次真正走进林徽因生活的环境，就恍若是虔诚的信徒进入庙宇一样。

这次拜访，徐志摩并没有看到林徽因，只好选择在北海附近的一间寓所里住了下来。对于多愁善感的徐志摩来说，虽然能够和心爱的姑娘生活在同一片天空下、呼吸着同一个味道的空气，却无法相见、无法相爱……

当时，刚刚从欧洲留学归来的他在大学生中有非常高的人气，尤其是在女同学中间。他来到北平的消息，被清华大学文学社听说后，清华大学文学社非常诚恳地邀请徐志摩来做一场演讲。

那一天，徐志摩身着一件绸夹袍，加一件小背心，缀着几颗闪闪发光的纽扣，脚上穿一双黑缎皂鞋，精神抖擞地出现在了清华大学的小礼堂。他要演讲的题目是“艺术与人生”。如果只有留学而没有失去挚爱的经历，那又怎么能叫人生呢？

就在他一开口的同时，同学们马上安静下来，他们用学生独有的单纯的、热切的目光凝视着这个充满浪漫情怀的诗人、学者，心中满是崇拜。可是，突然之间，这位被他们所仰视的学者却愣住了，他似乎看到了什么，眼神里放出的灼灼光芒就仿佛是看到了世间最美好的风景一般。

是的，他终于看到了这些日子以来自己朝思暮想的那个人儿，就像是一场梦，努力让结果往自己喜悦的结局走，几次无果后终于如愿以偿。他的眼中充满喜悦的同时，却又略带哀伤。

原来，确定徐志摩会来清华大学小礼堂做演讲的时候，文学社的同学们就自行印制了一些宣传单，张贴在学校各个地方，常常来这里找梁思成的林徽因当然也看到了这个消息。或许最初，林徽因也不知道用什么心情来面对徐志摩，曾经那样真诚相爱的两个人，在短短几个月的时间里，自己却要嫁为他人妇。然而，她无法违背自己的内心，她想知道徐志摩过得好不好，心里对自己是否有着恨意。

她只身来到小礼堂，坐在同学中间。徐志摩依旧像从前一样，风度翩翩，满腹经纶侃侃而谈。在同学们，尤其是女同学们的眼神中，对他的崇拜和欣赏呼之欲出。她似乎看到了自己的影子，在英国的时候，她是否也是这样充满崇拜地看着徐志摩，与他度过了那些在伦敦的日子呢。徐志摩是一个非常好的男人，是一个非常好的老师，是一个非常好的朋友，是她选择越过朋友这条鸿沟，才让徐父徐母、善良的张幼仪、无辜的孩子陷入了“情感上的困境”。尽管她曾逼迫徐志摩在她和张幼仪之间做出抉择，可冷静思考过后，她终于明白，这个优秀的男人注定不属于她。

徐志摩开始失神的时候，林徽因只好起身离开。她知道，这个浪漫的男人始终还是没有办法面对自己。他的心结还是没有解开。于是，聪明如她选择在另一个时间里约出徐志摩，地点是香山。

那是一个非常好的艳阳天，尽管已经入冬，香山上的红叶却依然晶莹剔透地红着。整座山坡放眼望去，就如同火烧云一般，层次分明，或疏淡，或浓密，或热烈，或宁静，路转峰回，风情各异。

爬山需要的是脚力，同样也需要心境。两个人一前一后地走在崎岖的小路上，有好几次，路途比较陡的时候，徐志摩就停下来想要拉她一把，林徽因却始终微笑着拒绝。这种沉默，是一种无形的压力，两个人的脸上都有了尴尬的神色。

林徽因想借助诗词来打消这份尴尬，于是率先开口说："志摩，你曾经跟我说你最大的梦想是做一个诗人，我听很多同学说，他们都很迷恋你的诗作。"尴尬却并没有就此化解，徐志摩只淡淡地略带哀怨地说："我的诗，只为一人而写，你明白吗？"对话并没有往预想的方向拐去，两人只好再次陷入沉默。

而此时的徐志摩，心中明明有千言万语，却无从言说，这种痛苦，就好像是心口的刺，越磨越疼、越疼越磨。

他们漫无目的地往前走着，走在后面的徐志摩时不时抬头看下林徽因的背影，或许是清晨的薄雾还未散去，他眼中的林徽因似乎有些朦胧。还记得第一眼看到那个站在客厅里面对陌生的客人有些害羞的她，眼神里却是一片清明，就如同一朵含苞待放的花朵，等待着露珠来滋润；短短几个月的时间，眼前的这个女子虽然身影朦胧，眼神依旧青涩如初，却没有了让他着迷的忧郁，偶尔还会透露出对某一处风景的向往。正是这种神情，让徐志摩犹如芒刺在背。或许，在林徽因的内心深处，她所渴望陪伴的人并非是自己，而是她心中所爱之人。

"志摩，"林徽因突然想起了什么说道，"似乎《红楼梦》里面那块女娲补天遗留下来的顽石就在这里，我们一起去看看吧。""好一块被遗忘的顽石……"徐志摩点了点头，还是同意了林徽因的想法。

那个时期的香山，鲜有游客，只有几座农民自建房寥落地建在山间，炊烟袅袅，偶尔还能听到田园犬的叫声。看着这样一幅“好山好水好家园”的画面，徐志摩不禁感慨道：“徽因，曾几何时，我最大的梦想是要做一位成功的诗人，可是当我遇到了你之后，我最大的梦想就是拥有一个只属于你我的家，或许这个家并不大，但是每到傍晚，我们的家里也会有阵阵炊烟，身旁被小孩子包围，我们俩什么都不说，什么也不做，只是听着他们的欢声笑语……”

“你已经有了一个家，可是家里的女主人却不是我，你也有了两个孩子，注定了陪你享受天伦之乐的人，绝对不会是我。我们每个人的一生之中，除了爱情还有很多事情，比如你的诗人梦想，比如我的建筑梦想，比如你我的家人，比如你我的名声。有很多事情，我们都是身不由己的。相信我，放下过去，你会快乐很多，我们还是很好的朋友，不是吗？除非，你不想和我做朋友。”

经历了这次会面之后，徐志摩好受了许多，但还是时常会在清华大学的自习室里追随林徽因，以及在她身边的梁思成，这样的举动多多少少都会给梁、林二人带来尴尬。但是，涵养极好的梁思成充分显示了他的大度，并没有因此发过脾气，也没有让林徽因和徐志摩难堪，只是在适当的时候给予林徽因一个安心的笑容。

看到林徽因身边已经有了一个如此出色、并且懂得包容的男子，徐志摩这才放开手，让一段已经在英国便告终的爱情，随风吹散。

很多年后，林徽因和儿子谈起这段旧事时说：“其实徐志摩他爱的并不是真正的我，而是他用诗人的浪漫情绪想象出来的林徽因，可我其实并不是他心目中所想的那样一个人。”倘若最终他们生活在了一起，他会发现，原来林徽因也会抱怨，也会发脾气，也会在岁月的流逝中长出蝴蝶斑。她也是人，任她红颜如花，也终有一天人老珠黄；任她才高过人，也终会生老病死。当恋爱的风花雪月转变成婚姻生活的柴米油盐，他是否还像当初那样痴狂地爱她，她很怀疑。

真到了那个时候，徐志摩会因失望而转身离开么？世间没有如果，没人能给我们答案。

或许，他们的爱情只能生存在英国那座整日薄雾缥缈的城市，而不能在几千年封建传统的土地上开花结果。就如同徐志摩那首有名的诗作《再别康桥》中所写：“悄悄的我走了，正如我悄悄的来；我挥一挥衣袖，不带走一片云彩。”

这样浅淡又浓郁的爱情，在最美的年华里相遇，在最合适的时间里分手；深刻地存在于彼此的脑海，分别时仅轻轻道一声珍重足矣。这是每个豆蔻年华的女子心中的向往，也是美好初恋的最佳结局：不带走一片云彩，天空依然明亮。

故人的再次拜访

林徽因，无疑是一个美丽动人的女子，追求仰慕的男子无数，她也曾经历心中最初的悸动。但最初的悸动，往往不能陪伴她终老。她最终的选择，是梁思成。

美人如斯，她隔着如许烟波月，隔着众多男子的深情，美成众人梦中的一个剪影，成就了一个不老传奇。

时至今日，人们永远无法忘怀她如花般的笑靥。正如她诗中所描述的："艳丽如同露珠，朵朵的笑向，贝齿的闪光里躲。那是笑——神的笑，美的笑；水的映影，风的轻歌。她的笑，如花般美丽，如歌般柔婉。"

梁思成，醉在了她的笑靥里。自从第一次见到林徽因后，她美丽的笑容便如一个魔咒般，时常在他的脑海里徘徊，"梳两条小辫，双眸清亮有神采，五官精致有雕琢之美，左颊有笑靥；浅色半袖短衫罩在长仅及膝下的黑色绸裙上；她翩然转身告辞时，飘逸如一个小仙子"。这个如仙子般的女子，就此在梁思成的心里生了根。

梁思成是"戊戌六君子"之一梁启超的长子，最得梁启超钟爱。在清华学堂念书的时候，他便是校园里的风云人物，"清华学生中的小领袖之一"，他的同学评价他"具有冷静而敏捷的政治头脑"。

为了重温那美丽的笑容，在林徽因回国后不久，梁思成便来到林宅登门拜访。几载光阴辗转而过，再一次相聚，他们彼此在心中都充满许多新的期待。两人的变化都很大，样貌变化了，她的笑靥，灿烂地绽放，越发娇美了；他的眉宇间，更多了一种英气。他们的见识也更加广博了，有许多话题在嘴角跳跃。

短暂的时间，彼此间的陌生感消失殆尽，他们海阔天空地聊了起来。那时，林徽因正对建筑痴迷，她不断与梁思成谈着她的新兴趣。任由思绪纷飞，真诚地谈论各种话题，异地见闻、兴趣爱好、未来志向，那欢声笑语时时不断，岁月流光都在笑声里鲜活起来。梁思成后来回忆说：“我去拜访林徽因时，她刚从英国回来，在交谈中，她谈到以后要学建筑。我当时连建筑是什么还不知道，林徽因告诉我，那是艺术和工程技术为一体的一门学科。因为我喜爱绘画，所以我也选择了建筑这个专业。”

那时候，他们还没想到，建筑将成为他们毕生的追求。

爱是一种相遇，是一场经历，也是一场门当户对的赞歌。命运促成了他们相遇的缘分，而偏偏二人又是志同道合者。他们有着共同的爱好，比如绘画、文学等；他们有着相似的家庭，都出自书香门第、官宦之家；他们有着相近的教育背景，都曾接受中西文化的共同熏陶。这一切的门当户对再加上两颗真诚而火热的心，他们命运中的一切都仿佛在为对方完美地契合。因此，再一次的相遇，让几年前就开始的友谊有了迅速的发展。

他们常常会在环境优美的北海公园幽会，那里坐落着新建的松坡图书馆，而梁启超正是馆长。礼拜天图书馆是不开放的，但梁思成衣袋里有钥匙，两人便经常在图书馆一起看书商讨。有时，林徽因又跟随梁思成去到清华学堂，看有他参加的音乐演出。当然，梁思成并不总是那么呆板，偶尔他会也和林徽因开上点增加情谊的小玩笑。

有一次，林徽因和梁思成一起逛太庙，但刚进到庙门，梁思成便如蒸发了一般失去了踪影。林徽因正诧异着急时，梁思成却已爬上大树，在树上大喊她的名字，看着美人又气又笑的表情，梁思成似乎品味到了一种从未有过的甜蜜。

多年后，林徽因曾很有兴致地对当时还只是个学生的林洙谈起他们的美好往事。“那时我才十七八岁，第一次和思成出去玩，我摆出一副少女的矜持。想不到刚进太庙一会儿，他就不见了。忽然听到有人叫我，抬头一看原来他爬到树上去了，把我一个人丢在下面，真把我气坏了”。

那段时光，对于梁思成与林徽因来说，无疑是灿烂而温暖的。而要是说梁思成与林徽因的感情有进一步发展的事件，那就不能不提梁思成那场意外的车祸。

1923 年，梁思成正准备毕业考试，并在做赴美留学的准备。

5 月 7 日这一天阳光明媚，万里无云。面对国家危难，青春热血的大学生们自行组织起了游行，他们在大街上扯起了条幅，举行“五七国耻日”爱国示威游行。恰巧就在这一天，梁思成和弟弟梁思永也一道去了，梁思成驾驶着姐姐梁思顺从菲律宾买来的摩托车，从梁家所在的南长街出发，想要去追赶大街上的游行队伍。

也许，年轻人的血本就是沸腾的，激情燃烧着他们的理智，也燃烧了他们对周围环境的警惕。他们当时过于兴奋，以至于忘记了自身的安全。当梁思成和弟弟到达长安街的时候，一辆大轿车正冲着他们迎面撞了过来，一个电光石火的瞬间，悲剧就这样发生了。

摩托车被撞翻在地，死死地把梁思成压在下面，而弟弟梁思永则被甩出了老远。也许这是一场预谋，又或许这纯粹是一场交通肇事逃逸。坐在轿车里的军阀金永炎毫不迟疑地命令司机继续前行，并没有停下来。远处的梁思永缓缓地站起来，发现自己的伤口流着血，再去寻望哥哥，发现哥哥梁思成躺在那里，一动不动。好在，梁思永并没有因此乱了手脚，他很快冷静下来，没有慌张到不知所措，稍一定神，梁思永立刻跑回家去叫人来。一个仆人急急忙忙赶到车祸的出事地点，背回了不省人事的梁思成。

这个时候的梁思成已经完全失去了往日的精神，他躺在那里，脸色苍白，没有一丁点血色；眼睛也毫无神采，昔日的智慧光芒都已不见，甚至就连喘息也是微弱的。一家人见到他这副模样，都慌了手脚。刚从西山赶回来的梁启超，努力镇定了一下自己，稳住慌张的心，急忙让仆人去找医生。梁启超后来写道："这时候，我的心差不多要碎了。我只是说， 不要紧了，别害怕。当我看到他脸上恢复了血色的时候，我感到欣慰。我想，只要他能活下来，就算是残废我也很满足了。"医生到来后检查出梁思成左腿骨折、脊椎受伤，梁思永面部受伤，满脸是血。情况危急，于是，梁思成、梁思永被马上送往了协和医院抢救治疗。

有道是"患难见真情"。或许只有当人们躺在病床上的时候，才会明白，谁是真正爱自己的人，谁又是没有自己想象的那么关心你的人。

因为是梁启超的两位公子被撞伤，北京各报都大加渲染。没一会儿的工夫，林徽因就知道了这个消息，于是，她匆匆地赶到协和医院，跑到梁思成所在的病房门口。

林徽因发现，此时梁家全家人差不多全都围拥在病房里。这一场飞来横祸，虽然让梁思成兄弟两人都受了伤，但是梁思永要比哥哥梁思成的伤轻得多。他们住在医院的同一间病房里，梁思永一个星期后就康复出院了，而梁思成在这里要住八个星期。由于来得太焦急，林徽因的脸上还淌着汗水。看到这样的情景，她紧张极了，双眸里几乎要流出泪水，模糊了双眼。

她心如刀割，守在梁思成的病床边，一待就是半天，饭都没顾上吃。那时候是五月份，正值初夏时节，这时候的天气已经开始变得炎热，受伤的梁思成腰间却一直需要被绷带缠绕，这让躺在床上不能动的梁思成经常汗水沾身，他的脸色变得有些苍白。而林徽因见此情景，顾不得男女避讳，就坐在床边，为梁思成悉心地擦拭。从他们二人恋爱以来，还从未有过如此频繁亲密的接近。

没过几天，虽然伤痛依然缠绕着他，但梁思成却表现出了自己乐观的一面，跟人有说有笑起来。对于这个从小就沉稳，喜怒不形于色的男孩来说，这带伤的笑颜当然跟林徽因的照顾是分不开的。梁启超把儿子的情况以随时口述的形式，请林徽因记录下来，寄给大姊。梁启超对林徽因的表现非常满意，他在一封信中写道："徽因我也很爱她，我常和你妈妈说，又得一个可爱的女儿，老夫眼力不错吧。徽因又是我第二回的成功。"

积极的付出得到了梁家两个大男人的肯定，却并没有得到梁思成母亲的赞赏。她认为作为一个未婚女孩子，这样的表现实在太出格了，有失大家闺秀的风范，甚至认为梁思成娶这么个女孩子是不可能幸福的。

林徽因得知后很是苦恼。但她还是天天来看望、护理梁思成，直到他出院。她每天都会来看望梁思成，没有丝毫的矜持。每个下午，林徽因都坐在病床边，热心地和他说话，开玩笑、安慰他，或者帮他擦汗、翻身。患难见真情，有林徽因陪在身旁，梁思成的心里感到踏实、欣慰，这比什么药都有利于他的康复。

糟糕的是，梁思成因为伤了筋骨，起初医生诊断骨头没有折断，不需要动手术。这个错误的诊断却耽误了正确的治疗，实际上，梁思成是股骨复合性骨折。到 5 月底，他已经动了五次手术。梁启超给女儿的信中充满希望地说，腿已经完全接合，梁思成将可以和正常人一样走路。可实际并非如此。从那时起，梁思成的左腿比右腿短了一截，这辈子都要跛着走路。由于脊椎受伤，他还要穿着协和医院给他特制的金钢马甲。过去他的鞋子要专门定做，后来为了省事，只在左脚的鞋后跟处加一个小垫子了。

让人心烦的不只如此，梁启超已经和家人商量好，将梁思成夏天到美国留学的计划推迟一年。梁思成对于自己要推迟一年赴美、比同学落后一年的事情也感到十分焦虑。但梁启超认为，正好利用这一年的时间，多读些国学也是十分有用的。他在给梁思成的信中写道："父示思成：吾欲汝在院两月中取《论语》《孟子》，温习暗诵，各能略举其辞，尤于其中有益修身之句，可益神智，且助文采也。更有余日读《荀子》则益善。《荀子》颇有训古难通者，宜读王先谦《荀子集解》。"梁启超的意思是，在这两个月里，梁思成应当能够沟通，甚至背诵那些修身养性的段落，然后读《左传》和《战国策》的全文，以增长智能和改进文体风格。若还有时间的话，可以再读点《荀子》。

因而，在陪伴梁思成的时间里，林徽因经常和他谈论传统文化的博大精深，为古人早就有如此精辟的见解感叹不已。由此，梁思成的国学功底有了进一步的巩固，这对他以后从事建筑史的研究也是大有裨益。

1923 年 7 月 31 日，梁思成出院。梁启超对儿子说："你的一生太平顺了，小小的挫折可能是你磨炼性格的好机会。而且就学业来说，你在中国多准备一年也没有任何损失。"这时，林徽因也在培华女中毕业，并考取了半官费的留学资格。

爱情，不是一颗心去敲打另一颗心，而是两颗心共同撞击出的火花。这次有惊无险的车祸擦掉了挡在林徽因眼前的那层迷雾，在对梁思成并未离去心怀感激的同时，也发现原来眼前的这个叫梁思成的男子对自己是如此重要。这一场飞来横祸，让她更加了解了自己的内心，明白了自己的情感皈依是属于谁。

如果没有这次突如其来的车祸，也许林徽因依旧徘徊在徐志摩和梁思成之间犹豫不决，她依旧不明白自己的心究竟会选择谁。一场车祸，快刀斩乱麻一般为林徽因选择了一个难以抉择的答案。

这次有惊无险的车祸让林徽因深刻地懂得，她和梁思成不能再轻易别离。而她最想要拥有的那份真实淳朴的感情或许就在梁思成，这个男人，就是那个可以给她一起牵手漫步的温暖、洗手做羹汤的简单幸福的人。

人总是在失去后才会懂得拥有的珍贵，好在上天对林徽因不薄，她并没有真正失去，这让她欣喜不已。她还来得及弥补，还来得及重新选择自己的未来。

后来的日子，尽管林徽因还会时常与表姐王孟瑜、曾语儿参加新月社的文学活动，尽管和徐志摩还是时常会有交集，但她明白今后要走的路必将是由梁思成来陪伴了。

因此在梁思成因车祸而需要延迟的这一年里，林徽因正好从培华女中毕业，并且考取了半官费留学。这么看来，这场车祸不仅让林徽因看清了自己的心，让梁思成收获了美人的青睐；更是成全了两人的一件美事。

岁月辗转，每一个人都在经历着起起伏伏的故事。此时的梁林二人都明白，爱情的花朵，正在彼此心中静静绽放。两颗年轻而火热的心越走越近。那样坠入爱河的美好与甜蜜，只能用林徽因那绝妙的文字《忆》来形容：

新年等在窗外，一缕香，枝上刚放出一半朵红。心在转，你曾说过的几句话，白鸽似的盘旋。我不曾忘，也不能忘。那天的天澄清的透蓝，太阳带点暖，斜照在每棵树梢头，像凤凰。是你在笑，仰脸望，多少勇敢话那天，你我全说了，——像张风筝向蓝穹，凭一线力量。

最初的爱，总是甜蜜而动人心弦，无论时隔多少沧桑岁月，它终会在心波里微微荡漾，在嘴角泛起一丝甘甜。每个人心里都有一团火，路过的人只看到烟。但总有一个人，总有那么一个人能看到这团火，然后走过来，陪你一起。

林家顶梁柱倒塌

每个人的一生都在演绎一幕又一幕的戏，或喜或悲，或分或合。在未经世事之前，谁也说不准谁会是谁的归宿，哪里会是你将来经历沧海桑田的家。只有当你经历一些坎坷后，这一切才会见分晓。

经历了一次车祸后的梁思成，在医院度过了漫长的八个月后，终于迎来了自己的四月天。而随着与林徽因的交往增多，彼此的吸引和契合让他们有了更多在一起的机会。

1924年，梁思成和林徽因结伴去美国费城的宾夕法尼亚大学进修，准备报考建筑系。因为错过了春季的报考机会，所以他们在当年秋季始业的学生注册入学，梁思成是与在清华的密友、同学陈植同时注册的。他们三人一起由中国到美国，同在纽约依塞卡的康奈尔大学度过夏天里的几个月，上预备班和调整自己来适应异国的新环境。

异国他乡的夏天，给了林徽因不一样的体验，赋予了她别样情怀。她曾在诗《山中一个夏夜》中描绘出这样幽深的夏夜：

山中一个夏夜，深得像没有底一样；黑影，松林密密的；周围没有点光亮。对山闪着只一盏灯——一两盏像夜的眼，夜的眼在看！满山的风全蹑着脚，象是走路一样；躲过了各处的枝叶，各处的草，不响。单是流水，不断的在山谷上，石头的心，石头的口在唱。均匀的一片静，罩下象张软垂的幔帐。疑问不见了，四角里模糊，是梦在窥探？夜象在祈祷，无声的在期望，幽郁的虔诚在无声里布漫。

浪漫的心，总是会发现浪漫的风景。在这幽深的夏夜里，她也同样在期盼，期盼一段不一样的人生旅程。

费城的宾夕法尼亚大学建筑系是在 1924 年由著名的法国建筑师保尔·P·克雷（1876 年—1945 年）主持的美术“堡垒”。克雷本人 1896 年入巴黎美术学校并接受了不仅包括建筑设计和建造的各个方面，而且也包括深入研究建筑史及简洁漂亮的透视图（及必要的美术字制作）的强化训练，这些他都传授给了他的学生，而且对后来的梁思成产生了重大的作用。

宾夕法尼亚大学的生活，对于梁思成、林徽因、陈植三人来说，是陌生的，但却也充满了欣喜。这里是林徽因一直梦想的地方，每一天里，她的心中都载着满满的欢欣。更让林徽因高兴的是，梁思成也爱上了这里，爱上了建筑。对于建筑，他心中充满了美好的憧憬，他对建筑的爱，愈来愈浓，就如他迷恋林徽因一般。

那个夏天，无疑是格外美好的，只因心怀美好憧憬。7 月 7 日，梁思成写信给家里说他已选好了暑期补习的课程：水彩静物写生、户外作画和三角，希望通过这样的预备学习能“成为建筑系二年级甚至更高年级的学生”。同时他也对大学居高临下俯瞰卡犹嘎湖的著名建筑布局敬佩不已，信中说“这里山明水秀，风景美极了。”

然而好运总是短暂的。

就在这年夏天，梁思成的母亲被确诊癌症已到晚期。8 月中旬，梁启超写信给一个朋友说，他已决定让思成回中国“以尽他应尽的孝道……这病是很痛苦的，她离不开别人的照顾……思成的庶母怀孕了，需要他回来帮助”。整整一个月以后，9月13日，梁思成的母亲离开了人世。儿子是不是真的被命令回家已无关紧要。即使他坐三天横贯大陆的火车，赶上最早一班轮船进行跨越太平洋的长时间的海上航行，他也是无法及时赶到的。

几乎与此同时，一个不幸的消息也让林徽因措手不及：建筑系只收男生。并且，是一个绝对硬性的规定。有传言解释说，建筑系学生必须整夜画图，因此无人陪伴的女人在场就是不适当的。

这对于林徽因来说，就如同是命运的玩笑，她心中最深深渴望的，在她即将触及的时候与她擦身而过。这个消息，对林徽因来说，着实是不小的打击。林徽因性格温婉，心底却是一片深不见底的汪洋，正如她在作品中说的：“在她的心里潜伏着一个深渊，扔下巨石也发不出声音。”她没有说什么，没发出任何声音，忧愁却涌上了眉头。

在很长一段时间里，林徽因的笑容被冰封起来，即使这个美丽的女子，忧愁起来也别有风情，可命运却是位不解风情的鳏夫，对这一切无动于衷。最后，林徽因只好和其他女学生一起注册上了学校的美术系。

当一个人真正有梦想时，即使遇到百般挫折也不会轻易放弃，只要能有一丝机会，她都会想尽办法去实现，曲线救国无疑是换一种方式来实现梦想的最佳方式。

林徽因这个温婉如莲的女孩，骨子里绝对是有自己坚持的，她不会轻易放弃自己的梦想。虽然不能做个“名正言顺”的建筑系学生，但从建筑系一开课，只要有机会她便会同梁思成一起去上课。

林徽因活泼的灵性，在西方的独立民主精神中得到了释放，她在宾夕法尼亚大学如鱼得水，受到了美国同学的一致欢迎。同时，她与梁思成的性格差异也在这时凸显出来。“徽因舅妈非常美丽、聪明、活泼，善于和周围人搞好关系，但又常常锋芒毕露地表现为以自我为中心。她放得开，使许多男孩子陶醉。思成舅舅相对起来比较刻板稳重，严肃而用功，但也有幽默感。”她的侄女如是说。

是的，一个踏实沉稳，一个飞扬灵动；一个是大漠孤烟塞北，一个是杏花烟雨江南，他们的感情也许最初也会磨合得异常艰难。梁启超曾说：“思成和徽音，去年便有好几个月在刀山剑树上过活！”然而当这磨合期一过，两人却显示出了“珠联璧合”的一面，南辕北辙的性格反而让他们能奇妙互补，在建筑一途上，他们配合得十分精彩。

在林徽因的不断努力下，到 1926 学年春季，她就担任了建筑设计的业余助教，而 1926 至 1927 学年就成了建筑设计的业余教师了。如此，她便是打破了宾夕法尼亚大学的女生不可学建筑的先例。

欢乐的求学时光过得很快。大自然总是需要遵循它自己的规律来变换。就像是那湛蓝的天空并不常在，乌云与雾霾总是如影随形，人的一生也会经历一场又一场不幸的洗礼。这不幸，或是像春日里连绵不断、淅淅沥沥的小雨；或是像六月里突然而至、狂风大作的暴雨冰雹。无论怎样，这一切都是需要我们去经历、去感受的。

生活的魅力，也大抵如此。那些幸运与美好不会一直眷恋着你，因为有经历的才叫人生。

就在宾夕法尼亚大学的留学期间，林家遭到了巨大的变故。而这一场变故，并不是突如其来的，早在之前就已经有了征兆。

坠入爱河的梁思成与林徽因双双来到了美国留学。在美国的梁思成依旧与父亲保持着频繁的书信往来。在父亲梁启超寄来的信中，他总是能够了解一些家里和林家的情况。梁思成通过父亲寄来的信，知道了林长民要去奉军郭松龄部做幕府的事情。虽然林长民的这个意愿遭到很多朋友以及家人的坚决反对，可是倔强的他不听朋友劝告，坚持自己的想法，依旧要前往。对于林长民来说，自己决定了的事情，旁人是无法改变的。就算是作为女儿的林徽因也劝说不动，只能是默默地为父亲担心。

就这样，林长民不顾众人的劝阻，最终还是去了。可是过了没多久，大洋彼岸就传来了让人心忧的消息：郭松龄在滦州召集部将会议，起事倒戈反奉，通电张作霖下野，并遣兵出关。更有消息称：郭军在沈阳西南新民屯失利，全军覆没。

对于离家遥远的林徽因与梁思成来说，具体是什么样的情况他们也不得而知，他们只知道在那一段日子里，国内局势是不稳定的。而这也加重了林徽因对父亲的担心，由于得不到确切的消息，林徽因每天都忧心忡忡。时间久了，关于中国内陆战争一触即发的流言也闹得沸沸扬扬。

很快，梁思成再一次接到了父亲梁启超从国内寄来的回信。二人急忙摊开信纸，仔仔细细地阅读起来。可让人失望的是，这越洋而来的家信，送来的却不是让人高兴的好消息，倒是一个他们不愿意看到的内容。这内容使得梁思成与林徽因犹如被当头棒喝，特别是对于林徽因来说，简直就是一个晴天霹雳——父亲林长民陷入了一场军阀混战中，生死未卜。

敏感细腻的林徽因觉得这件事情并不乐观，这让她有一种黑云压城的不祥之感。之所以有这样的想法，是因为林徽因深知自己的父亲是怎样的品性——自己的父亲是一个敢想敢做，勇于冒险的人，是一个有着自己的追求、充满热情的人。这是让人钦佩的，可是作为家人，也是让人担心与牵挂的。林徽因知道，依照自己父亲的性格，他对于自己已经认定了的事情，是不会轻易改变的。不但不会改变，还总是会不遗余力地去完成，即使是牺牲自己的生命也在所不惜。

不久，梁启超的信又一次漂洋过海寄来，这次带来的消息则证实了林徽因那种不祥的预感。在信中林徽因得知，自己的父亲林长民在为躲避北京的一次政变到东北去时，不幸被流弹击中而毙命，时年四十九岁。

林长民的第二个妾将带着她的孩子回福建老家，而林徽因的生母将在她今后的有生之年依靠她过活。

虽然林徽因已经做了很多的猜想，虽然她自己亦做好了充足的心理准备。可是当噩耗真正传来的那一天，无论怎样充足的心理准备都会在瞬间决堤，心里的悲伤一触即发；无论怎样的安慰，在此时都显得那么苍白无力。

世间最大的遗憾莫过于“树欲静而风不止，子欲养而亲不待。”这般不幸的消息几乎把林徽因击打到了崩溃的边缘，无力再去站起，无力再去喘息。自己最亲爱最敬重的父亲猝然长逝，留下了自己，留下了家人，留下了他一生所追求的理想与目标，去了那一边的世界，从此阴阳两隔，永不相见。

好在上天是公平的，他不会让一个人永远幸福，亦不会让一个人永远痛苦。这就是人生的规律，否则，让一个人永远孤独地沉浸在痛苦之中，即使内心再强大，也会在无边的黑夜里迷失沉沦。

于林徽因来说，父亲的离去是她的黑夜，而梁思成的陪伴则是她的白昼。失去父亲的她，身边总是有梁思成陪伴左右。体贴温柔的梁思成安慰着林徽因，守护着林徽因。因为他知道，此时的林徽因是脆弱的，是无助的，她需要有人相伴，才能走出失去亲人的痛苦。

漫漫人生，宛如流水一般，曾经那些不愉快的事情总是会过去的，因为时间会冲淡一切，哀伤也好，心痛也罢，一切都会随着时间的流逝而消解。即便是不能完全消失，至少，也不会再如往日般那样让人痛彻心扉。

作为顶梁柱的林长民不在了，林家也就因此而陷入了困境。为了帮助林家早日摆脱林长民离世带来的困顿，作为好友的梁启超筹建了“抚养遗族评议会”，开始四处设法筹集赈款。然而集资有限，这个评议会在后来也不了了之。

一波未平，一波又起。林长民的去世之痛还没有散去，更糟糕的事情就接踵而来：就在梁启超为林长民丧事奔波料理的时候，他本人的身体也出现了问题。似乎很早之前，梁启超的肾脏就已经有了问题，可是当时的他却并没有在意。

梁启超把自己大部分的时间和精力都用在了梁思成和林徽因的身上。对于儿子梁思成的关爱，那是理所应当的。而作为好友女儿的林徽因，失去了自己的父亲，作为一个孩子，也是让人怜惜与疼爱的。更何况，这个让人生怜的孤苦女孩即将成为自己的儿媳。作为长辈的他，自然要对这双儿女关怀备至。想要关心两个孩子，但面对着身在海外的梁思成与和林徽因，梁启超也只能写信。他不但给梁思成写信，让他多安慰照料突然经受这样家庭不幸的林徽因，甚至还直接写信开导林徽因，希望她在日后可以坚强一些，早日走出低迷的状态。

人生的变幻真的让人难以捉摸，前一刻还是浓情蜜意，幸福美满，下一秒，就要承受那无尽的伤痛与苦难。后来，林徽因曾在她的诗《谁爱这不息的变幻》里这样写道：

谁爱这不息的变幻，她的行径？催一阵急雨，抹一天云霞，月亮，星光，日影，在在都是她的花样，更不容峰峦与江海偷一刻安定。骄傲的，她奉着那荒唐的使命：看花放蕊树凋零，娇娃做了娘；叫河流凝成冰雪，天地变了相；都市喧哗，再寂成广漠的夜静！虽说千万年在她掌握中操纵，她不曾遗忘一丝毫发的卑微。难怪她笑永恒是人们造的谎，来抚慰恋爱的消失，死亡的痛。但谁又能参透这幻化的轮回，谁又大胆的爱过这伟大的变幻？

人生瞬息万变，它会将你从高峰带到谷底，让你束手无策；也会在你处于低谷之时，给你希望和未来。

人最大的幸运，不是在你高潮的时候有人为你喝彩，而是在你最沮丧的时候还有人不离不弃的陪伴。它就像是你的影子，永远伴随着你，如影随形。也许这个影子不够完美，不够强大，但是，对于受伤的人来说，它是温暖的，如此，也就足够了。

梁启超的病始终是一个不容忽视的问题。随着时间的推移，他的身体开始日渐消瘦，变得一天不如一天，最终还是住进了医院。

最开始，梁启超住进德国医院，医生在看过之后，也没有查出真正的病因，以为只是细血管破裂，所以也并没有多加重视。也正是因为这一次的疏忽，延误了梁启超病情的最佳治疗时机。虽然住进了医院，可是多日来，梁启超的病情似乎并没有什么好转。

久病不愈，梁家人开始紧张了起来。他们决定再去一家医院仔细检查一番。如此，梁启超由德国医院转入了协和医院。就在那里，家人听到了一个不幸的消息：梁启超并不是细血管破裂，而是右侧肾脏坏死，需要切除。

这对梁家人无疑是一个重磅炸弹，可是，这次命运的玩弄并没有止步于此，而是再一次地玩弄梁启超于股掌之中。

本以为切除了坏死的肾脏，休养些时日便可痊愈。可谁知，手术台上，粗心的护士错画了手术切口线，将右侧画在了左侧。要命的是，手术的医生在未经细查的情况下就开始操刀动手，终是将好肾切除，留下了坏的。

梁启超所经历的这一切，梁思成与林徽因也都是后来才知道的。因为就在梁启超病情加重的这一段时间里，他们二人正在国外游学。而且，梁启超寄给他们的家信，对于自己这样的不幸只字未提。相反，他给梁思成和林徽因传递的，都是自己的身体在一天天康复的好消息。

天下熙熙，皆为利来，天下攘攘，皆为利往！唯有一种爱，亘古绵长，无私无欲，从不因夏暑冬寒而中断，也不因名利浮沉而亲疏，这就是父母之爱；唯有一种情，与生俱来，血脉相连，从不因贫富贵贱而改变，也不以个人喜恶而取舍，这就是父母之情。

可怜天下父母心！慈爱如梁启超，他不愿意让本就遭遇了这一串不幸的孩子们心里再添担忧，故而报喜不报忧。这便是父母给予子女的伟大的爱吧！

看见父母健在时，我们常常觉得以后有的是机会敬孝父母，也许还会编造出安慰自我的理由：等自己闲暇的时候会去花更多的时间补上。可当“树欲静而风不止，子欲养而亲不待”时，又是怎样一种悲凉。

敬亲、奉养、侍疾、立身、谏诤、善终是为人之子应尽之责。对于一直受到中国传统教育的梁思成与林徽因来说，在父母最需要的时刻没有侍奉在旁，又是怎样一种羞愧，在他们的心底会留下多大的遗憾呢！

或许，人本来就是要生活在遗憾之中的，谁也无法改变。

美国求学见真情

时间是治伤的良药，也是梦想的考验者。经历了一番伤痛的人，总是会比以往更懂得珍惜拥有。我们也在从一个故事，漫不经心地走进另一段故事。

草木山石、飞鸟虫蚁，都有他们不可推卸的使命，它们的到来也许为了某一种生物，也许为了某一片热土。对梁思成与林徽因而言，在建筑史上建立一番成就也许就是共同的使命吧！

在宾夕法尼亚大学的求学岁月注定是难忘的。三人之中，林徽因无疑是最受欢迎的，她是异乎寻常的美丽、活泼和聪明，说得一口流利的英语，而且天生又善于和周围的人搞好关系。陈植则常在大学里的合唱俱乐部里唱歌，他是中国学生当中最西方化的一个，也是最受欢迎的男生，他总是满脸笑容，非常幽默。而对于梁思成，同学们则一致地认为他是非常刻板和死硬的，因为，梁思成是一个严肃用功的学生，认真和严肃，是他生命始终的性格。甚至在求学初期，梁思成还曾给父亲写信表示自己的怀疑。

20 世纪 20 年代，整个美国建筑界在建筑设计方面还是折中主义的（折中主义建筑是 19—20 世纪在欧美流行的一种建筑风格。它在建筑外形上模仿历史上各时代的建筑风格，注重纯形式美。由于建筑师没有考虑到当时不断出现的新建筑材料和新技术去创造与之相适应的新的建筑形式，因而总的来说折中主义建筑思潮是保守的)，一切建筑外形的设计必须采用古代的一种建筑形式，不得有多大改动，所谓设计也就是在平面上重新划分。梁思成对这种功能与形式脱节、外形只能死板地去模仿古代建筑外形的学习方法产生了怀疑，觉得长此下去自己也许会变成一个画匠，而不是建筑师，他把这种担心告诉了父亲。

梁启超回信说："你觉得自己的天才不能符合你的理想，又觉得这几年专做呆板工夫，生怕会变成画匠。你有这种感觉，便是你的学业在这时期内将发生进步的象征，我听到欢喜极了。孟子说：'能与人规矩，不能使人巧。'凡学校所教与所学不外规矩方面的事，若巧则要离开了学校才能发现。规矩不过是求巧的一种工具，然而终不能以此为教，以此为学、正以能巧之人，习熟规矩后，乃愈其巧耳。……况且一位大文学家，大美术家之成就，常常还要许多环境及附带学问的帮助。中国先辈说要'读万卷书，行万里路'。将来你学成之后，常常找机会转变自己的环境，扩大自己的眼界和胸襟，到那时候或者天才会爆发出来，今尚非其时也。"从此，梁思成仿佛对学习有了明悟，越发地用功了。

在强烈的性格差异之下，梁思成与林徽因的矛盾也便随之而来。因为对林徽因的爱，所以梁思成心中便有一份沉甸甸的责任，他要保护林徽因，所以，他有时候会如同家长一般地去参与林徽因的活动。而此时的林徽因正在充分地欣赏和享受美国的自由，在这里，没有家庭文化的抑制和管束，她陶醉在那种自在之中。两种思想的撞击，时常会产生争执。所以当梁思成的介入对她有所控制时，她便毫不留情地予以反击。

也许争吵好似地狱的煎熬，痛与怨交织在当时的岁月，但是，时隔多年，那段记忆却存在于记忆的天堂。经历过后才会懂得，痛是爱的累积。只有酸甜苦辣都尝尽了，才算是真正经历了人生岁月，有味道的生活才多彩；有痛的爱情，也才难忘。

爱情，总是要比我们想象中的更加神奇——它可以让一对截然相反的男女相遇、相知，并擦出爱的火花。或许男人所拥有的，正是女人所缺失的；抑或者女人的擅长之处，恰巧是男人的不足之处。这就是爱情的神奇，两相弥合，负负得正，这样的爱正是最完美的展现。

对于感情，似乎总是多情的人要比无情的人更容易受伤害。多情的人，心思往往是那么细腻，那么敏捷。怀着一颗敏感的心，去感知这世界的一切。就在这过程中，他们会因为花朵的凋谢而伤感，会因为鸟儿的鸣叫而雀跃。天空被闪电雷雨划破，在他们眼中，看到的则是黑夜有了火光；闪亮的流星冲破了璀璨的银河，在他们看来，则是愿望有了寄托。

而对于梁思成这样的人来说，却是大智若愚。他没有徐志摩诗人般浪漫的心，没有徐志摩那多情多意的美言。所以梁思成亦算不上多情的男子。他有的，是单纯，是真挚，是执着，是坦然。或许林徽因早已经感觉到，与梁思成在一起，自己将会是幸福的，安定的。

1927 年，梁思成和林徽因都从宾夕法尼亚大学毕业了。梁思成在这一年的 2 月被授予建筑学学士的学位，7 月得到硕士学位。而林徽因也在 2 月以高分得到美术学学士的学位，四年的学业三年完成。

经过了诸多不幸的林徽因与梁思成已经意识到，这一切的变故将会让他们今后的计划受到影响。林长民去世了，林家的一切也都改变了：林长民的第二个妾室将带着她自己的孩子回到老家生活，而林徽因的生母何雪媛将会跟着梁思成与林徽因一起生活。家里面多了老人需要赡养，生活的重担全都压在了梁思成与林徽因的身上。当务之急，他们需要马上找到工作来养家糊口。

年轻上进的梁思成对自己前途的关心程度丝毫不亚于他的父亲。宾夕法尼亚大学已经给了梁思成建筑师的资格，他完全可以回国从事他所喜爱的建筑行业。可是想要寻求更好发展的他还想在美国再待上一段时间，这样他便可以学会怎样去教书，以后也好有一条不错的出路。

那个时候的梁思成可能已经知道，父亲梁启超曾试图让他进入清华，尽管清华那时还没有建筑系。但不管怎样，梁思成明白，想要教书育人就得对学术文献和专业有更广泛的了解。有了这个想法后，梁思成就开始思考，对于他特别感兴趣的中国建筑，西方国家都出版过什么相关的可以借鉴的图书呢。

因此，他在 1927 年 8 月向哈佛的科学和艺术研究生院提出了入学申请，说他的目的是“研究东方建筑，对于那些大厦的研究及其保护的极端重要性促使我作此选择”。他的申请被接受了，1927 年 9 月他就离开费城到剑桥城去。他想通过哈佛图书馆的藏书来熟悉用东西方文字写成的其他有关文献，并将 1927—1928 学年的第一学期用来精读。

在梁思成向哈佛提出申请的同时，早已向往着演艺界的林徽因，则决定到耶鲁大学戏剧学院去读舞台设计。在耶鲁大学，聪明美丽的林徽因以她惯有的活力，在耶鲁大学戏剧学院众多有抱负的舞台设计者们当中赢得了一个特殊的位置。她的建筑设计和绘图方面的高超技艺，使她远不只是一个一般的同学，她是一个应急的朋友，甚至是一个神话中的教母，在交卷期临近时对她的同学来说肯定是如此，她受到了大家的欢迎与喜爱。

对于耶鲁大学的戏剧学院来说，林徽因是第一位在此学习舞台设计的中国留学生。曾经在宾夕法尼亚大学三年的学习时光为她打下了良好的美术功底，再加上对戏剧的喜爱，自己也曾经演过戏剧。因此，林徽因对于舞台的灯光、空间、视觉效果，都有着独到的见解，这令她的导师帕克教授十分赞赏与欣慰。

同学们也时常找林徽因一起研究功课，就在这群好同学好朋友中，有一个叫作斯蒂华特·切尼的女孩，她是这群人当中年龄最小的一个，却总是与别的同学发生争吵与不快，似乎她和同学们相处不来。但唯独对林徽因她是喜爱的，而林徽因也像一个邻家大姐姐一样宠着切尼，开导切尼，跟她一起读书做作业，听她讲述自己的烦心事。

诚然，在老师和同学们的眼里，林徽因是善良的、是友爱的、是温柔的。然而就是这样如水般的她，却也有柔情的风骨、不屈的意志。她把她的另一面淋漓尽致地展现在了诗歌《激昂》里：

我要借这一时的豪放和从容，灵魂清醒的在喝一泉甘甜的鲜露，来挥动思想的利剑，舞它那一瞥最敏锐的锋芒，像皑皑塞野的雪，在月的寒光下闪映，喷吐冷激的辉艳；——斩，斩断这时间的缠绵，和猥琐网布的纠纷，剖取一个无瑕的透明，看一次你，纯美，你的裸露的庄严。

然后踩登任一座高峰，攀牵着白云和锦样的霞光，跨一条长虹，瞰临着澎湃的海，在一穹匀静的澄蓝里，书写我的惊讶与欢欣，献出我最热的一滴眼泪，我的信仰，至诚，和爱的力量，永远膜拜，膜拜在你美的面前！

相比较于林徽因的学习生活，在哈佛大学的梁思成似乎并不那么顺利，他的研究遇到了瓶颈。到了哈佛大学，梁思成才发现，西方国家对于中国的建筑几乎没有任何研究，更说不上了解，关于中国建筑的资料书籍也十分稀少。这让梁思成的研究没有了头绪，像是进入了死胡同一般，找不到出口，也看不到光明。

研究进行不下去了，无奈之余，梁思成找到了自己的导师，提出了自己要回国收集资料并准备博士论文的要求。导师同意了梁思成的请求。而此时，林徽因也即将结束自己的舞美设计专业。

时间真的是快得让人惊异。细细想来，从林徽因与梁思成一起漂洋过海到美国求学，一晃就已近四年。四年，是一个什么样的时间概念？

它不似百年那样，让人觉得如此的悠长，如此的遥远。

四年，对于某些人来说，就是转瞬之间的事情，也许你不会觉得时光的流逝，可是等你回首过去的时候却恍然大悟，原来四年的时光已经不复重来，只能感叹岁月不饶人。而对于另外一些人来说，短短的四年却让他们度日如年，无比漫长的日子让他们备受煎熬。

四年的时间，我们每个人都曾无数次经历，比如幼小时期的天真无邪与青梅竹马，比如青春时期的懵懂心动与叛逆妄为，又比如大学时代的激情四射与美好茫然，这一切总是能勾起我们的回忆，让人刻骨铭心。

回想十年前，他和她可算是青梅竹马，一句父辈们的秦晋之言成就了一段让人羡慕的佳话。女子聪颖、美丽；男子博学、沉稳。他是她生命中的一盏温暖的明灯，在她最无助，最寂寞的时候不离不弃地陪伴在身旁；她是属于他的一朵娇美柔情的莲花，毕生的美丽都在他眼前毫无保留地绽放。

还记得两人的初次见面吗？都是如花般的年纪，都是让人艳羡的容貌，林徽因的娇羞美丽，梁思成的风流倜傥，都让彼此动了心、羞红了脸。那时候的他们怎么会想到，经过了共同留学的岁月，经过了不离不弃的相伴，经过了亲人逝去的痛苦，他们会由最初的情窦初开到现在的相濡以沫，这般稔熟。

爱情总是来得太快，也进展得太快，奔放热情的年轻人似乎总是控制不住感情的脚步。于是，在那样青涩的年纪，那样美好的岁月，林徽因与梁思成都确定了以后陪伴在自己身旁一生的那个人。仿佛那道情感的大门一旦被爱情冲开，便再也无法关闭。

在美国留学的岁月里，深深爱恋着林徽因的梁思成有了对她无尽的思恋，他开始和林徽因频频地约会。

即使是如此好学沉稳的梁思成，情到浓时，也会一日不见林徽因便心烦意乱，也无心思考，更不用说读书做事。异乡寂静的夜晚里，调皮的星星在夜空中眨巴着它们神秘的眼睛，而博爱的月亮则将它皎洁的银光洒在了大地的每一个角落。月光透过树梢，落在了人间你侬我语、两情相依的身影上。在这片宁谧的树林里，有着一对恋人的身影，和那低语的甜蜜情话，直羞得弯弯的月亮躲进了云层里。

也许，时间恰好，一切都该尘埃落定；也许，缘分注定，一切都已不用言说。你是我停泊的港湾，我将是你栖息的归宿。

新月诗社三人行

知识，总给人以力量；文学，总赋予人气质。对于精神世界的追求，我们从来都不敢懈怠，只为了提升自身的魅力，只为了能与人相处更为融洽，只为了能与另一半在心灵上产生共鸣。

文学，永远是人类一个永恒的主题，是人类情感的结晶。与文学相伴，生活是如此美好；与文学共存，心胸是如此宽广，情操是如此高洁。它的魅力在于它无形的感染力，在于它隐形的磁场，在于它总能让你找到那个气场相近、相互吸引的那个人。

自从林徽因与徐志摩英国一别，选择与暖男梁思成在一起后，她的内心深处总是充满痛苦，她不想失去徐志摩这样一位同样爱好着文学、总是有说不完话题的异性朋友，又或许在她的心里隐隐还是有着某些情愫，剪不断，理还乱。

只有爱过了，你才能说自己已经成长，比如梁思成，比如林徽因，比如徐志摩。他们都已经不再是当年青春年少、懵懂无忧的青年。林徽因并不想失去徐志摩这个朋友，所以她曾主动去找过徐志摩几次。最初，徐志摩还没有从失恋的阴霾中走出来。但时间是仁慈的，它不忍看人长久痛苦，于是在流年中加入了镇痛的良药。聪明如林徽因，她也知道，只有时间才能让徐志摩坦然面对自己。

对于林徽因、徐志摩、梁思成三人能够友好相处，很多人都曾表示怀疑，怀疑两个相爱过的男女如何能放下心中的情感和往日的伤害；怀疑梁思成如何能够如此大度地继续让林徽因和徐志摩成为朋友，当他自己心里也认可徐志摩这个情敌；怀疑徐志摩在依旧爱着林徽因的时候，又如何能如此坦荡地与陆小曼开始下一段轰轰烈烈的爱情？

每个人的心，便是一个广袤的世界，我们也许能勉强走进去，却总是无法了解透究竟哪儿会有河流，哪儿会有高山，哪儿又隐藏着深渊。

对于他们彼此的这段情，我们总是难以言说明白，总难免带上自己世俗的气息，玷污了纯情。

在梁、林成婚之前、林长民还未过世的时候，林徽因就非常努力地想要解开徐志摩内心的结。香山的那次邀约，尽管徐志摩嘴上说想和林徽因成为好友，但林徽因从他的表情就能看出来，他是心不甘情不愿的，他的心里还是没有完全放下自己。

回国后又过了些日子，她再一次敲开了徐志摩的家门。

这段时间，徐志摩住在西单石虎胡同七号，这是一处非常幽静的院落，却在不久的以后聚集了一大批文人雅士，并留下了众多优秀的作品。这座院落曾经是大学士裘日修的府第，再往前追溯则更能体现它的人文内涵，一代文豪曹雪芹和挚友敦敏、敦诚登，也都曾在这小庭院里落脚。而现如今，这里则是作为松坡图书馆的外文部。在刚刚知道林徽因决定嫁给梁思成之后，曾有一段时间，徐志摩非常想离开北京，想要离开这个遍地是伤心的地方，并且他的老师梁启超已经为他联系好了上海《时事新报》副刊编辑的工作。但在临行前，徐志摩还是放弃了这个想法。他仍然难以割舍掉心中众多的牵挂，他需要留在北京这个地方，和林徽因呼吸同一个城市的空气。最终，在蒋百里和胡适的帮助下，他终于得到了外文部秘书的工作，而西单石虎胡同七号也成为他的临时寓所。

这一消息，很快便传到了林徽因的耳中，她想是时候该好好和徐志摩聊聊了。

于是，在一个依旧带着寒意的初春的清晨，她敲响了西单石虎胡同七号的院门。也许，此时的她心中也有几分紧张，几许忐忑。

像是故意考验林徽因一般，门敲好一会儿，一直无人应答，却依稀能够听到里面有走动的声响。对于敏感的人来，在这种情况下也许就会在脑子里补充各种无人应答的原因，之后默默走开。还好林徽因没有，她想了想，也许是因为这个院落是北京的老四合院，有时候在门口敲门，屋里的人并不能听清。所以，她轻轻地推了推门，门果然应声而开。

顺着院落走进去，林徽因看到了徐志摩忙碌的身影。“你忙什么呢？我在外面敲了许久的门，你没听到吗？”听到林徽因的声音，徐志摩仿佛被定住了一般，半晌都不知道该如何回应，只是笑了笑说：“你……你怎么来了？”

“怎么，作为朋友，我不能来拜访下徐志摩这位知名诗人了吗？”林徽因调侃道。

“哪能呢，你可是贵客。”徐志摩一边说，手里的活儿也没有停下，“你不来，我也正想去找你呢，有一个天大的好事，我想你一定会有兴趣的。”

听到这么笃定的声音，林徽因心中一动，她知道徐志摩懂她的喜好。“哦？你这般笃定，说来听听！”

“新月社。”

“我听任公提起过，说是你和胡兄、任公等人发起的，为什么会选择用新月为名呢？”

“泰戈尔有本诗集《新月集》，我极为喜欢，所以就决定叫新月社。”

高兴的劲头过去后，林徽因开始打量起这座小小院落来。确实地方不大，布局倒是很有几分古典建筑的风骨，一正两厢，很是气派，再加上院子里种植的柿子树、槐树的点缀，仿佛有了生命一般。尽管已经是初春，但天气依旧寒冷，只有树梢露出些许嫩绿的枝丫，让小小的院落里露出了生机。房屋墙壁上有些斑驳，那是历史遗留下的印迹。但是，屋内的摆设焕然一新，就连地板上都铺着砖红色的地毯……从这些细枝末节上，林徽因感到有些欣喜，说道："想不到这屋子拾掇拾掇，还挺像那么回事的。"

"能让你林大小姐夸奖一下，我这小屋就蓬荜生辉了。"徐志摩也难得地开起了玩笑，"怎么样，有没有想过加入新月社？"

"我正有此意，新月社汇集了我们这群有梦想的年轻人，什么事情都能做成！""你不需要回去和梁思成说一下吗？"徐志摩话锋突然一转，流露出些许的醋意，"别忘了，他和我现在还是情敌关系呢！"

"情敌？这从何谈起呢？"林徽因微笑着回答，没有一丝一毫的暧昧，"你放心，加入新月社，思成什么话都没说，他才不是那样小气的人呢，就连任公都是赞成的。"

说到这里，徐志摩走到了院落边，看着冒出新枝丫的藤条，心生感慨地说："那我也就放下这层顾虑了。从现在开始，我们就是同一个社里的同志了。我们的新月社就像是这发芽的藤条，充满了生机。想当年，萧伯纳、卫伯夫妇合在一起，在文化艺术界，就开出一条新道。如今，我们一样可以在北京的文化圈里培养出一个新的风气，以恢复人性为本，让更多的人走出封建的牢笼。"

就在此后不久，徐志摩热情洋溢地写下了《石虎胡同七号》：

我们的小园庭，有时荡漾着无限温柔：
善笑的藤娘，袒酥怀任团团的柿掌绸缪，
百尺的槐翁，在微风中俯身将棠姑抱搂，
黄狗在篱边，守候睡熟的珀儿，它的小友
小雀儿新制求婚的艳曲，在媚唱无休——
我们的小园庭，有时荡漾着无限温柔。

我们的小园庭，有时淡描着依稀的梦景；
雨过的苍茫与满庭荫绿，织成无声幽冥，
小蛙独坐在残兰的胸前，听隔院蚓鸣，
一片化不尽的雨云，倦展在老槐树顶，
掠檐前作圆形的舞旋，是蝙蝠，还是蜻蜓？
我们的小园庭，有时淡描着依稀的梦景。

我们的小园庭，有时轻喟着一声奈何；
奈何在暴雨时，雨槌下捣烂鲜红无数，
奈何在新秋时，未凋的青叶惆怅地辞树，
奈何在深夜里，月儿乘云艇归去，西墙已度，
远巷薤露的乐音，一阵阵被冷风吹过——
我们的小园庭，有时轻喟着一声奈何。

我们的小园庭，有时沉浸在快乐之中；
雨后的黄昏，满院只美荫，清香与凉风，
大量的蹇翁，巨樽在手，蹇足直指天空，
一斤，两斤，杯底喝尽，满怀酒欢，满面酒红，
连珠的笑响中，浮沉着神仙似的酒翁——
我们的小园庭，有时沉浸在快乐之中。

也许这时候的徐志摩，心中是充满喜悦的，因着又能与林徽因海阔天空地讨论各种问题，他们的思想又可以在文学这片热土碰撞出激情。而对于林徽因来说，能再次与徐志摩这样像知己一般谈天说地，无疑也是一件十分美好的事情。

人生得一知己本是难得，倘若因为彼此间的好感不能相互紧紧缠绕

而选择分道扬镳，从此陌路的话，那实在是可惜。

时间总是如流水一般，溜得悄然无声。很快又到年底，第二年初，即 1924 年 4 月，当时中国文学界共同的偶像——六十四岁的印度大诗人泰戈尔就要来到中国，林徽因与徐志摩等人商量，准备排练一出诗剧——泰戈尔的作品《齐德拉》。当然，其中重要的角色马尼浦王的女儿——齐德拉必然是由林徽因来扮演。

经过一段时间朋友式的相处,林徽因与徐志摩的相处更加自然起来，即使有另一种情感不期而至，两人也会默契地默默将其隐藏。

提到要演诗剧，林徽因兴奋不已。这部诗剧是泰戈尔的名作，能够出演就已经是莫大的荣幸，并且还要在泰戈尔本人面前上演，想想都觉得兴奋。

看着林徽因兴奋的神情和喜不自禁的笑容，疲惫的徐志摩突然间就失了神，如果可以的话，他多么想要溺死在这笑容里。

这一天，新月社的成员都要来到新月诗社所在的这个小院。第一个进入小院的必然是积极分子林徽因，胡适紧随其后。不久，陈伯通和凌叔华等人也纷纷到场，此时的林徽因并不知道，自己今后会和这位人淡如菊的女子产生如此多的故事。除此之外，还有林徽因一生中第三个关系匪浅的男人——金岳霖。当然，在当时地位显赫的林长民和梁启超也是必然要来的。

这是新月社第一个非常重要的聚会，很快，他们迎来了一位非常重要的国际友人，这就是著名诗人、哲学家泰戈尔。可以说，在民国时期的文人（尤其是诗人）中，泰戈尔有着非常高的地位，甚至还有人刻意模仿泰戈尔的诗作。

在偶像即将到来的前几天，林徽因充分展露出一个小女子对于偶像的期盼、兴奋之情。为了能够排练好《齐德拉》这部诗剧，她每天都会反反复复背诵台词，精心揣摩；和徐志摩一起研究这次接待泰戈尔的行程路线，努力让泰戈尔在有限的时间里，最大限度地领略到中国的风土人情。

这只快乐的小鸟，似乎忘记了站在她背后习惯性沉默的男人。有些好事者看到徐志摩和林徽因重新站在一起，就构思出了一出狗血且恶俗的情节——林徽因是一个游走在两个男人之间的“蝴蝶”，比较之后，她还是更喜欢浪漫多情的诗人，抛弃了木讷呆板的学者。其实，梁思成并没有太在意林徽因和徐志摩重新成为朋友这件事情，毕竟新月社还有梁启超和林长民两位家长，即便是无法信任徐志摩，也不能不信任自己的未婚妻以及两位长辈。

1924 年 4 月 23 日，这是一个让所有新月社成员、甚至是整个中国文学圈都沸腾起来的日子。清晨时分，北京的火车站已经是人潮涌动，街道上已经有了挑着扁担贩卖茶叶蛋的小贩在向过往的旅客吆喝，也有人力车夫停在火车站出口等待着客人的光临。此时此刻，在月台上站着一群文化圈里响当当的人物——梁启超、蔡元培、胡适、蒋梦麟、梁漱溟、辜鸿铭、熊希龄、范源廉、林长民，他们或身着长衫，或西装笔挺。在这群文人的队伍中，最为扎眼的则是穿着咖啡色连衣裙、米黄色上衣的林徽因，她捧着一束绽放正浓的红色郁金香，映得脸庞都染上了红晕。

9 点 24 分，月台上的人群突然骚动起来，老远就能听到轰隆隆的声音。随着火车缓缓进站，林徽因不自觉地屏住呼吸，睁大双眼，仿佛这样就能看穿墨绿色的火车皮，寻找到自己心中的偶像。

车门打开了，车上等不及的旅客拿着行李跳下来，来到人群中寻找自己的亲人，或者是匆匆忙忙地往出口走去……突然，一个老者缓慢地走下来，他戴着一顶红色的帽子，穿着一身褐色长袍，一头银白色的头发，标准的东方寿星的模样，在他身边陪同的就是徐志摩。

人群中立刻响起了热烈的掌声，而林徽因却愣在了那里。出现在她眼前的这个老者，真的就是那个睿智、充满思想的诗者泰戈尔吗？看到她的表情，徐志摩就知道她激动得完全忘记自己要做什么了，只好用眼神示意她上前送花。

看到这样隆重的欢迎仪式，泰戈尔也非常高兴。自从他和徐志摩书信交流时确定了这趟中国之旅，他就陷入了一种难以名状的快乐中。

对于一个东方人来说，中国就如同一颗璀璨的明珠，发出耀眼的光芒。其实，泰戈尔最初定下抵达中国的时间是在 1923 年年底，但却因为身体原因而被迫推迟到了第二年。所以，此时此刻的泰戈尔心中涌出一种得来不易的快乐。这个被世人瞩目的东方神秘国度，拥有悠久的历史和深厚的文化底蕴，他终于踏上了这片神圣的土地。抵达中国之后的所有行程，都是徐志摩亲自制定的——到各地去领略美景和风土人情，到高等学府演讲。这一路上，徐志摩全程陪同，最后一站便是北京。

虽然林徽因没能参与前面的活动，但她每天都在关注着报纸上关于泰戈尔“中国之行”的报道，每张图片、每篇文字，她都烂熟于心。

对于泰戈尔的北京之行，她无比期盼着，想象着自己心中偶像的模样。可是，等到泰戈尔真正站在她面前，她反而显得手足无措起来。

按照事先的安排，泰戈尔到达北平之后，第一项重大的活动就是在天坛公园进行一场免费的演讲，这个活动的广告在报纸上刊登了数日。但是，很多学生都反映，天坛公园是收费的。有很多清贫的学生想要一睹泰戈尔的风采，聆听他的演讲，却无奈囊中羞涩，连天坛公园的门票钱都无法支付。听到这个反映之后，新月社成员马上和日坛公园联系，希望能够借用他们的场地来举办活动。日坛公园没有大型室内集会场所，泰戈尔得知后，非常洒脱地说：“现在春意盎然，天气又不冷，直接在草坪上搭个台子就好。我们的主旨是要进行演讲，在什么地方举办不是最重要的，最重要的是想来听的人都能听到！”

草坪上响起了一片属于青春的掌声，仙风道骨的泰戈尔在林徽因的搀扶下缓慢地登上临时搭好的台子，站在左边的是担任翻译的徐志摩。他的演讲非常随性，徐志摩的翻译更是神来之笔：“这是个美丽的地方，春风拂过我们的脸庞，今天聚集于此，你们不是欣赏我个人的品格，而是把敬意奉献给新时代的春天。”

说到这里，站在一旁的林徽因也忍不住带头鼓起掌来，接下来的演讲内容更为精彩。泰戈尔并非只是一位诗人，更是一位哲学家。他鼓励同学们趁着年轻多多学习，开阔眼界。中国是亚洲，乃至世界上历史最悠久的文明古国之一，尽管这个国家遭受过重大的挫折与伤害，但是未来却仍旧充满了希望，这希望正是坐在台下的你、我、他……

在演讲结束时，很多媒体同仁拿着照相机走到台前，在一片闪光灯下，泰戈尔、徐志摩和林徽因三个人的影像定格在了这一刻——泰戈尔老先生白发苍苍却依旧坚毅挺拔，徐志摩文质彬彬，充满了儒雅气质，站在一旁的林徽因面若桃花，绽放出恬静而优雅的笑容。

果然，第二天，北京各大报纸都刊登了这张照片作为泰戈尔来到北京的“亮相照”。一时之间，洛阳纸贵，大家都想目睹这位“诗哲”的风采。

演讲之后第二个重大的活动，也是林徽因本人最看重的，就是在泰戈尔生日那天的宴会以及宴会过后的诗剧《齐德拉》。

5月8日，是泰戈尔六十四岁的生日。在此之前，徐志摩特意约来林徽因，想听听她的意见。“我们不是准备了一出《齐德拉》吗，怎么，这份大礼还不够分量？”林徽因满脑子都是这场诗剧，哪里还能想到别的。“曾经在信上，泰翁饶有兴趣地询问我，中国老者都是如何庆祝寿辰的，有没有什么特殊的讲究。我想，他可能对这个会更感兴趣些。”

“你的意思是——给他过一个中式且传统的生日庆典？”

两人一番商量后，决定给文学泰斗泰戈尔送上一份很有特色的礼物，即便他回国了，看到这份礼物也能想起这些在中国的朋友们。

转眼就到了泰戈尔的生日，晚宴如期举办，几百位北京的风云人物都参加了这场热闹的生日晚宴。这是一场属于文化的盛宴，也是一个属于花甲老人的盛典。待大家都坐好之后，胡适作为这场宴会的主席主动举起酒杯，大声说道：“今天是泰翁的寿辰，让我们举起杯中的酒，敬寿星一杯。”

这个建议立刻得到了大家的响应，所有人都举起酒杯，面带笑容，对这位备受尊敬的老者表达自己的敬意。就在这时，梁启超突然伸出手压住了胡适的手，说道：“敬酒先不急，你忘记了我们准备的礼物了吗？”

徐志摩将梁启超的话翻译给泰戈尔听,就连徐志摩也感到非常好奇，究竟是什么样的一份礼物呢？梁启超看到已经成功吸引了所有人的注意力，于是说道：“其实，这份礼物是志摩和我一起想出来的，这份礼物就是一个名字——竺震旦，这是我们为泰翁准备的中国名字！”

徐志摩拿出一个包装得非常精美的礼品盒，交给了泰戈尔，打开一看，原来是一方鸡血石印章。

“这个印章上的名字就是竺震旦，是我们专门为您刻制的。”梁启超接着说，“印度国名为天竺，我们选择‘竺’这个字作为泰翁的姓，您的名字拉宾德拉，意为太阳和雷，如日之升，如雷之震，所以中文应当译为‘震旦’，这也正是古代印度对中国的称呼——Cheenastnana。”

梁启超的这一番话，让泰戈尔感动不已，他双手合十，向在场的人深深地鞠了一躬，以表达自己内心的激动之情：“今天我得到了一个全新的、只属于中国的名字，就等同于我又得到了一次新的生命。这一切都属于这个东方古国，属于你们，也属于我，我定会加倍珍惜。”

看到这一幕后，林徽因对徐志摩说：“原来你给泰翁准备的是一方印章，其实你早就想到送什么了，对不对？”徐志摩急忙解释：“不，这也是经你的提醒，你说送文房四宝，我就想不如送一件，但是这一件只此一家，别无分号，岂不更有纪念意义。所以，和任公（梁启超）商量，名字是任公想出来的。”“另外一件礼物也是独此一家啊。”这件礼物，毋庸置疑林徽因指的是他们精心编排的诗剧《齐德拉》。

生日宴会结束后，他们来到东单三条协和小礼堂，《齐德拉》就是准备在这里上演。这是一座非常传统的中国式建筑，在灯光的点缀下，那半圆形的斗拱、精致的浮雕，都散发出别样的风采。

在热烈的掌声中，帷幕缓缓拉开，一场改编自印度史诗的大戏开始了。林徽因一身印度妆容出现在舞台上，她扮演的齐德拉是马尼浦国王齐德拉瓦哈那的女儿，原本是一个相貌并不出众的女孩，因为父亲没有儿子，就把她当儿子来养，接受的也是王子式的教育。久而久之，齐德拉就成为一个很时尚的中性人。这在她自己看来，并没有觉得有什么不妥。但是，当一个她爱上的男人出现在她面前后，她改变了原来的想法，原来的平静生活也就此被打破。这个让人心生好感的男子，就是邻国的王子阿顺那。陷入单恋的齐德拉开始抱怨自己没有美丽的容貌，没有温柔的性格，甚至连一个最普通的女子应该有的女人特质都没有。对于这样一个生活作为和思想都更接近于男性的她来说，怎么才能得到心中渴望已久的爱情呢？陷入绝望的齐德拉只好向爱神祈祷，她的虔诚打动了爱神，答应给她一年时间的美貌。所以，当美丽的齐德拉出现在阿顺那的面前，一切都变得顺理成章。其实，齐德拉并不知道，阿顺那曾经在森林中见过捕猎时候的齐德拉，只是不知道这个勇敢的女子究竟是谁罢了。婚后的生活，齐德拉幸福却不安心，她非常害怕有一天醒来，突然发现自己回到曾经那个并不美丽的容貌，她该如何留住阿顺那的心呢，这让她十分痛苦。直到有一天，阿顺那向她表示了自己曾经的惊鸿一瞥，齐德拉这才明白，原来容貌并非是爱情中的唯一标准。于是，爱神又收回了虚无的美丽，两个有情人也终成眷属。

诗剧表演得非常成功，观众报以热烈的掌声，泰戈尔眼角几度泛泪，不仅因为他们精彩的演出，更为这群年轻人的用心。他走上台，拍了拍林徽因的肩膀称赞道："你就是我心中的齐德拉，你的美丽和智慧不是借来的，而是爱神赐予你的，这份赐予没有时间限制，它会伴随你终生。"

林徽因第一次亮相新月社，十分成功。

第二天，这份荣耀就随着报纸传遍大街小巷，她的才女标签就此被打上，而梁思成却因为这件事情遭到亲人的误解。

在北京欢迎泰戈尔的集会上，徐志摩、林徽因陪同左右，侧立两旁，当天北京的各大报纸都开辟醒目版面，渲染这次集会的盛况，其中李欧梵在《浪漫一代》中说："林小姐人艳如花，和老诗人挟臂而行，加上长袍白面郊寒岛瘦的徐志摩，有如松竹梅的一幅岁寒三友图。"长者衣袂飘飘，一对青年男女宛若璧人，民国初年这如诗如画的一幕，至今仍传为美谈，引人无限遐思。

美好的事物，尤其是美丽又有才情的女子总是更加夺目，如果你喜欢，如果你想要，如果你愿意，得到总是要付出点什么：佳人陪伴你一生，各种对佳人的追求也将陪伴你左右，不离不弃。这是佳人的烦恼，自然也是佳人身旁男子必然要接受的考验。

泰戈尔在北京的活动报纸天天报道，林徽因和徐志摩再一次走到一起的消息也被好事者传来传去，甚至有些梁家的亲戚跑去问李蕙仙，林徽因还是不是你们家没过门的媳妇了。

这样的流言蜚语让李蕙仙大为恼火，甚至认为有辱门风，她每日都责问梁思成，为何容忍自己的未婚妻这样抛头露面？好脾气的梁思成有时也觉得郁闷，但是，每当林徽因兴高采烈地跑来跟他说，这一天的彩排、和泰戈尔等人的游览有多么兴奋，他依旧会笑意盈盈地倾听，甚至会给出自己的意见。偶尔，林徽因也会有些不安地问道："我这样，你母亲是不是不高兴了？"梁思成总会说："放心吧，不要介意老人的看法，去做你想做的事情。”

费慰梅在《梁思成与林徽因》一书中也写到了这一幕，并且还说了一段鲜为人知的话：5 月 20 日，是泰戈尔离开中国的日子，老人对于和林徽因离别却感到遗憾，年轻可爱的她一直不离左右，使他在中国的逗留大为增色。对徐志摩和林徽因来说，这一次离别又有一种特别的辛酸味。徐志摩私下对泰戈尔说他仍然爱着林徽因。老诗人本人曾代为求情，但却没有使林徽因动心。泰戈尔只好爱莫能助地作了一首诗：天空的蔚蓝，爱上了大地的碧绿，他们之间的微风叹了声：“哎！”

徐志摩的爱情轶事，就在这一声叹息里划下了句点。接着，徐志摩陪同泰戈尔去了日本，林徽因和梁思成到了宾夕法尼亚大学，三年的时间里，“岁寒三友”离去如风，当徐志摩与林徽因再次见面的时候，已是四年之后。这期间，林徽因名花有主，她与梁思成用心磨合，营造了一份经得起反复推敲和多方考验的感情。而徐志摩怀着无限怅惘之心，最终也“使君有妇”。

不过，也有一种情况让梁思成产生隐隐不快，那就是他和林徽因在北海快雪堂松坡图书馆的时候，徐志摩也跑过去和林徽因聊天，这让他非常生气，甚至在门上贴了一张纸条，上写着“Lovers want to be left alone（情人不愿受干扰）!”

梁思成的存在，让林徽因感觉到的不仅仅是爱情，更多的是属于家人的温暖。童年时期，父亲的遗忘让她没有体会到家庭的温暖，和梁思成在一起，让她格外满足。或许她和徐志摩在一起的时候，也曾有这种被重视的喜悦，但徐志摩终是不适合她。通过两件小事，就能看出一个男人是否适合这个女子。

在外国留学期间，梁思成已经接到了母亲李蕙仙重病的消息，他内心非常焦急，林徽因也很体谅。她曾经想过，即便这个女人并不喜欢自己，但仍然是男友的妈妈，是她未来的婆婆，如果梁思成因此而冷落自己，她是绝对不会有一丝一毫怨言的。可梁思成却从来没有因此而迁怒于林徽因，甚至连他失落的情绪都掩藏得非常好。

那时候，他们常常会去宾夕法尼亚大学博物馆参观。虽然这里的规模并不大，名气却很大，很多来自世界各国的珍贵文物都在这里安家落户，其中就包括唐太宗李世民陵墓中陪葬的六骏中的两骏——“飒露紫”和“拳毛”。

这六骏原本是唐太宗在行军打仗中的坐骑，在他打下江山之后，于贞观十年，也就是公元636年，他命令著名画家阎立本为其六匹骏马作画，并且雕刻在六块长方形的石灰岩上。这原本是属于中国的国宝级的文物，却在八国联军侵略中国的时候，被帝国主义列强掠夺到了国外。

在国内，林徽因见过另外四尊雕像——“青骓”“什伐赤”“特勒骠”和“白蹄乌”，这四匹栩栩如生的骏马雕像，或站立或奔跑，就仿佛拥有生命力——能够在风中奔跑，长长的鬃毛会随风摆动，甚至能够听到它们在奔跑中划破长天的嘶鸣……可如今，两尊骏马雕像收藏在宾夕法尼亚大学的博物馆内，成为别国的收藏品。

原本在国外，林徽因的思乡之情并不强烈。但是，看到了这两尊骏马雕像之后，对祖国的思念难以抑制。看到林徽因这般情形，梁思成便明白了她的心思。

一日，梁思成非常开心地手捧一个礼品盒找到了林徽因。看着梁思成手中的锦盒，以及那一副兴高采烈的样子。林徽因虽然心中没有兴致，但也十分配合地表现出十分高兴的样子。她知道，梁思成是一个用心的男子，不论什么事情都是如此。

她打开锦盒一看，原来里面竟然是一枚仿古镜。林徽因立刻拿起来捧在手中仔细研究起来，看着镜子背面的浮雕她真的兴奋了：那是敦煌石窟中非常著名的飞天，亦是许多东方建筑都会用到的一组，在浮雕一旁，还雕刻着一句话——“徽因自鉴之用，思成自镌并铸喻其晶莹不珏也”。

“这……这是……”林徽因看到又惊又喜，“这是你……你从哪里淘置来的？”“你觉得呢？”梁思成一脸的得意。“我猜到了，肯定是你！”林徽因非常肯定，别看梁思成是建筑系的学生，但自小对美术和雕塑等事情都非常在行，再加上这样一副得意的样子，肯定是他自己做的。

“真是聪明，这句话也是我送给你的。平时我不太爱说那些甜言蜜语，可是我的心思你是知道的。”听到这句话，她的脸都红了，少见这样的思成，也少见这样精致的仿古铜镜，她不由得赞叹：“我看，这件假古董都能以假乱真了，没准过个十几年，就能在谁的家里看到这件收藏品了。”

“那一定是属于我们的家！”思成也被她的快乐感染了，“对了，说起以假乱真，这面仿古镜还有一个典故。做好了以后，被研究东方美术的教授看到，他立刻拿起来反复研究，嘴里还嘟囔着，没见过这样的镜子啊，图案像是北魏年间的，可是上面的文字却不像那个年代的，到底是什么时间的呢？”“然后呢？你有没有告诉他，这是你做的？”“是啊，你猜他怎么说？”看林徽因茫然地摇了摇头，他学着教授的模样说：“Hey! Mischievous imp!（淘气包）”

看着梁思成那滑稽的样子，林徽因也笑得前仰后合。在此之后，每当林徽因想念远方的家乡，就拿出那面仿古铜镜看看，多少是一种安慰。

梁思成对林徽因的关心和宠爱，很少用语言来表达，这个温暖的男子总是那么实在，他只会想尽一切办法用行动来宠爱这个自己所钟爱的女子。他不会像徐志摩那样，将爱时时挂在嘴上来表达，而且他年长林徽因几岁，懂得如何去照顾一个人的情绪，这些都是徐志摩所欠缺的。

有一种爱看似平淡，只有用心才能感受到这份爱的厚重；有一种爱已经渗透到生活中的点点滴滴，不论此刻内心有多寒凉，只要有它就能体会到它的温度。这种爱，存在于梁思成与林徽因之间，如大地一般厚重，如海洋一般绵软流长。甚至一旦感受到，便可以肯定地说上一句“他将一生如此”。

有一种爱，总能在瞬间融化你的心，让你如置身蜜罐般的甜；有一种爱，它就流转在两人眼神交流的瞬间，不需要任何言语，你我却都懂得。这是一种诗人的爱，那么缥缈却又真实地存在，就如文人很少体会生活愁滋味一般，他们可以为爱舍弃一切。这种爱，便是徐志摩所给予，而林徽因自觉不一定能把握的如仙境般的爱，美丽却不那么真实可触。

人间情爱莫不如此，你爱我，我爱他，他爱你。你爱的人未必爱你，爱你的人你未必就爱他，恰好彼此相爱也许追求还不一样。如同一场宿命，有情人未必终成眷属，不相爱的人在一起也未必不会幸福。

当徐志摩碰上梁思成，这两种爱情没有哪一种更好，只能说林徽因更希望得到哪一种爱的感觉。而在梁思成与林徽因这场两个人的爱情里，不只此时，即使在漫长的婚姻生活中都始终少不了三个人的角逐。所幸，梁思成始终是林徽因最终的选择。也许，一切早已注定，也许一切只因两人的惺惺相惜。

第三卷

志同道合执子手

露浸芳姿，雨润清颜，几逍遥，醉览山川。志同道合的人总是能发现万千山水的瑰丽与奇伟，梁思成与林徽因这对神仙夫妻，执了彼此的手，走遍了中国的各个角落，让他们心中的艺术——古老的建筑见证了他们的甜蜜与争执。

聪慧女子的选择

爱，是每个人的心灵寄托，是人们心中的一种情感依赖。爱，是生命历程的和煦阳光，它能够温暖一个人的寂寞，照亮一个人的忧伤……

一对爱人，不论他们的感情多么深切真挚，不论他们曾经许下过什么样的海誓山盟，似乎只有成家结婚才算是真正的完满。就像是鸟儿，虽然可以展翅在蓝天下自由翱翔，但是总有飞倦的那一天，它们需要一个可以让自己栖息，为自己遮风挡雨的鸟窝。而对于我们人类来说，家，是心灵停泊的港湾，因为生命不能承受心灵四处飘忽和到处游走的重负。无论是在外面怎样的漂泊，怎样的委屈，怎样的荒凉，拥有了属于自己的家，一切便都得到了抚慰，一切又重新温暖起来。

汪国真说：不要轻易去爱，更不要轻易去恨，让自己活得轻松些，让青春多留下些潇洒的印痕。你是快乐的，因为你很单纯；你是迷人的，因为你有一颗宽容的心。梁思成是迷人的，与林徽因一起经历了异国的苦难岁月，他始终用自己宽广的胸怀温暖着这个受伤的女子，也终于赢得了美人的一生相许。

对于订婚，梁思成的父亲梁启超要求严格遵守所有的中国传统习俗。他请了一位朋友对了两人的“生辰八字”，并找出两人的出生地点和时间以及上三代的名字。作为二人订婚典礼的信物，梁启超还买了两块名贵的玉佩和一对玉英。所有的一切，梁启超都在细致认真地准备着，生怕有什么不妥的地方，尽管当事人还远在大洋彼岸，但这却丝毫不减礼仪的隆重。

1927 年，梁思成与林徽因的文定大礼就在“南长街 54 号”院中举行了。梁启超悉数吩咐，仲父梁启勋亲自操办，与新人在加拿大即将举行的婚礼比肩而重，在那儿缔结了一段世纪婚恋传奇。

虽然这时的梁启超已病重入院，但他还是尽心操持着这一切。他去信给仲弟梁启勋，让其代为筹措这对璧人的庙见大礼、文定大礼。他在信中说：“徽因思成已决定在美结婚（我及思顺如此主张，彼两小未完全同意），婚仪太简率，所以想在文定礼上稍微郑重庄严一点，我既不来京，一切由弟代理便是。”

举办庙见礼时，梁思成已决定于东北大学应聘。尽管两人不在国内，但梁启超认为婚姻之事不能草率，当时林父林长民去世不久，这场订婚礼的郑重也算是给予林家的最大安慰了。这次订婚仪式上，就连座次细节梁启超也细心嘱咐：“座位是林家大媒首席，我家大媒次之，汝代表主人须亲自送酒言席陪客。”庙见礼、文定礼本中亲朋好友、媒人、见面礼、利是红包、布置新房的情况等事无巨细，梁启超躬亲一一列出，从庚帖如何写，不同的人庚帖又如何设置，庚帖要用多大开本，聘辞由谁念等等，信中都有所涉及，很是详尽，且每步的安排极为考究。

梁启超在信中写道：“聘物林家用一玉印，据君庸言该印本是一对，故当仲恕未购定玉佩以前，曾与君庸言两家各购其一，印文互刻新郎新妇名。今我家既已购定，本来最好是林家并购双印送我，但不便作此要求，仍由我家购其一便是。但我家所购者印文拟不刻徽音（林徽因原名）名，但刻‘长宜子孙’四字阴文，请托君庸代购代刻。”信中所提到的“玉印”，虽然只是聘礼中的一件，形质、印文无不考虑周全，慈父的良苦用心跃然纸上。

儿子和未来媳妇不在，自己又染病在身，仍心系爱子婚事，依足订婚礼数的三书六礼差人督办。

所谓三书六礼，就是我国传统的婚姻习俗礼仪。

古代的结婚过程与现代礼仪有点不同。可说是更为庄重繁复。如此繁重正式的礼节，即使儿女们没有任何要求，梁启超也一一为他们想到。这位慈父对林徽因的满意程度由此可见一斑，与此同时，他的拳拳父爱即便今日看来，也是极为动人。

现代的结婚过程一般指结婚当日所举行的礼仪。而三书六礼的结婚过程则包括了从谈婚、订婚到结婚等过程的文书和礼仪。整个传统婚姻习俗礼仪通知了亲属邻里，目的是为了取得社会的认可和保障。除此以外，传统婚姻习俗礼仪使结婚的夫妇取得祖先神灵的认可和承担履行对父母及亲属的权利义务。故此男女若非完成三书六礼的过程，婚姻便不被承认为明媒正娶；嫁娶仪节的完备与否，直接影响婚姻的吉利。

所谓“三书”是指结婚过程中所用的文书，可以说是古时保障婚姻的有效文字记录。分别指：聘书，即定亲之文书，在纳吉（男女订立婚约）时，男家交予女家之书简；礼书，即在过大礼时所用的文书，列明过大礼的物品和数量；迎书：即迎娶新娘之文书，是迎亲接新娘过门时，男方送给女方的文。

而“六礼”则是结婚过程的六个礼法。纳采：当儿女婚嫁时，由男家家长请媒人向物色好的女家提亲，男家在纳采时，需将大约达三十种有象征吉祥意义的礼物送给女家；女家亦在此时向媒人打听男家的情况。问名：即在女方家长接纳提亲后，女家将女儿的年庚八字带返男家，以使男女门当户对和后卜吉凶。纳吉（又称过文定）：当接收庚帖后，便会将庚帖置于神前或祖先案上请示吉凶，以肯定双方年庚八字没有相冲相克。当得知双方并没有相冲相克之征象后，婚事已初步议定。纳征（又称过大礼）：即男家把聘书和礼书送到女家。在大婚前一个月至两周，男家会请两位或四位女性亲戚（须是全福之人）约同媒人，带备聘金、礼金及聘礼到女方家中；此时，女家需回礼。请期（又称乞日）：即男家择定合婚的良辰吉日，并征求女家的同意。亲迎（或迎亲）：在结婚吉日，穿着礼服的新郎会偕同媒人、亲友亲自往女家迎娶新娘。新郎在到女家前需到女家的祖庙行拜见礼，之后才用花轿将新娘接到男家。在男家完成拜天、地、祖先的仪式后，便送入洞房。

作为父母，对于儿女的婚事总是那样地看重与焦急。订婚过后没多久，梁启超就开始张罗结婚的事情了。在寄给梁思成与林徽因的信中，梁启超说得很清楚："因婚礼十有八九是在美举行，所以此次文定礼特别庄严慎重些。晨起谒祖告聘，男女两家皆用全帖遍拜长亲，午间宴大宾，晚间家族欢宴。"随后，梁启超将一份祭告祖先的帖子寄给了梁思成，由他保管。

梁思成是梁启超的长子，林徽因又是梁启超所喜爱的孩子，是自己好友的女儿。况且林徽因的父亲已经不在了，所以作为长辈的梁启超为他们的婚事作了详细的安排：因为林徽因和梁思成身在国外，所以婚礼会按照西方的规矩进行，在教堂举行婚礼，婚后二人去欧洲度蜜月，同时也对外国的建筑进行实地的考察参观，然后回国。一切婚事都由大女儿思顺和女婿周希哲为他们操办。

亲事已定，林徽因与梁思成也将携手走进那神圣庄重的教堂，心中那句"执子之手、与子偕老"是他们对爱情不朽的誓言。爱情，只有甜蜜，才显得美丽；只有欢欣，才显得强烈；只有庄重，才显得严肃；只有细腻，才显得神秘。如此的爱情，一生只有一次足矣。

远去的青涩，走远的时光，当年为谁始动初心已经不再重要，重要的是，现在谁走到了你的心里。

怦然心动是激情，日久生情才叫爱情。

就在婚礼前不久，因心中所感，林徽因将心中如桃花般温柔细腻的柔情以文字的形式记录了下来，《一首桃花》恰如其分地表达了她当时的心境：

桃花，
那一树的嫣红，
象是春说的一句话：
朵朵露凝的娇艳，
是一些
玲珑的字眼，
一瓣瓣的光緻，
又是些
柔的匀的吐息；
含著笑，
在有意无意间
生姿的顾盼。
看，——
那一颤动在微风里
她又留下，淡淡的，
在三月的薄唇边，
一瞥，
一瞥多情的痕迹！

爱情，总是让人春风得意，似乎就连那娇羞的桃花，也因为爱情的感染而分外美好。神秘的爱情啊，总是可以让人不顾一切地去寻找，去放弃，去改变，只因为爱情带给人们的美妙滋味是那样让人向往。一生，只要爱过一次，倘若彼此不曾相逢，也许，心绪就永远不会沉重；可是如果真的与之擦肩而过，恐怕一生也不会轻松。爱人的一个眼神，便足以让自己的心海掠过清风，在贫瘠的土地上，让自己更深地懂得风景的美丽。一次远行，便足以憔悴了一颗羸弱无助的心。只望一眼秋水微澜，便恨不得泪水盈盈。

婚礼前的忙碌，让时间过得飞快。转眼已到了春意盎然的季节。阳春三月，本就是万物复苏的光景。草儿染绿了大地，柳枝儿也开始吐露新芽，一切沐浴着春光，在春风中摇曳、轻摆，仿佛娇美少女的轻歌曼舞楚楚动人。

虽然婚礼是西式的，但是林徽因却不愿意穿西式的婚纱。可是当时的加拿大根本买不到中式婚服。于是，心灵手巧的林徽因就为自己设计了一套婚服：长长的裙摆拖地，显得佳人妩媚多姿；领口和袖口都绣有中国古典的盘花纹样，衬托着女子的秀美典雅；而最惹人注意的还是婚服的头饰——洁白轻盈的绢纱配着秀气的冠冕一般的帽子，帽子中间的红色璎珞美得摄人心魄。

在父亲梁启超的殷殷关爱和姐姐梁思顺、姐夫周希哲的操持下，林徽因穿着自己设计的极具民族情调的礼服，与梁思成终于结束了漫长而幸福的苦恋之旅。1928年3月21日，梁思成与林徽因在加拿大温哥华举行婚礼。终于，这对恋人如愿以偿地结为人生的伴侣，从此共度漫漫时光。

美丽优雅的林徽因就穿着这件自己设计的别致婚服，在动人的婚礼进行曲中慢慢走向了爱人梁思成。代表着神圣与庄重的牧师，早已站立在台上，他神情肃穆，穿着黑色燕尾服的书记，则站在他的一旁。

乐队奏响了那优美的曲调，代表着甜蜜的音符在婚礼现场的每个人心中徘徊。

牧师跨前一步，把手伸向了新郎新娘，开始阐述婚姻的誓词：“你们即将经过上帝的圣言所允许，从此结为夫妇，上帝必然在你的心中对你说，每个灵魂对另外一个灵魂，都是他神圣的圣地。人的心灵有他的安息与喜庆之日，你们的婚礼与欢乐世界一般，都是曲曲恋歌。”

随后，牧师转向新郎和新娘：“现在我要求你们，在一切心灵的秘密都要宣布出来之时，需要回答——”他转向梁思成，“你愿意娶这个女子作为你正式的妻子，爱她并珍惜她，无论贫富或疾病，至死不渝？”

“是的。”梁思成朗声回答，心中的喜悦竟怎么也掩饰不住。

牧师又转向林徽因：“你愿意接受这个男子作为你的丈夫，爱他并珍惜他，无论贫富和疾病，至死不渝？”

“我愿意。”林徽因轻声答道，这一刻内心是安宁的，仿佛这场婚礼就是她的定心丸。

声音落下，激动人心的时刻到来了：梁思成把一枚闪亮无比的戒指，戴在了林徽因左手的无名指上，然后温文尔雅地亲吻了林徽因美丽的脸庞。这轻轻一吻却饱含深情，让爱情的花朵更加摇曳多姿，光彩照人。

在梁思成和林徽因新婚之时，梁启超曾经写信嘱托：“你们俩从前都有小孩子脾气，爱吵嘴，现在完全成人了，希望全变成大人样子，处处互相体贴，造成终身和睦安乐的基础。”

从此，梁思成终于拥有了心中的挚爱林徽因，能以自己宽大的胸怀来包容这朵娇艳的花朵；从此，林徽因终于有了温暖的依靠，一种从小便在寻求的胸怀，她终于可以在这个宽大的胸怀里撒泼打滚，任意释放自己的性情。

从此，你是我的。从此，我是你的。从此，我们相互属于彼此。

当一颗天生浪漫多情的诗意的心终于以婚姻的形式找到归宿，就连那原本没有实体的幸福感都可以变得触手可及，一如桌子板凳般真实存在。是的，从此，爱情又多了一种含义：它不只是浪漫多情，还需要踏实具体。

世间的一切都是偶然的，美好的爱情也是偶然的。珍惜这份美好的爱情，并让对方感知，是一件幸福的事情。

曾在婚前，梁思成问过林徽因这样一个问题："有一句话，我只问这一次，以后都不会再问，为什么是我？"林徽因回答道："答案很长，我得用一生去回答你，准备好听我讲了吗？"这几乎成为情话的经典，除此，还有什么比这样的语言更动听，更甜蜜呢！

真爱，是一生的承诺。爱一个人，需要用一生去呵护、去陪伴，漫长的一生，朝夕相伴的爱恋，怎是几句话就能说得明白的？只有沉淀在心里的、愿意长久陪伴的，那才是爱。

人生在世，我们哭过，笑过，伤心过，快乐过；也看过，错过，经历过，体会过。遇见千千万万的人，遭遇千千万万的事，无论怎样，我们仍然是我们。只不过，岁月匆匆，那些曾经经历过的事情已经逐渐变得模糊而遥远了。

日子如流水般流过，林徽因沿着这条适合自己的人生道路行走，虽没有无限锦绣，却也算是山水相宜。也许，这才是生活，选择梁思成，生活或许平淡简单，却永远不会让她感到孤单无助。

这个聪慧女子的选择无疑是明智的。她的婚姻虽然算不上完美无缺，却也算是波澜不惊，宁静安稳。无论是她文学创作上的成就，还是建筑事业上的成就，都让人钦佩羡慕。

在这个破碎的时代，那么多的女子为了爱情不顾一切，最后被伤得千疮百孔，身心憔悴，唯独林徽因没有那些忧伤的回忆。她得以善终的感情生活，或许正因为她这次正确的决定。因为她清楚地知道自己想要的是什么，适合自己的是什么，一直都知道。

也许选择梁思成后的生活，没有那么多浪漫的柔情，没有那么多浓烈的倾诉，生活甚至会有些许苍白，但那也不会是因为营养缺失而成的病态，只会是那如遥挂中天的明月洒下的清明光辉，让人忍不住沐浴其中。

而对于男人来说，人生一大快事，无非是红袖添香，身边有佳人相伴左右。因为懂得，所以珍惜。此时，在新婚的梁思成心中，满是对于命运与上天的感激。他始终觉得，自己的心灵因为爱情终于有了稳定的居所；又因为爱情的慰藉，让他告别了许多寂寞与孤单，从此我心安然。

1928 年，早在梁思成与林徽因订婚日前夕，梁启超就为两人的结婚以及婚后的蜜月之行做了周密细致、路线顺畅、无可挑剔的安排。“婚礼只要庄严不要侈谩，衣服首饰之类，只要相当过得去便够，一切都等回家再行补办，宁可从中节省点作旅行费。”对于旅行事宜的事无巨细和周全安排，梁启超尽到了父亲的责任。他在信中写道：“你们最主要的目的是游南欧，从南欧折回俄京搭火车也不太经济，想省钱也许要多花钱。我替你们打算，到英国后折往瑞典、挪威一行，因北欧极有特色，市政亦极严整有新意（新造之市，建筑上最有意思者为南美诸国，可惜力量不能供此游，次则北欧特可观），必须一往。由是入德国，除几个古都市外，莱茵河畔著名堡垒最好能参观一二。回头折入瑞士，看些天然之美，再入意大利，多耽搁些日子，把文艺复兴时代的美，彻底研究了解。最后便回到法国，在马赛上船，（到西班牙也好，刘子楷在那里当公使，招待极方便，中世及近世初期的欧洲文化以西班牙为中心）中间最好能腾出时间和金钱到土耳其一行，看看回教的建筑和美术，附带着看看土耳其革命后的政治。关于这一点，最好能调查得一两部极简明的书（英文的）回来讲给我听听……”

如梁启超所安排，婚礼之后，两人接着赴欧洲参观了希腊、意大利、法国、西班牙等地欢度蜜月。对于这志同道合的新婚夫妇来说，这不仅仅是一段终生难忘的蜜月之旅，更是一段难忘的建筑观光游学经历。

为了使梁思成和林徽因的蜜月旅行顺利进行，梁启超还特意给梁思成寄来了十几张的名片，嘱咐他说：“到欧洲忘返各使馆时，可带着。投我一片，问候他们，托其招呼，当较方便些。你在欧洲不能不借使馆作通信机关，否则你几个月内不会得到家里人只字了。你到欧洲须格外多寄些家信（明信片最好），令我知道你一路情况。”

这就是中国传统的父母舐犊之情！即便是子女长大，成家立业，为人父母的还是放不下自己的那颗牵挂之心。

20世纪20年代，旅行结婚堪称时尚，不过那时的旅行多是为了能到繁华都市购置一些时髦衣物、稀罕物件或是拍照留念，完全是观光旅行。那个年代的旅行结婚与当下花样繁多的诸如水下旅行婚礼、空中飞行婚礼、太空旅行婚礼等完全不同，当然玩的花样也没有现在丰富。所以，梁林两人欧洲的蜜月之旅，不会有太多的新潮，也不会太轻松。不过，反而是这种兼备学习观摩的结婚旅行，更让这两位志同道合的新人感情笃定。

他们的蜜月之旅浪漫而温馨，他们每去一个地方，几乎都是有目的的考察。欧洲的经典建筑，让他们体会到了建筑艺术的博大精深与美轮美奂。这不仅是一次空间的穿越，更是一种真正意义上的学术游历。

常言说，条条大道通罗马。当人们的兴趣爱好不一致时，通往罗马的大道便会各行其道，也许相距甚远。只有当两人观点意见一致，兴趣爱好相同时，才会在人生的轨迹上留下更多相交的经历，走上一条相爱相守的婚姻道路。意见、观点一致；理想、信念契合；爱好、性情相投。爱人就会情投意合、心心相印；知己当是莫逆之交、心意相通；同事能够互相理解、心领神会；朋友可以坦诚相待、心无芥蒂。

这对志同道合的爱人在欧洲蜜月之旅中，收获颇丰。他们每到一处，都是一次真正近距离接触，拍照，绘图，记录，所得的资料完全不同于教科书的平面说教。他们细细地用心“阅读”，对每一处细节都不曾放过……

遗憾的是，他们并没有留下什么文字记录，只留下了为数不多的几张照片，让人怀想。

两人蜜月之旅中最精彩的行程，无疑是法国巴黎的塞纳河畔。由于它横穿半个巴黎，这一条充满着诗情画意的河流，不但洗去了巴黎城内的乌烟瘴气，还给这个城市带来了一股特别的自然气息。摆设在河畔上的旧书摊，三三两两临河描绘的画家，还有络绎不绝的书画爱好者，将法国巴黎点缀成了一座艺术之城。而坐镇河流两岸的那些如城堡般的建筑物，那一座又一座横亘在河面的大桥，却大气十足地摊开了它们在历史上的价值。

位于伦敦泰晤士河北岸的圣保罗大教堂是他们瞻仰的第一座圣殿。梁思成拿着相机不断地拍摄着圣保罗教堂的每一个角落，林徽因则仔细地欣赏着教堂的巴洛克风格。告别了圣保罗教堂，二人又去参观了带有东方情调的布莱顿皇家别墅以及别具古典内涵的英国议会大厦。最使他们倾心的还是海德公园的水晶宫。它摒弃了传统的建筑材料和构造，是一个以钢铁为骨架、玻璃为主要建材的建筑，是 19 世纪的英国建筑奇观之一，也是工业革命时代的重要象征物。

夜晚来临，月光和灯光互相映衬，晶莹剔透，就像是真正的海底水晶宫一样。看着这座美丽耀眼的建筑，林徽因与梁思成同周围的人一样，发自内心地赞叹着。尤其是林徽因，她对这座辉煌璀璨的建筑喜欢得不得了。

不得不说，在历史悠久的英国伦敦，多种多样的建筑风格并存，有的典雅，有的华美，有的庄严。就像是春天的原野中，各种各样的花草争奇斗艳般的存在。那些美丽辉煌的建筑，就像一个永远都不会褪色的梦，深深地烙印在梁思成和林徽因的心底。同样深深进驻他们心里的，还有彼此心灵之间的爱情。它就像是一壶陈年的老酒，时间越长，越耐人寻味。它的甘甜纯正、清冽辛辣，总是让人回味无穷。

幸福常常在两个相爱的人之间有迹可循，那是一种心与心之间的契合，是一种瞬间的感动，在一刹那间化为永恒。

还在蜜月中的林徽因和梁思成游历了英国后，从威尼斯走水路，经马赛上岸，沿罗纳河北上，来到了横跨塞纳河的巴黎。

当时，巴黎已经成为国际性的文化名城，更重要的是这里有埃菲尔铁塔。站在巴黎这个城市的象征性建筑下，除了拍照留念外，梁思成和林徽因更是看到了钢架镂空结构的埃菲尔铁塔与中国无铁钉的镶嵌木塔或完全砖石砌筑石塔的截然不同。埃菲尔的设计非常高明，在两年多的施工过程中，从未发生过任何伤亡事故；在组装部件时，钻孔都很准确地合上，这在建筑史上是很了不起的。铁塔共有四层，每层有一个平台，站在铁塔塔顶，便可以观赏到巴黎全城迷人的景色。后来，这对两人研究中国古建筑结构颇有借鉴作用。

巴黎的春天鲜明而轻扬。走在香榭丽舍大道上，看着大道中央车水马龙的繁华和大道两旁被浓密法国梧桐树遮盖下的悠闲，体会着巴黎人的生活和浪漫……华丽，优雅，闲情，俨然成了它的代名词。人流中有的衣着光鲜，有的整洁素雅，有的青春热烈，也有的简单随意。但相同的是，他们都没有丝毫的矫情与做作。置身其中，不禁让人轻松、惬意。林徽因挽着梁思成，看着巴黎街头的自然风情，深深地沉浸在这异国他乡的幸福之中。

随后，他们来到了巴黎圣母院，这座代表着早期哥特式风格的建筑，在阳光下显得大气恢宏，它高耸挺拔，辉煌壮丽，庄严和谐。它的建造全部采用石材，也正因为如此，雨果在《巴黎圣母院》中将它比喻为“石头的交响乐”。站在塞纳河畔，远眺高高矗立的巴黎圣母院，巨大的门四周布满了雕像，一层接着一层，石像越往里层越小。

告别了气势雄伟的巴黎圣母院，梁思成与林徽因来到了世界上最古老、最大、最著名的博物馆之一——罗浮宫。巴黎塞纳河北岸的罗浮宫，庄重典雅，华美亮丽。路易十四时代的昔日繁荣仿佛从未随岁月流逝而消退，那一百多根文艺复兴时代风格的立柱，骄傲地托起长长的走廊。

这一段比罗曼蒂克小说还浪漫的爱情之旅，让一对新婚爱人彼此更深地了解了对方。在林徽因的感染带动下，梁思成也没有了往日沉浸在学术里的一脸认真模样，而是渐渐变得活泼风趣起来。这段难忘的蜜月游学经历，让梁思成深深地体会到，原来人生并不枯燥乏味，而是可以如此多姿多彩，如此诗意浪漫。原来在他那漫无边际的学术海洋之外，还有着自己所不知晓的广阔天际。那些风花雪月的故事，是用铅笔勾勒出的梦幻，在青春岁月里肆意驰骋着想象，任由时光的橡皮不停地擦，依旧抹不去曾经激情飞扬的印迹。如此的美景，如此的美人，让梁思成情不自禁地在林徽因的耳畔轻轻说道："我觉得幸福，因为有你，在这一刻。"

曾经一度觉得，多情对于女子而言，是闪动着含情的双眸，深情凝望着自己心爱男人的眼神，是一种娇羞，是一种执着，是杨过之小龙女，是三毛之荷西。而于男子，多情便是舍己，是永远以爱人心间所想为重，以成全爱人的理想为荣。固然，林徽因与梁思成都是性情中人，都是心中充满浓浓爱意的伴侣，但他们却没有小说中浓浓缠绕的感情。与此不同的是，如此一对才子佳人都对建筑有着热忱的痴心，让彼此在你侬我侬之余，还多了一份难得的琴瑟和鸣。

有时候，哲学家们会告诉我们，人活着的意义，是为了全人类的延续和发展，是为了将最古老的生命无限次地延续下去，然后去实现那个最古老的梦想。

虽然这一段时间里，梁思成与林徽因忙着婚礼与远行，但他们仍然没有忘记和父亲梁启超保持书信来往。对于林徽因这样的儿媳，梁启超是非常满意的，他曾在信中写道："家里的长子已完成了这一重大的仪式。你可以想象老人们该有多高兴。特别使我欢喜的是，我一向偏向女孩，而现在有了一个和自己的女儿一样亲的儿媳。我想给你们计划一下未来，但要你们知道其中的困难。即使你找不到一份合适的工作也别灰心丧气，这还不是人生中最可怕的敌人，不能让这种事压倒我们。”

现在，梁思成与林徽因的完满结合，也可以告知那昔日的老友林长民了，只可惜斯人已去，林长民没有能够等到这一天便离去了，还是有些遗憾的。

梁思成与林徽因旅行的这段时间，作为父亲的梁启超每一封信都充满了嘱咐与叮咛：“你们的信实在太少。老人都爱他们的孩子。在康复期中最大的快慰是收到你们的信。我真的希望你能经常告诉我你们在旅行中看到些什么（即使是明信片也好），这样我躺在床上也能旅行了。我尤其希望我的新女儿能写信给我。”

此时的梁启超，身体的情况真的是每况愈下了，他很清楚这一点，对于疾病的缠身，病痛的折磨，他不曾退缩过半步，他只怕自己的身体撑不到他们回来，只怕自己没有机会再见到这两个让他朝思暮想的孩子了。不得已，他在几番思考之后还是发去了敦促他们回京的电报。见字如面，最后一句“我尤其希望我的新女儿能写信给我”，袒露了老人急切的心情。

这个时候的他，已经四年没有见过林徽因了，心中怎能不想念？怎能不惦记？又怎能不牵挂？尤其是一个年迈的老人，如若是看到他人儿孙绕膝，可自己的孩子却远在大洋彼岸，那该是怎样的一种心情？每当秋叶落下，夜幕降临，黑暗的深沉笼罩着周遭的寂静与孤独。当梦被三更的鼓声惊醒，更是觉得黯然神伤。

收到了梁启超的电报，梁思成和林徽因决定放弃西班牙、土耳其等国家的旅行计划，由水路改道旱路，从巴黎乘火车取道波恩、柏林、华沙、莫斯科，横穿西伯利亚，经伊尔库什克回国。

不管塞纳河畔多么让人陶醉沉迷，不管国外的生活多么悠闲惬意，梁思成和林徽因始终还是喜欢北京城内特有的中国式安逸。国外那些形式各异的建筑，让他们大开眼界，可是在他们的心里，中国的亭台楼阁、屏风瓦当才是最深情的建筑。

红透的夕阳收起了白日那坚毅耀眼的光芒，懒散地挂在天边，任那晚霞飘过，任那鸟儿回巢。那青砖灰瓦，砖木结合的北京四合院里，总是能传出朗朗的笑声。狭窄冗长的小巷两边，爬山虎青葱依然，茂密依然；洋车夫按着铃铛飞快地在巷子内自由穿梭，街坊邻里之间的句句寒暄也是京味儿十足……这才是自己的家，自己的根。

落叶归根，无论自己怎样在外漂泊，回到了家，这颗漂泊流浪的心才有了依靠，不用再去害怕那些动荡和不安。

自从新郎新娘回到梁家之后，家里上上下下着实热闹了好一阵子，大人小孩个个兴高采烈，欢迎林徽因正式成为梁家的一员，在这座老宅子里，仿佛过节一般的喜庆热闹。四年后再见到林徽因，梁启超发现她出落得更大方得体了。

相比国外的西餐甜点、乳酪咸肉，家里的小菜和白粥更合林徽因的胃口。那些诱人美味的西式餐点，终究还是浮夸了些。让她怀念已久的中餐，清新淡雅，其中还夹杂着浓浓的家的味道。这味道让人安心，让人舒适。

不论时光怎样流逝，有一种记忆，总是深深浅浅地爬满心房；不论见识怎样广博，有一种情愫，总是隐隐约约地不能释怀；不论离开了有多久，总有一种思念不能忘却，这便是家。漂泊在外，哪怕是万纸繁华，哪怕是西子倾颜一笑，哪怕是时光倒转回到沧海桑田，也抵不过烙在记忆深处那对家的深切思念。家，永远是人们心灵的归宿。就如现在的林徽因一般，很是满足——每天她都会和梁思成整理着在国外收集的资料和拍摄的照片，空闲的时候，还会为大家讲讲一路上遇到的奇闻趣事。也许，这就是乱世中的幸福吧！

林徽因是幸运的，亦是聪慧的，宛如在沙漠中找到了一股清澈甘泉，便可获得宁谧，安静，怡情悦性。

东北执教夜夜心

在岁月中跋涉，每个人都有自己的故事，每个人都只是其他人故事中的一部分。有些风景，只是风景，即使留恋也要失去；有些心情，也只是心情，不能一生拥有。轻握懂得，便是安暖。

有些时候，生活总会在你最觉得心满意足的时候给你当头一棒，总要带走一些什么。人的一生就是这样，总要存在一些缺憾才算终了。

梁启超与林徽因在甜蜜的蜜月旅行后，回到中国，在家度过了短暂而难得、安定又幸福的生活。可眼下的现实还是要面对的。纵然是新婚燕尔，甜蜜无比，却也逃不过现实的问题。这一对回国的新人面临着一个重要的问题，那就是就业。

作为长辈的梁启超像任何一个望子成龙的父亲一样，面对孩子的就业情况举棋不定，为孩子考虑过了任何事情的他，在事业这个问题上却犯了难：如若是在清华大学成立建筑学院就可以俯瞰国内，但是给上海的一个大藏画家当书记却可以为儿子的学问奠定基础。

早在梁思成与林徽因在欧洲旅游期间，他们就为回祖国效力作好了充分准备。但回国后，到什么样的单位工作，是他们面临的一个极为重要的抉择问题。梁启超在他们回国前，就为这件事操心了，他在给梁思成的信中就开始了研究。

1928 年 4 月 26 日，梁启超怀着对子女的极大关怀，给正在欧洲度蜜月的梁思成写了一封充满父子情怀的信：

你们回来的职业，正在向各个方面筹划进行，一是东北大学教授（东北为势最顺，但你们去也有许多不方便处，若你能得清华，徽因能得燕京，那是最好不过了），一是清华大学教授，成否皆未可知……另外还有一件“非职业的职业”——上海有一位大藏画家庞莱臣，其家有唐画十余轴，宋元画近千轴，明清名作不计其数，这位老先生六十多岁了，我想托人介绍你拜他们，当他几个月的义务书记，若办得到，倒是你学问前途一个大机会。你的意思如何？亦盼望到家以前先用信表示。

你们既已学成，组织新家庭，立刻去找职业，求自主，自是正办，但以现在时局之混乱，职业能否一定找着，也很是问题。我的意思，一面尽人事去找，找得着当然最好，找不着也不妨，暂随缘安分，徐待机会。若专为生计独立之一目的，勉强去就那不合适或不乐意的职业，以致或贬损人格，或引起精神上苦痛，倒不值得。一般毕业青年大多数立刻要靠自己劳动去养老亲，或抚育弟妹，不管什么职业得就便就，那是无法的事。

你们算是天幸，不在这种境遇之下，纵令一时得不着职业，便在家里跟着我再当一两年学生（在别人或正是求之不得的），也没有什么要紧。所差者，以徽因现在的境遇，该迎养她的娘才是正办，若你们未得职业上独立，这一点很感困难。但现在觅业之难，恐非你们意想所及料，所以我一面随时替你们打算，一面愿意你们先有这种觉悟，纵令回国一时未能得到相当职业，也不必失望沮丧。失望沮丧，是我们生命上最可怖之敌，我们须终身不许他侵入。《中国宫室史》诚然是一件大事业，但据我看，一时难成功，因为古建筑十九被破坏，其所有现存的，因兵乱影响，无从到内地实现调查，除了靠书本上资料外，只有北京一地可以着手。所以我盼望你注意你的副产工作——即《中国美术史》。这项工作，我很可以指导你一部分，还可以设法令你看见许多历代名家作品。回来时立刻得有职业固好，不然便用一两年工夫，在著述上造出将来自己的学术地位，也是大佳事。

梁启超的信可谓面面俱到。几经思量，梁启超最后在内心中为爱子勾画了一个最稳妥的蓝图：他认为在沈阳的东北大学执教会比较好一些，因为在那里开创一个建筑师事业的前景还是很好的，完全可以在那里成立一个公司，由小做大。打定了主意，梁启超开始走访昔日的老友，着实忙碌了一阵，他拜托了校长，请求学校增设建筑图案讲座，让儿子梁思成来任教。

东北大学的前身是国立沈阳高等师范学校和公立沈阳文科专科学校，1923 年 4 月正式成立。作为东北地区的最高学府，东北大学可谓是东北人文地理的象征，文化传统的化身，人物精华的荟萃。而其中最最特殊的便是，东北大学工学院在梁思成等人的努力下创建了国内的第一个建筑系。

这个新成立的建筑系，把东北大学的领导们难住了：因为建筑系的创立在国内还是第一次，由于没有经验和先例，学校的领导也不确定要启用什么样的人当教员才合适。同样是从宾夕法尼亚大学建筑系毕业的杨廷宝听说了这件事，马上向东北大学的校长推荐了自己的好友梁思成。于是，学校筹备委员会就决定听取杨廷宝的意见，聘请梁思成为教员，梁思成月薪八百银圆，林徽因月薪四百银圆。梁思成和林徽因首选东北大学任教，已成定局。作为父亲的梁启超也认为这是个好机会，于是就鼓励梁思成与林徽因好好利用这个机会，好好发挥自己的建筑才能。

1928 年 8 月，张学良将军兼任东北大学校长。在日本与苏俄的强力压迫下，他抱着“培养实用人才，建设新东北，以促进国家现代化，消弭邻邦的野心”的办学宗旨，重金为东北大学聘请了众多优秀教师。梁思成与林徽因便是其中两位最为出色的代表。这时沈阳的环境艰苦而紧张，而梁思成和林徽因却感觉到了东北大学的朝气，开始充实的执教生活。然而，那一代中国知识分子都有被列强瓜分的危机感，梁思成和林徽因抓紧中日大战前短暂的平静，为中国近代化教育加紧奠基。

于是，东北大学成了梁思成和林徽因理想的摇篮，成为他们实现梦想的起点。在这座古朴的校园里，梁思成创建了中国第一个建筑学专业。

时光总是在幸福和快乐中悄悄流逝，回到家中的半个月很快就过去了。虽然国内的混乱场面让刚刚归国的梁思成和林徽因很不适应，但他们还是相互鼓励，互相支持，希望彼此的学识能早日派上用场，得到最大的发挥。

很快，8 月底，东北大学迎来了新的学期，校园里的秋天变得金黄，黄叶灿灿，就像是学子们饱含着强烈求知欲望的眼睛般耀眼。新学期开始，东北大学各个学院的招生工作也在如火如荼地进行着。

到沈阳时，东北大学工学院院长、梁思成在清华大学的校友高惜冰已在车站等候。高惜冰告诉梁思成：你已被任命为建筑学系主任、教授，建筑学系已招收了一班学生， 但一个专业教师都没有，也不知该开些什么课，一切都等你们来进行。创建中国第一个建筑学系的重担，就这样落到了梁思成夫妇身上，梁思成也担当起了开创中国建筑学的历史使命。

在东北大学建筑系最初创建的日子里，只有梁思成和林徽因两位教员，由于没有经验，第一次创办一个专业，一切不得不从零开始，摸索着前进。二人既要教书上课，又要处理院校的日常事务，常常忙得不可开交。

在东北大学这个新成立的建筑系专业，林徽因负责讲授美术和建筑史，梁思成则负责讲授建筑学概论和建筑学设计原理。同时，梁思成还将西方建筑史和中国建筑史相结合，开设了建筑史这门新的课程。虽然仅仅只有四十多名学生，但是这毕竟是他们热爱的建筑，是梁思成与林徽因的第一批学生，为人师表，就要负起责任，传道授业不得马虎。

早在美国求学的时候，梁思成与林徽因就下定决心，要透彻地研究一番中国建筑史，等到自己学成归来之后，要好好地实践一下，学为所用。如今，不仅在东北大学有机会培养建筑文化的接班人，二人还可以边学边教，这个机会实在是难得。

于是，从 1928 年到 1931 年，梁思成与林徽因这对中国现代史上著名的夫妻学者，在他们最风华正茂的年龄里，在沈阳度过了新婚三年。

曾经在刚刚来到沈阳的时候，梁思成对林徽因说过：“拉斯金的演讲词中说：‘真正的妻子，她无论走到什么地方，家便围绕着她出现在什么地方……’对于我来说，你就是我的中心，你在哪里，我就要跟随着你去哪里，你在哪儿，我们的家就在哪儿。你就像是我的心灯，让我再也不是孤单一个人面对黑夜了。”听到丈夫如此真挚的话语，林徽因羞涩地说：“你应该去做个诗人！”

浓情蜜意，羡煞旁人！

回忆，滴在左手凝固成寂寞，落在右手化为永恒。它是一个个故事的终结，然而前进的脚步永远不会停下。对，我们阻止不了时间的前行，我们只能踏着时间的针脚向梦想更进一步。

就在那一刻，林徽因知道，自己的爱情和梦想，以后就和这个叫作梁思成的男人紧紧拴在一起了。

在沈阳，林徽因开始了一段不一样的全新生活。此时的林徽因早已不再是那个天真烂漫的小女孩了，她有了自己的爱情，有了自己的家庭，有了自己的思想，有了自己的事业和梦想……

为了实现自己的梦想，她要尽自己所学，为中国的建筑学添砖加瓦，贡献自己的力量。就像是东北大学公开征集校徽的活动中，林徽因设计的校徽作品得以中标一样，那就是她所付出的实际行动。林徽因所设计的校徽被称为“白山黑水”，整体是一面盾牌，正上方是“东北大学”的四个古体字，东北和大学之间是易经八卦中的艮卦，同样代表着东北，下面则是狼和熊对望的白山，寓意东北当时正在遭受列强的欺侮，形势危急，白山之下则是滔滔黑水。

从此，“白山黑水”一直成为东北大学的标志，甚至作为整个东北的关键词。一个柔弱女子能设计出如此大气古朴的徽章，叫人不得不钦佩。

梦是一种欲望，想则是一种行动。梦想是欲望与行动的结晶，梦想能带给人希望与动力。梦想是远处的灯塔，给人们指引着前进方向。梦想是雪后那抹明亮的阳光，温暖着每一颗心。梦想如五彩斑斓的气泡，美丽又易碎。把梦想装在心中，用行动来舞蹈。

古往今来，人们世世代代都在编织着美丽的梦想与希冀。仰望苍穹，晶莹的星星闪烁着眼睛，在向人们诉说着祈福的呢喃和虔诚的祷告；那梦想是如此真实，又是如此遥远，因为那是心中不断的追求，是浮于繁华现实的梦境。

在追求梦想的道路上，林徽因越来越清楚自己到底想要什么，需要什么，她也越来越坚定地知道自己要做什么，要拥有什么。实现梦想的过程必定是艰辛的，是充满磨难与坎坷、是孤独与寂寞的。而这条孤独的路，因为有爱人梁思成的陪伴，添加了一份柔情与温暖。

爱情与梦想不再矛盾，不再冲突，更像是互生的营养物质，激励着彼此前行。梦想的道路上，有了爱人的陪伴，各种建筑公式不再那么死板，各种铅印文字更像是一个个跳动的音符，充满情趣。而两个人共同实现梦想后的喜悦，也注定要比一个人实现多上几分甜蜜。

可以说，东北大学的建筑系，一切都是白手起家。因为建筑系是新兴的学科，国内并没有合适的教材可用，而且林徽因和梁思成也不想引进国外的教材，因为他们觉得国外的建筑学教育体系并不完全符合中国的国情。于是，梁思成与林徽因就把他们自己留学时所学到的专业知识分出绘图、设计、建筑学、美学等学科，细细地教授给学生。

每个人都有不同的命运，命运不是掌握在上帝手中，更不掌握在别人的手中，而是掌握在自己的手里。我们每个人从出生开始就都有了一份工作：那就是打造自己的命运。命运是靠我们自己的双手打造出来的。打造命运的路上不可能总是风调雨顺，总会有些狂风暴雨，但要相信阳光总在风雨后。命运如同手中的掌纹，无论多曲折，终究掌握在自己的手中。

刚开始，建筑系的新生们还不懂得建筑到底是怎么一回事，梁思成和林徽因就慢慢地引领学生，让他们逐渐地对建筑产生兴趣。夫妻二人在讲授专业课知识的基础上，又添加了许多关于哲学、文艺、音乐、体育等方面的知识，以此来开阔学生的视野，增长他们的学识，让学生的思维不仅仅停留在建筑本身，也要有其他方面的发展。梁思成常对学生们说："建筑是人类文化的历史，要成为优秀的建筑师，要有哲学家的头脑、社会学家的眼光、工程师的精确与实践、心理学家的敏感和文学家的洞察力。"

同时，梁思成和林徽因这对夫妻搭档还十分注重培养学生的人品和性格，他们希望自己所教育出来的学生可以成为具有全面素养的艺术家。也正是因为这样，两个人的备课量也越来越大了，但乐在其中的林徽因根本不觉得辛苦，因为自己的身边总是有梁思成的陪伴。

工作之余的空闲时间，她和梁思成还会去丈量古建筑，作图稿可依据的记录。有些时候，林徽因会傻傻地看着梁思成，不知不觉地痴笑。这浅浅的笑容里，有着幸福和甜蜜的味道。或许，人生最美的事情莫过于可以时常看着自己心爱的人吧！林徽因越发觉得自己当初的选择是正确的，他们两个人有着相同的志向，有着共同的爱好。两个人一起努力奋斗，只为同一个目标，这是夫妻之间最好的黏合剂。

这一对志同道合、伉俪情深的爱人，夫唱妇随，传为佳话。

当生活幸福地在继续，却总有一些扰人的事情跳出来搅局。这似乎成为了一个亘古不会变的人生规则。

就在梁林二人为东北大学建筑专业奔走忙碌、一腔热血地往前赶时，一个对于两人来说都是晴天霹雳的消息传来。

那一年的 12 月，寒冬已至。东北的冬天，如果用一个字来形容，最恰当不过的应是“冷”了，如果它排在第二位，那么恐怕没有第二个字敢大言不惭地排在第一位。那种冷深入骨髓、直达全身每个毛孔，是无处不在而你又觉不出具体位置的，是让你感到困惑、茫然的。

就在这个寒冷的冬季，林徽因和梁思成意外接到了父亲梁启超突然病重的消息。这消息让二人沉默了很久，心里的温度也随着冬季的寒风而降至最低。父亲病重，作为子女的不敢耽误一分一秒，不敢怠慢一丝一毫。在妥当地安排了学校的事务之后，梁思成与林徽因就匆匆赶往了梁启超所在的协和医院。

当见到梁启超的时候，林徽因呆住了，她简直不敢相信自己的眼睛，这还是那个睿智健硕的公公吗？那个病床上的老人形容枯槁，已经瘦得不成样子，他真的是梁启超吗？

看见梁思成与林徽因在百忙之中来看望自己，梁启超欣然地笑了。尽管已经说不出话来，但是梁启超却用他发自肺腑的笑容，表达了自己心中的宽慰与欣喜。因为他的其他子女都还在国外，不能及时赶回来，住院治疗的梁启超，一直因没有人陪伴而倍感孤独。但现在，林徽因和梁思成来了，这两个梁启超最爱的子女就这样日夜守候在病床前，无微不至地照顾着病入膏肓的父亲。

只是，人间的亲情感动了我们，却未能感动上天，亦未能留住梁启超的生命，因为主刀手术的院长粗心大意，在肾脏摘除手术时发生了失误。手术后，梁启超依然还在尿血，可就是查不出病因，于是就被复诊为“无理由之出血症”。一时间舆论哗然，重重矛头直指协和医院，人们嘲讽西医“拿病人当实验品，或当标本看”。

这便是轰动一时的“梁启超被西医割错腰子”案。但善良的梁启超毅然在《晨报》上发表了《我的病与协和医院》一文，公开为协和医院辩护，并申明：“我盼望社会上，别要借我这回病为口实，生出一种反动的怪论，为中国医学前途进步之障碍”。

然而，梁启超的宽容却没能得到老天的庇佑。很快，他的病情开始迅速恶化。1929 年 1 月 19 日，梁启超，这位中国革命伟人、这位梁思成与林徽因人生的导师与世长辞，享年五十六岁。

父亲的去世带给梁思成与林徽因巨大的伤痛。而这时的林徽因已经是有孕在身的人，但她依旧忍着巨大的伤痛和妊娠反应，与丈夫一起为梁启超料理了丧事。

国内外各种悼念和祭奠任公的活动众多，京沪之间悼念梁启超的人也很多。而作为子女的林徽因和梁思成也铸成了他们回国后设计的第一件作品：父亲梁启超的墓碑。

这座墓碑高 2.8 米，宽 2.18 米，厚 0.71 米。阳面镌刻“先考任公府君暨先妣李太夫人墓”十四个大字。阴面则镌刻着“中华民国二十年（1931 年）十月，男梁思成、思永、思忠、思达、思礼，女适周思顺、思庄、思懿、思宁，媳林徽因、李福曼，孙女任孙，敬立”。碑前有 0.75 米高的供台，两侧各有一段带有雕饰的直角形衬墙。墓碑、墓顶及供台衬墙，均由土黄色花岗岩雕筑而成，前后连接，浑然一体。墓碑没有碑文，也没有任何表明墓主生平事迹的文字，这是梁启超生前遗愿。整座墓碑庄严大气，古朴稳重，就像是梁启超一生的象征。

一代又一代，人们在不断地重复着，循环着，曾经的慨叹变为今天的思考，今天的思考终究变成曾经的慨叹，循环往复，不见尽头。

当有一天，斯人不在，当有一天，物是人非，我们回首看看过去，便会觉得一切都已那么遥远，往事都已变得缥缈。似一种未知的虚无，这虚无远在天边，让人看不清，摸不到，看不透。于是，常常因此产生一种无力感。时间久了，人们便会觉得疲惫不堪。

也许，梁启超便是如此。一代大家，疲惫了，也就离开了。他是中国历史上一位百科全书般的人物，是在退出政治舞台后仍能在学术研究上取得巨大成就的少有人物。人活一世，过得这般精彩绚烂，过得这般充实多姿，也算是功成名就，不虚此生了。这位中国近代史上的知名学者，就像是一只孑然孤立的杳鹤，到了时间，便去了，只将心中的那抹孤影留给人间。

残红落在水面上，化为浮萍。人生往事，有聚有散，宛如浮萍。即便是骨肉至亲，也没有谁可以伴谁一生，直至生命的尽头。

人，终究还是要离去的。这也是不可逆抗的自然规律。

阳春三月，春风已经吹绿了江南两岸。初春的季节总是让人喜悦，娇俏的杨柳不知道何时抹上了脆嫩的新绿，柔弱无骨的小花在阳光的照耀下露出了它们迷人的笑脸，舞动的蝴蝶似乎也急于向人们展示自己那双五彩斑斓的翅膀。四季之中，也只有初春时节能够让人产生由心而生的喜悦与激情。

然而东北的沈阳却仍然是春寒料峭，冰雪尚未融化，寒冬的冷意似乎还没有想要离开的意思，就像是梁思成与林徽因的心一样，那般寒冷，难以回暖。

料理完了父亲梁启超的丧事，悲痛万分的梁思成和林徽因也回到了学校，继续他们的任教生涯。

原本创办建筑系已经让两个人身心疲惫，如今又经历了父亲梁启超的病逝，这让梁思成和林徽因备受打击，就连身体状况也都开始变差了，尤其是林徽因。原本身体瘦弱的她就不适应北方天气的寒冷骤变，因此感冒也成了家常便饭。

林徽因就像是一片单薄的叶子，在生命的严霜下瑟瑟发抖。而这一场失去亲人的打击更是让她脆弱不堪，强烈的妊娠反应也开始折磨她。没有胃口吃饭，吃的东西全都吐了出来，身体没有了营养的补给，林徽因整个人迅速地消瘦下去。

看着爱妻如此饱受折磨，梁思成心疼不已，他深情地看着她憔悴的样子，恨不得自己能为妻子分担一些病痛。可是他却爱莫能助，也只能是极力地劝说林徽因多在床上休息。他用温情呵护她的心，她以微笑给他最好的回应。

许多钟爱林徽因的人，会把她比作一朵美丽的白莲，冰清玉洁地绽放在水间。而真正熟悉她的人，知道她骨子里是一枝翠竹，即使在悬崖峭壁的恶劣环境也坚韧不拔。纵使自己的身体情况十分糟糕，林徽因却仍然坚持给学生们上课，她说："站在讲台上，面对着我的学生，我才能暂时忘掉身体的不适。"

她是舍不得自己那些建筑系的学生们，舍不得放弃自己一直追求的梦想。这样的林徽因让人心疼，让人怜惜。整整苦熬了一个春季，她的病情才略有好转。

时光如水，匆匆流淌而过，放逐旧的回忆，带来新的故事。又是一年新学期，应梁思成的邀请，他在宾夕法尼亚大学的同学陈植、童寯和蔡芳荫先后来到了沈阳东北大学建筑系任教，这为刚刚成立不久的建筑系增添了一股新的力量。几个年轻人在大学时期就是志同道合的好朋友，而今回国又在学校一起教书，彼此之间的友情更加坚固了。激昂的青春里，热血青年们每天都有着聊不完的话题，每天都有不同的新教学方案提出来。激情与青春浇灌着梦想之花，就这样，建筑系的教学在他们的共同努力之下，一点一点地步入了正轨，这也让所有的师生倍感欣慰。

随后，梦想再度升级，林徽因和梁思成同陈植、童寯和蔡芳荫又成立了“梁陈童蔡建筑事务所”。对于这一作为，也是梁思成的父亲梁启超当年的一个设想，只是没人料想到，就在父亲病逝后不久，这个设想就成了现实，算得上是对他最好的告慰。

“梁陈童蔡建筑事务所”对外承接建筑设计的大小事宜，这样既可以实践他们所学的知识理论，又可以为学生们的教学提供更多的实际案例分析，是一件一举多得的好事。林徽因更是摩拳擦掌，准备好好地一展身手。果然，事务所一开张，他们就承接了一个较大的工程——为吉林大学设计校舍。

从为吉林大学校舍设计图纸到施工建成，几个热血澎湃的年轻人倾注了自己全部的精力与热情、燃烧的青春，让事业一片火红。许多人追逐梦想，却只能在海市蜃楼的雾影中遥望，而有些人却可以亲手抚摸真实的梦想，那是一种难以言表的幸福和满足。为吉林大学设计校舍的工程如期完工时，林徽因就尝到了这种幸福滋味。当林徽因看见曾经手里的一张张图纸如今变成了矗立在阳光下的大楼时，高兴得一下子抱住了身边的梁思成，她像个孩子一样开心地笑着。她紧紧地拥着梁思成，阳光照耀着她美丽的笑靥，是一幅洋溢着幸福的画面。

同样激动不已的梁思成也紧紧地抱着林徽因，他明白妻子此时的心情。这一刻，他不需要多说什么，只要抱着她，幸福地微笑就好。他真切地感觉到，原来同自己的爱人共同实现理想的感觉是如此美妙。

奋斗的时光总是过得飞快，转眼间已是初夏时节，林徽因与梁思成在参照了沈阳的古建筑风格之后，又设计了沈阳郊区的一座公园——肖何园。他们就如同魔法师一般，一片废墟在经过他们的设计整合后，几乎变成了另一种风景，成了一个优雅美丽的公园。这座园子得到了众人的赞扬与好评。之后，他们也时常会在这园中牵手散步，体会着创造者和受益者的双重快乐。

生命的路上就是这样，越努力，就越幸运。在这之后，事务所更是为许多的官宦军阀人家设计了宅院和亭台，这些成功案例使得事务所的名气越来越大。这一面事业风生水起，另一面他们也面临着一种崭新的幸福。

转眼间，北国的盛夏来临了，这个夏天与以往一样，万里晴空中飘着朵朵浮云，它们像海洋里翻滚着的白色浪花，又像是层峦叠嶂的座座青山，漫山遍野的野花竞相开放，杨柳树木也披上了绿色的外衣，虫鸣鸟叫，燕子飞舞。

然而这个夏天对梁思成和林徽因来说，却有着特别的意义。

1929 年 8 月，在这个蝴蝶翩翩飞舞的夏天，林家传来了婴儿响亮的啼哭声，林徽因做了妈妈。这个小生命的到来，让夫妇俩非常兴奋，夫妻俩给这个刚刚降临人世的女婴取名“再冰”，用以纪念已故父亲梁启超书房的雅号——“饮冰老人”。

林徽因拥有了知心的爱人和可爱健康的宝宝，事业上也是小有成就，可以一面做学问，一面操持着家务。如此，她终于过上了少女时所期待的生活，没有轰轰烈烈、你侬我侬的动人情节，但却可以安定美好地生活着。

女儿梁再冰的出生，让初为人母的林徽因更加确定自己当初选择梁思成是正确的，因为她所期待的幸福就是这般简单——疼爱自己的丈夫、可爱的孩子，安定的生活，这便是每一个女人最大的幸福。

平淡的生活里，幸福弥漫在了各个角落。

生活源于平淡，除去痛苦忧伤，剩下的就是幸福，而那剩下的痛苦却恰恰成就了平淡的幸福。再回首，以往的人之常情平平淡淡，才正是你我唯一的收获。那些苦不堪言的忧伤则是过眼云烟，谈笑间，就一笔带过了。

即便，有些伤痛无法泯灭；即便，有些故事仍会耿耿于怀；即便，有些故人依旧念念不忘。

解不开的心结，抛不离的伤悲，放不下的情仇爱恨，在新生命到来的一刻都会释怀明朗，唏嘘人生不过如此！

若苍天怜悯，倍加感激；若生命不弃，唯有珍惜。

北平古建增情意

褪尽风华，我们依然在彼此身边守护。有些人不需要故作姿态，也能成就一场翩翩惊鸿。那被岁月覆盖的花开，一切如白驹过隙的光阴成为空白。

生命中有些东西我们不知道能拥有多久。在茫茫的时间与空间构成的宇宙中，人显得如此微不足道；滚滚红尘中，我们亦有太多的事情不能自主安排。在时光这条蜿蜒的长河中，我们总是只能做那个顺流而行的过客，任凭汹涌的河水将我们卷入时代的漩涡之中。

1931 年，日本驻中国东北地区的关东军突然以武力袭击了东北，发动了对中国东北的战争。反日情绪空前高涨，于是，各地的学生们开始纷纷游行请愿，势不可挡的抵制日货运动也由此爆发。革命之势一浪高过一浪。

由于日本的侵略而造成的动乱，使得东北大学不得不临时停止了授课。或许，这时候的梁思成怎么也不会想到，曾经带给自己美好童年记忆的日本，会在如今给自己的国家和自己本人一个如此沉重的打击。诸多美好回忆与憧憬都一一碎落。

梁思成与林徽因在东北大学开创了建筑学系，并且身体力行，将自己在国外所学及实践研究所得毫无保留地教给了他们的学生们。但是，由于身体原因，林徽因不得不放弃在东北刚刚开创出来的建筑教育事业，回到北平休养身体。

没过多久，梁思成的教育之路也被迫中断。1931 年日本侵占东北，建立了伪满洲国，众多学生的爱国之情瞬间就被点燃。他们全身的热血被迅速点燃，在无力对抗日本的同时却迫切地需要寻找到一个情绪的出口。很快，他们忘记了曾经的师生情谊，将枪口转向了梁思成。

梁思成在日本出生、在日本成长，甚至连他的父亲，也是在日本学到了很多知识，但他们却都是地地道道的中国人。一些不明就里的同学将矛头指向梁思成，被逼无奈的他只好放弃了大学讲师的工作。

如此一来，没有了工作、没有了收入来源，一家人的生活顿时陷入了窘境。于是，梁思成在被逼无奈之下，还要去寻找一份新的工作。

林徽因和梁思成像所有普通的夫妻一样，渴望简单平静的日子，守着岁月静好，相伴漫柔时光，走到地老天荒。可是，岁月无情，他们这一代人注定不会拥有这样的悠闲时光。

如果说三十年代前是梁思成与林徽因的人生黄金时期，那么从三十年代开始，梁思成与林徽因注定要在这个杂乱的年代里随风飘零辗转。从这个时候开始，他们的生活即将面临一次大的变动。

命运驱使，他们踏上了人生一段新途。

当时，北平出现了一个非常小的单位，叫作中国建筑研究会（后改为研究所），正式名称叫中国营造学社。其名称中的营造二字取自宋李诫所著《营造法式》一书，该书为中国最早的关于建筑规制与技术的专业书籍，在这部书之后“营造”二字就专指中国传统建筑及其建筑技法和规范，中国营造学社之名即由此得来。

这个研究会并不是正式的，在当时只能算是一个有钱人的业余爱好吧，创建者叫作朱启钤，是一个非常有想法的官吏。在任职期间，朱启钤曾经接收到的一项任务就是修缮北京那些古老的建筑。或许也正是因为这个原因，朱启钤对建筑学产生了极大的兴趣，等到他“退休”之后，便全力开始研究起建筑学来。一次偶然的机会，他成立了中国建筑研究会。

1925年，朱启钤与陶湘、孟锡钰倡议成立“营造学会”，他私人出资，以他在北京的寓所为学会会址，旨在研究建筑文献和中国传统建筑式样。1930年2月，“营造学会”更名为“中国营造学社”，发行《中国营造学社汇刊》，朱启钤亲自担任社长，并在故宫内废弃的一角，找了十几间西庑旧朝房作为研究所总部。为支持研究，营造学社申请了中美及中英庚款中华教育文化基金董事会的经费。不久，朱启钤请学社成员、清华老校长周贻春专程赴沈阳，动员东北大学建筑系主任梁思成和他的夫人林徽因加入学社。

按理说，才子梁思成是看不上这样一份小单位的工作的，但他却通过一本叫作《营造法式》的手稿了解到这个研究会，认为这里是真正适合研究建筑学的地方，工资也能维持日常开销，是一个非常适合的选择。当然，这个选择也得到了林徽因的大力支持，她本身就非常热爱中国传统建筑，也想在这个领域中能够有所突破，能够学以致用。

而对于梁思成来说，在回国之前，他曾到欧洲参观了希腊、意大利、法国、西班牙等地的著名古建筑。他亲眼看到国外的古建筑受到妥善的保护与修葺，许多学者在对它们进行专门的研究；而对比自己的国家，一个有着几千年灿烂文化传统的中华民族，祖先给我们留下了如此丰富的古建筑遗产，如今却是满目疮痍。珍贵的龙门石窟、敦煌壁画任意被盗卖，被抢劫，千年文物流落异邦，大批古建筑危立在风雨飘摇之中。只有少数外国学者对它们进行过一些考察，而国内学者反而无力从事研究，甚至中国人学习自己祖先的文化遗产都要依靠国外编著的书刊，这是多么令人痛心的状况。梁思成深深感到这是一种民族的耻辱，他怀着激昂的爱国热诚，奋然下定决心：中国人一定要研究自己的建筑，中国人一定要写出自己的建筑史。

1931年秋，梁思成夫妇回京，正式加盟营造学社。此外，当时著名的建筑师杨廷宝、赵深，史学家陈垣，地质学家李四光，考古学家李济等当时最为优秀的学术精英，以及许多财界和政界人士也先后加入营造学社，支持学社的研究工作。营造学社汇聚群贤，一时蔚然大观。

梁思成第一天进入研究会就开始系统地整理资料，希望中国古典建筑能够拥有一套自己的完整体系，无论是对于梁思成本人在建筑方面能力的提升，还是纵观整个中国古典建筑，这都是一件非常好的事情。

当然，梁思成的工作量也是非常大的，他不仅需要阅读很多文献资料，同时还要参观实物，这样才能通过实践出真知。有很多中国传统建筑物并不在北平，在这一段时间里，梁、林二人差不多走遍了中国的大江南北，去实地考察那些不同风格、不同年代的建筑。也正是通过这些考察，梁思成深深地为这些充满了诗情画意的古代建筑所折服。

和林徽因不同的是，梁思成原本在中国传统建筑方面并不擅长，他最了解的还是西方建筑，对日本建筑也略有研究，这和他的成长过程是分不开的。这时候，爱妻林徽因反而成为他的导师一般。在众多美好的古代建筑面前，林徽因就如一个俾睨天下的王者。林徽因充满诗意的详细解说，让梁思成甚至觉得，如果说西方建筑大多只是外在的罗曼蒂克风格，而中国的古典建筑则是充满了含蓄的浪漫情怀。

实地考察的工作还是先从北平展开的，北平四郊近二三百年间建筑遗物极多，偶尔郊游，触目都是饶有趣味的古建。其中不乏辽金元古物，明清的遗构更是数目众多；有的是煊赫的名胜，有的是消沉的痕迹；有的按期受成群的世界游历团的赞扬，有的只偶尔受诗人们的凭吊，或画家的欣赏。

然而只有在建筑师们的眼中，这些美的存在才能真正发出耀眼的光芒。梁思成与林徽因在《平郊建筑杂录》中发出这样的赞叹：

顽石会不会点头，我们不敢有所争辩，但经过大匠之手艺，年代之磋磨，石头却也会蕴含生气。天然的材料经人的聪明建造，再受时间的洗礼，成美术与历史地理之和，使它不能不引起赏鉴者一种特殊的性灵的融会，神志的感触。

无论哪一个巍峨的古城楼，或一角倾颓的殿基的灵魂里，无形中都在诉说，乃至于歌唱，时间上漫不可信的变迁；由温雅的儿女佳话，到流血成渠的杀戮。里面都会有超出这“诗”“画”以外的“意”的存在。眼睛在接触人的智力和生活所产生的一个结构，在光影可人中，和谐的轮廓，披着风露所赐予的层层生动色彩；潜意识里更有“眼看他起高楼，眼看他楼塌了”的凭吊与兴衰的感慨。

说到北平古代建筑，北平卧佛寺是现在非常著名的一处景点，同样是中国传统建筑的代表。

一日清晨，他们敲响了这里的大门。接待他们的是卧佛寺的智宽和尚，他和梁、林二人早就相识，算是不错的朋友了。在他们的《平郊建筑杂录》中，梁思成与林徽因这样写道：

说起受帝国主义的压迫，再没有比卧佛寺委屈的了。卧佛寺的住持智宽和尚，前年偶同我们谈天，用‘叹息痛恨于桓灵’的口气告诉我，他的先师老和尚，如何如何的与青年会订了合同，以每年一百元的租金，把寺的大部分租借了二十年，如同胶州湾，辽东半岛的条约一样。

其实这都怪那佛一觉睡下几百年不醒，到了这危难的关点，还不起来给老和尚当头棒喝，使他早早觉悟，组织个佛教青年会西山消夏团。

虽未必可使佛法感化了摩登青年，至少可藉以繁荣了寿安山……，不错，那山叫寿安山……，又何至等到今年五台山些少的补助，总能修葺开始残破的庙宇呢！

我们也不必怪老和尚，也不必怪青年会……其实还应该感谢青年会。更是没有青年会，今天有几个人会知道卧佛寺那样一个山窝子里的去处。在北方——尤其是北平——上学的人，大半都到过卧佛寺。一到夏天，各地学生们，男的，女的，谁不愿意来消消夏，爬山，游水，骑驴，多么优哉游哉。据说每年夏令会总成全了许多爱人儿们的心愿，想不到睡觉的释迦牟尼，还能在梦中代行月下老人的职务，也真是佛法无边了。

原来，青年会在卧佛寺里租用了大部分场地，时间长达二十年之久。原本冷清的寺院，现在几乎都被这些青年人所占据。智宽和尚担心这样下去会打扰到佛祖的清净，也不利于这座寺院的保存。

考察工作并非是一天就能完成的。自此之后，梁、林二人常常出现在卧佛寺之中，他们从最外面的牌楼，考察到里面的寺院，甚至细致到屋檐的浮雕和画作。

作为一个游客游山的时候，林徽因较少注意到它的建筑格局，现在却从这熟悉的牌楼殿堂中看到了它独特的建筑风格。

卧佛寺的建筑格局和其他的有所不同，林徽因在《平郊建筑杂录》中写道：

这些美的存在，在建筑审美者的眼里，都能引起特异的感觉，在“诗意”“画意”之外，还使人感到一种“建筑意”的愉快。这也许是个狂妄的说法。但是，什么叫作“建筑意”？我们很可以找出一个比较近理的含义或解释来。

从前面牌楼一直到后殿，都是建立在一条中轴线上。从游廊向东西方向，再折而向北，其间虽有方丈客室和正殿的东西配殿，但一气连接，直到最后面，又折而东西，回到后殿左右，这一周的廊，东西十九间，南北四十间，成一个大方形，中间虽立着天王殿和正殿，却不像普通的庙殿，将全部寺院用“四合院”式，前后分成几进是少有的。

对于林徽因的这份总结，梁思成也非常认可。卧佛寺的建筑风格是非常典型的唐式建筑，卧佛寺建于唐贞观年间，初名兜率寺，元延祐七年扩建，到至顺二年完工，称昭孝寺，后又改名洪庆寺。由于时代久远，明朝宣德正统年间重修，改成“寿安禅林”，并颁大藏经置诸佛殿；到了成化年间，宪宗敕建筑寿安寺如来宝塔，现在早已塌掉；而崇祯皇帝，又将它改名为永安寺；清雍正十二年重修后，改名为十方普觉寺。可以说，卧佛寺历史久远，但保存得非常完整，是一处很难得的建筑景观。

梁思成是考据派的，喜欢引经据典，而林徽因则是感性的，她能通过自己的内心对这座建筑进行解读，甚至联想到曾经在欧洲考察时候的感受。

考察过卧佛寺之后，他们就马不停蹄地来到法海寺，这是在香山附近的一座很小的山寺，和卧佛寺相比，甚至有点袖珍，很少有人会注意到这里居然还有一座小小的寺院。但在梁、林二人眼中看来，这简直就是缩小的北海白塔啊！

法海寺始建于明正统四年，为御用太监李童集资兴建。虽历经修缮，仍具明代早期的建筑特点。殿宇依山势层叠而上，气度轩昂。山门即护法金刚殿，保存有明代前期的旋子彩画。在山门里面的高台上，有天王殿的遗址和伽蓝、祖师二堂。正中的大殿，面宽五间、黄琉璃瓦庑殿顶，金碧辉煌，掩映在苍松翠柏之间。殿内有明代巨幅神像壁画，栩栩如生，极为精湛。

但是建筑的生命中还包含地理因素这一项。这座寺院最突出的特点并非是它的建筑风格，而是在地点选择上，法海寺地点位于居庸关，在历史上这是一处非常重要的战略要地，虽然在《日下旧闻考》里法海寺只占了两行不重要的位置，一句轻淡的“门上有小塔”，在研究居庸关原状的立脚点看来，却要算非常重要的材料了。

平郊建筑的考察，唤起了林徽因特殊的审美感觉。

1933 年 11 月，林徽因、梁思成、莫宗江又到河北正定的兴隆寺、阳和楼、开元寺钟楼等十余处宋辽时期的古建筑考察。在她的眸子里，没有一块石头是冥顽不化的，而她的酬报便是那无穷的建筑创意的收获。

可以说，正是通过这种实地考察，让梁、林二人在建筑学方面有了新的感悟。除了实地考察之外，梁思成还努力地寻找曾经做过建筑的老师傅。

在那个时期，专门从事建筑的老师傅已经从朝廷流入民间，大家都过着最平凡的生活，寻找起来颇费力气。

但我们不得不承认，梁思成的好运和执着，他幸运地找到了两位专门从事维修故宫里清代建筑的老木匠。针对中国传统建筑的木材选用、黄金比例等问题，都在这两位老木匠这里寻找到了答案。梁思成不仅需要知道每一种构件的名称，而且还得知道它们的位置以及每一种构件在整体建筑中的作用。就在这里，在故宫房子里，开始就近检查和准确测量所要求的攀登。

人生就像一张纸，行走间，如素笺染墨。每一次经历都是一笔浓墨或淡彩；每一次成功或挫折，每一次心跳都是一个不同凡响的音符，淡然或张狂，如那枝上的鸟儿，可以自由恋爱，倾心欢唱，即使这素淡的日子里，也有余韵绕梁……

就在梁思成一门心思扑在考察这个环节上时，林徽因怀孕了。所以，在北平周围的考察工作的重任就落在梁思成一人身上。回国之后，梁思成的生活模式非常固定，大部分时间都是在北平或天津读中学小学，旅行也不过是在连接两地的铁路线上。就是在沈阳的短短几年，他也是住在城市边上的新校园里，而旅行又是在通往天津、北平的铁路线上。所以，这段时间的考察带给他极大的冲击力。

让梁思成记忆最深刻的是 1932 年 4 月的一次考察之旅，这第一次野外考察几乎成了当时建筑界的一个创举。

当时他非常渴望去蓟县独乐寺，这是他在图书馆里翻阅资料的时候偶然看到的一出场景，资料中有一幅配图，其实并不是有多特别，只是那巨大斗拱使他想起日本考古学家常盘大定和关野贞在中国旅行后发表的照片中的类似形象。他猜想这也许就表明那是一处早年的建筑物，决定要一探究竟。

从北平到东面大约八十公里的蓟县，每天早上六点有一班公共汽车，预定十一点到达。同行的有梁思成的一个弟弟以及营造学社的一位同仁，野外考察所需的仪器是向清华大学一位教授借来的。但在路上，汽车却非常不争气地抛锚了。梁思成在自己的工作札记中写道：

我们乘客只好帮着推车，一直把这老古董推过整个河床，而引擎直冲着我们的眼鼻轰鸣。还有其他麻烦的地段，我们不得不爬上爬下汽车好几次。八十公里的行程我们用了十三个多小时。但我们感到非常兴奋和有趣。那时我还不知道，在此后的几年中，我将会习惯于这种旅行而毫不以为怪。

这点困难让梁思成的考察之旅增加了些许乐趣，如果不是一种极致的热爱，或许这便是一种灾难了吧。

在参观独乐寺的时候，梁思成便感觉到这座寺院的用材都是非常有韧性的。他形容道：

独乐寺的观音阁高踞于城墙之上，老远就能望见。人们从远处就能看到它栩栩如生和祥和的形象。这是中国建筑史上一座重要而如此古老的建筑第一次打开了我的眼界。

值得一提的是，在1979年4月，梁思成第一次访问后的第四十七年，距那次带来无数人员伤亡以及北京、天津许多房屋倒塌的唐山大地震后的两年多，独乐寺和它的门楼仍然完好。蓟县比北京、天津更接近震中唐山，但是已有千年历史的高耸入云的木楼观音阁，却只受到很小的损害。这一事实很好地说明了它的结构具有良好的柔韧性。

蓟县，古时称为渔阳，春秋时期称为无终子国，战国时期称为无终邑，在秦朝属于右北平郡，唐朝设为蓟州，到了民国二年才改称蓟县。蓟县地处京、津、唐、承、秦等城市的中间，向来是中国北方的军事要塞。

虽然蓟县山清水秀，风景宜人，却是一个极为闭塞落后的山区小镇。梁思成原计划是在1931年的秋天去蓟县考察。可是当他一切都准备好了的时候，却有消息传来，在天津的日本人因为“九一八事变”后唆使一些流氓汉奸袭击国民党政府，并且劫持皇帝溥仪，这一系列重大事件的发生，致使天津的局势一度非常混乱。因此，梁思成的考察行期也只好延迟。最后出发的日子重新定在了第二年的四月。

就在随后的6月，中国营造学社的成员们来到了河北省宝坻县，开始了他们第二次的野外实地考察。梁思成及其一行人员从北平出发，经过艰苦跋涉到达目的地宝坻，并查明了广济寺正如那位校长所猜想的一样，是另外一座辽代寺庙。

在这两次考察之后，梁思成在林徽因的协助下撰写了数十万字的详尽报告《蓟县独乐寺观音阁山门考》。谁也没有想到，梁思成第一次外出去蓟县考察，就发现了当时中国最古老的一座木结构建筑物，并且还写出了中国学界第一次用科学方法分析研究古建筑的调查报告。

或许，这样的梁思成，真正拥有了建筑的灵魂。而这样的灵魂，生发于最初的爱情萌动。或许我们可以说，林徽因就是梁思成灵魂的根。

冬去春来，四季循序轮回。一天又一天，一年又一年，看似相同，却又不同。初回北京这一年林徽因因肺病加重便开始接受治疗。

此时的林徽因和女儿梁再冰，以及母亲何雪媛被梁思成安排在了靠近北平东城墙的北总布胡同三号一处古老的四合院里。

这个四合院有一座封闭但是却宽广的院子，里面种着几株开花的树，随着时光灿烂或凋零，静默地演绎着四季不同的美。四合院的四边周围，每一边都有一排单层的住房。房子的屋顶全部都由灰瓦铺成，房屋与房屋之间相连接的走廊也是灰瓦顶棚。朝向院子的一面都是宽阔的木格子的门窗，精心设计的木格子里，糊上了漂白的稻草纸，这样便可以让阳光照进屋里来，而又让外边的人看不见屋里。

作为女主人的林徽因在刚刚搬到新家之时，自然也就精心地打理收拾了起来。

她是个很懂生活的人，在院子里栽满了丁香、海棠和马缨花树，又将里院客厅的窗棂纸换成了更加透光清澈的玻璃，这样一来，温暖的阳光便可以透过玻璃洒满一地。阳光暖暖地洒在屋子里，也照耀在她的心上。温暖的心，缱绻着美好的心念，诗情画意，缥缈而出，也就是在这个四合院里，林徽因又恢复了她的写作生涯。可以说在这个时期，她在文学方面的造诣得到了一次集中的展现，好诗佳作更是频频而出。

林徽因所留诗歌作品并不多，但每一首都算得上是上乘之作，言辞优美，真情实意，那动人的无声韵律穿透了时空，让后人为之倾倒，为之赞叹。比如《昼梦》：

昼梦

垂着纱，
无从追寻那开始的情绪
还未曾开花；
柔韧得象一根
乳白色的茎，缠住
纱帐下；银光
有时映亮，去了又来；
盘盘丝络
一半失落在梦外。

花竟开了，开了；
零落的攒集，
从容的舒展，
一朵，那千百瓣！
抖擞那不可言喻的
刹那情绪，
庄严峰顶——
天上一颗星……
　　　晕紫，深赤，
天空外旷碧，
是颜色同颜色浮溢，腾飞……
深沉，
又凝定——
悄然香馥，
袅娜一片静。

昼梦
垂着纱，
无从追踪的情绪
开了花，
四下里香深，
低覆着禅寂，
间或游丝似的摇移，
悠忽一重影：
悲哀或不悲哀
全是无名，
一闪娉婷。

暮云渐落山岚，拾起半缕夕阳，浅淡的暖意，独坐一隅，品茗，碧绿的水雾，袅袅的清香。素心轻抿岁月荣枯无常，淡看四季冷暖，素净的心，清灵独醒，听音一曲，一方水墨，浅淡行走，一滴水声，晶莹安放凡心静美。林徽因珍惜地品着这每一寸花香，细腻地捕捉着花开的从容，悉心地守护着花心的情绪，尽情地沉浸在了一个娉婷的昼梦里。

闲暇时研磨，案几摆放上一只雕花的杯盏，以水色养心，伴着沁香的花韵，写一纸心之笺语，让思之悠悠，在荒芜中生长葱绿。她将美完好地锁在了文字里，永不褪色。

寻一缕风做前言，于心上种一株菩提；素色的花蔓做背景，赋予文字清清的影，不刻意留白，不需要隐忍；随意泼墨，一道婉约落笔，便是尘世间最明艳的烟火。

晋汾佛光添知音

蛇只能看见运动着的东西，狗的世界是黑白的，蜻蜓的眼睛里有一千个太阳。很多深海里的鱼，眼睛退化成了两个白点。能看见什么，不能看见什么，那是我们的宿命，就如谁将走进我们的生命，何时走进我们的生活，这些都是独一无二的。

我们都曾如此渴望命运的波澜，到最后才发现：人生最曼妙的风景，竟是面对波澜人生时内心的淡定与从容。我们曾如此期盼外界的认可，到最后才知道，世界是自己的，静守自己那份美便足够。

宿命的轮回，兴许也只在于缘分。时间的脚步匆匆向前，从来不肯停下来一分一秒，一切都在按照命运的安排进行着。

1932 年 8 月，儿子梁从诫的出生，让梁思成和林徽因都喜悦不已。尽管他们已经有了女儿冰冰，但作为传统的中国人，还是无法逃脱要有一个男孩子来继承香火的传统观念。说起梁从诫这个名字的由来，也颇让梁、林二人花费心思。宋朝有一位非常了不起的建筑天才叫李诫，梁思成和林徽因都非常崇拜这位建筑天才，取名的时候就取了从诫，意思是想让自己的儿子追随李诫的脚步，也成为一代建筑大师。由此可见，这对夫妇真是将建筑当作自己一生的事业，以及最伟大的梦想来完成了。

父母的爱，是一种对儿女天生的、自然流露的爱，宛如天降甘霖一般。父亲的爱，雄伟、粗犷，而对于母亲，这种爱则更细腻，更柔情。林徽因有一首流传颇广的诗，曾经一度让人们以为她是为初恋徐志摩而写的。但其实，那首诗歌则是为她的爱子梁从诫所作，女儿宝宝也已经三岁多了，家里的人都随着宝宝，叫小从诫为小弟。小弟有着白皙的皮肤，秀气的面庞，漂亮的大眼睛总是到处寻找爸爸妈妈的踪影，怀抱这个小生命，林徽因的心也被融化成了那种如四月春风般的温暖，这首诗便是《你是人间的四月天》。

我说你是人间的四月天；
笑响点亮了四面风；轻灵
在春的光艳中交舞着变。

你是四月早天里的云烟，
黄昏吹着风的软，星子在
无意中闪，细雨点洒在花前。

那轻，那娉婷你是，鲜妍。
百花的冠冕你戴着，你是
天真，庄严，你是夜夜的月圆。

雪化后那片鹅黄，你象；新鲜
初放芽的绿，你是；柔嫩喜悦
水光浮动着你梦期待中白莲。

你是一树一树的花开，是燕

在梁间呢喃，——你是爱，是暖，
是希望，你是人间的四月天！

四月，是充满希冀与朝气的四月。那轻柔的鹅黄，是绽放的生命；那脆嫩的草绿，传递着勃勃的生机。娇弱的生命，鲜艳的景色，在这样的盎然季节里泛着生命之光。这光柔情而明亮，又带着爱的温暖。这样的季节里，“你”早已超越了所有的一切，“你是一树一树的花开”，是伴着春风飞舞的燕子，带着爱与希望，如此轻盈地翩翩起舞。

在林徽因怀孕产子这段日子里，梁思成把北平近郊、天津、河北等地的建筑物考察了很多。于是，在林徽因身体恢复之后，他们要到更远的地方考察更典型的建筑。

中国古建筑是华夏文明的瑰宝，同时又因其多为木结构很难留存。在这个问题上山西是一个特例，有“中国古代建筑遗留最密集的地区”之美誉。然而至上世纪二三十年代，绚丽夺目的山西古建大多还只是一段尘封的历史，锁在深闺人未识。

梁思成和林徽因，这对中国现代建筑史上的佳偶，在与营造学社的同仁对中国古建筑的大规模考察中四到山西，发现了五台山的唐代木结构建筑——佛光寺，以及大同上、下华严寺，大同云冈石窟，应县佛宫寺释伽塔（木塔），洪洞广胜寺飞虹塔，晋祠圣母殿、鱼沼飞梁等古建奇葩，并破解了成书于宋代的建筑瑰宝《营造法式》。

1933 年 9 月，梁思成、林徽因与营造学社的刘敦桢、莫宗江等一起从北平出发，为调查大同古建和云冈石窟，第一次踏上了前往大同的火车。

此行的第一站是大同。大同曾经是辽、金两代的陪都西京，拥有两个重要的辽代寺庙群。日本学者曾报道过里面的佛像，但对建筑本身没有研究过。梁、林二人此去的目的就是为了能更好地了解北魏时期（450 年—500 年）木结构建筑的证据。

但是，当他们下了火车的时候，内心深处就非常失落，放眼望去根本看不到几座像模像样的建筑，几乎是清一色的窑洞式平房，这等萧瑟的场景，让梁、林感到很是荒凉。

火车站的广场四周，看不到一株绿色植物，一切看起来都是灰蒙蒙的，让人心生绝望之情。

梁思成的内心非常难过，原本他对这次大同之行充满了期待，但此处却尽显苍凉、悲壮之感——灰蒙蒙的天空，成群结队的骆驼，一队队地穿梭着，听着骆驼身上的驼铃，那似乎应该是属于遥远的、古老的大漠孤烟，却真实地在这里上演。

没有想到，在这曾经是北魏政治中心的故都。一行几人浩浩荡荡地走在大同的街道上，这里几乎没有沥青马路，更多的是土路，一阵风吹过都能尘土飞扬，呛得人咳嗽不停。可是，偌大的大同却找不到一家像样的旅店，这让他们非常失落。

其实，大同并非没有旅店，基本上是车马大店一类的旅舍，没有什么游玩的旅客，大多是穿着羊皮袄的骆驼客，他们成群结伙、盘踞在旅舍的门口，有的在抽着烟袋，有的在咕噜咕噜喝着稀粥，有的则聚集在一起打牌。这样的环境，这几个文人根本无法适应，常常是还没有走到门口，就被吓了出来。转眼就要到日落时间了，如果不赶快找到一家像样的旅店，他们就要露宿街头了。

就在他们腰酸背痛的时候，梁思成突然看到一个人。

大同车站的站长李景熙是梁思成在美国时的同学，他与车务处的王沛然二人将他们接到家中，并为他们腾出房舍，供他们住宿。但是这众多人的饮食也是个问题。不得已找到大同市当局求援，经市府官员出面，向大同唯一的一家专为大同上层人物办理宴席的酒楼打招呼，请他们专为学社同仁准备便饭，每人三餐各一大碗汤面。

在艰苦的生活环境下，梁思成、林徽因夫妇与营造学社的同仁们开始按计划工作。调查首先从大同的华严寺和善化寺入手。华严寺和善化寺被誉为“辽金巨刹”，寺中保留了许多辽金时期的殿宇。华严寺的大雄宝殿是迄今为止已发现的规模最大的古代木建筑；善化寺则是一个保存比较完好的辽金时期的建筑群组，现在还保存着四座主要建筑和五座次要建筑，是在公元 11 世纪中叶到 12 世纪中叶建成的，当时还在契丹、女真统治之下。

梁思成认为，这两个组群所呈现的迥然不同的气氛，一个深邃而比较细致，一个广阔而比较豪放，很可能在一定程度上反映了当时南北不同民族的风格。两寺的总体布局尚可辨认，是研究宋辽佛寺布局，并与文献材料相印证的重要材料。

在这里，他们找到了研究宋辽佛寺布局的重要实物资料，两寺在建筑史上的价值也因此得到了权威性的认定。

充分休息之后，梁思成、林徽因以及其他同事又去到了云冈石窟。

云冈石窟开凿于北魏鼎盛时期，作为六朝佛教艺术的珍稀之作，长期以来一直被中外学者所关注。然而以往的调查偏重于佛教艺术，缺乏建筑学意义上的系统介绍。梁思成、林徽因等的大同之行就是要对石窟建筑作系统研究，以弥补这方面的不足。

20 世纪 30 年代的大同云冈人迹罕至，空旷的山崖上，唯见鳞次栉比的石窟。云冈坐落在离大同城十几公里的郊外，交通不便。为了方便工作，他们决定住在附近。但是，这里没有旅馆，不得不借住在一户农家的一间没有门窗只剩下屋顶和四壁的厢房里。在这无门无窗的屋子里，他们一住就是三天，白天吃的是煮土豆和玉米面糊糊，连咸菜都是非常宝贵的。云冈的气候温差很大，中午炎热，夜间盖着棉被仍然冷得缩作一团。但云冈石窟的艺术魅力深深地吸引着他们，使他们不愿离去。

据《魏书·释老志》记载，北魏和平年间（460 年—465 年），云冈石窟由当时高僧昙曜主持，在京城郊武周塞，开凿五所石窟，即云冈16到20窟，后人称“昙曜五窟”，它们是云冈石窟群中最早的五窟。其他各洞窟完成于北魏太和十九年（495年）迁都洛阳之前。其主要洞窟大约在四十年间建成。北魏地理学家郦道元在《水经注·漯水》中写道：“凿石开山，因岩结构，真容巨状，世法所希。山堂水殿，烟寺相望，林渊锦镜，缀目新眺。”由此，可以想象到当时的盛况了。

云冈石窟的开凿，不凭借天然洞窟，完全以人工劈山凿洞。他们完全被这宏伟的美惊呆了。走进昙曜五窟，平面呈马蹄形，穹隆顶是苦行僧结茅为庐的草庐形状，主佛占据洞窟的绝大部分空间，四面石壁雕以千佛，使朝拜者一进洞窟必须仰视，才得窥见真容，主佛像顶天立地，巍峨高大，给人以至尊至贵的感觉。

观看这些佛像，林徽因产生了一种难以言说的肃穆之感，仿佛能够听到这些佛像真的在讲经说法，她甚至能够看到那个年代，那些苦难的人为了建造这个圣地所付出的血泪汗水。想到这里，她不禁潸然泪下。站在一旁的梁思成却没有心思感慨，他正忙着在本子上记录着这些佛像的数据，其他的工作人员也都拿出画本来记录难得一见的拓片，临摹画像的素描。这些工作一直持续了三天才完成。

在对云冈的石窟建筑艺术有了身临其境的感受之后，梁思成感触良多，他记录道：

在云冈石窟中可以清晰地看到，在中国艺术固有的血脉中忽然渗入旺盛而有力的外来影响：它们的渊源可以追溯到古代的希腊、波斯、印度，它们通过南北两路，经西域各族和中国西藏到达内地。这种不同民族文化的大交流，赋予我国文化以旺盛的生命力。这是历史上最有趣的现象，也是近代史学者最重视研究的问题。

顾城先生说：有些路看起来很近，可是走下去却很远的，缺少耐心的人永远走不到头。人生，一半是现实，一半是梦想。对于梁思成来说，破解中国古代建筑密码便是他一生的梦想，而现实中的行动，他一直在继续。对建筑事业的追求似乎永无尽头，他将一直不懈地追求下去。

完成大同的工作之后，梁思成与莫宗江结伴去应县寻找木塔。作为最大最高的木塔式建筑，应县木塔与沧州狮子、正定菩萨、赵州桥一起被列为华北四大名胜。

然而，梁思成曾经查遍北平图书馆所有能够找到的有关应县的资料，也没有找到一张应县木塔的图片。于是，他写了一封信给应县的照相馆，并在信中附上一元钱，请他们代照一张木塔的照片寄来。不久，即收到那家照相馆寄来的木塔照片。一看到照片，就决定把它列入大同行程的计划内。

这天，天空刚显出鱼肚白来，他们就骑着毛驴出发了，直到天将黑才看到视线的尽头处，在暗紫色的背景上有一颗闪光的宝石，附近群山环抱中的一座宝塔——迄今仅存的最高最大的应县木塔。看到梦牵魂绕的木塔，梁思成激动不已，在他的眼中，巨大的塔身“就像一个黑色的巨人”。在给林徽因的信中（林在考察完云冈石窟后已回北京）不无遗憾地说：

塔身之大，实在惊人。每面三开间，八面完全同样。我的第一感触便是你不在此同我享此眼福。不然我真不知道你要几体投地的倾倒！

应县木塔，建于宋至和三年（1056年），由地面到塔尖高六十六米，塔高五层，加上上面四层平座暗层，实际上是一座九层重叠式的木构架建筑。在应县，梁思成和他的同事莫宗江紧张工作了整整一个星期。

关于当时的情景，莫宗江回忆说：

我们把塔身全部构件都测量完了后，余下的就是塔刹的尺寸了。但是塔高六十多米，我们站在塔的最高一层已经感到呼呼的大风，我们上到塔顶时，更感到会给风刮下去。但塔刹还有十几米高，除了几根铁索外没有任何可攀援的东西，真是令人望而生畏。梁先生凭着他当年在清华做学生时练就的臂力，硬是握着凛冽刺骨的铁索，两腿悬空地往刹尖攀去。当时的古建筑都是年久失修，有时表面看去很好的木板，一脚踏上去却是糟朽的。这座九百多年前的古塔，谁知道那些铁索是否已锈蚀、断裂。我们在下面望着，不禁两腿瑟瑟发抖。梁先生终于登上塔刹，于是我也相随着攀了上去，这才成功地把塔刹各部尺寸及作法测绘下来。

梁思成也回忆说："应县木塔这么庞大复杂的建筑，只用一个星期就测完了。我正在塔尖上全神贯注地丈量和照相，黑云已经压了上来。忽然间一个惊雷在近处打响，我猝不及防，差一点在离地六十多米的高空松开了我手中紧握的冰冷的铁链。"

他们付出了意想不到的艰难，甚至冒着生命的危险，终于完成了对堪称国宝的应县木塔建筑学意义上的科学考察，为中国建筑史又留下了一份翔实的历史记录。

梁思成、林徽因与山西古建筑的缘分，就像有某种亲情血缘一般，总有某种情愫在其间连接。在此之后，夫妻二人又先后三次来到山西进行勘探考察。

1934 年 8 月，梁思成、林徽因接受美国朋友费正清、维尔玛（中国名费梅慰）夫妇的邀请，到山西汾阳城外的峪道河消夏，这是他们的第二次山西之行。

峪道河在当时是专门为外国人开辟的避暑胜地。过去沿河有数十家磨坊，靠峪道河的清泉为动力。近代面粉业兴起后，这些手工作坊渐渐闲置。但因其依山傍水，风景优美，被一些外国传教士当作避暑的好去处。于是，他们买下废弃的磨坊建筑，改造成为别具一格的磨坊别墅。他们去的正是一个传教士的磨坊别墅。借避暑消夏之机，梁思成、林徽因在费氏夫妇的协助下，对太原、文水、汾阳、孝义、介休、灵石、霍县、赵城一带汾河流域的古代寺庙进行了一系列的考察，发现古建筑四十余处。

1936 年冬，梁思成与莫宗江等在赴陕西调查之前，假道山西，对 1934 年在晋汾地区发现的古建筑进行实地测绘。是为第三次山西之行。

几个月后的 1937 年 6 月，在全面抗战即将爆发的危急关头，刚从西安返京的梁思成与林徽因、莫宗江、纪玉堂等一起，第四次踏上山西的土地。这一次他们直奔五台山，去寻找心目中的唐代木构建筑。

当第一次到山西考察时，林徽因曾感叹："现在唐代木构在国内还没有找到一个！"日本人更是断言："中国已不存在唐代的木构建筑，要看唐制木构建筑，人们只能到日本奈良去。"

但是梁思成始终有一个信念，坚信唐代木构建筑的存在。在他们的第四次山西之行中，他们如愿以偿，纯正的唐代木结构寺庙——佛光寺终于被他们发现。

这是他们野外考察史上最值得庆祝的一天。那一天，夕阳西下，整个庭院映照在一片晚霞之中。他们将带去的全部应急食品，沙丁鱼、饼子、牛奶、罐头等统统打开，吃着、议论着……

梁思成在《记五台山佛光寺建筑》中这样写道："工作完毕，我们写信给太原教育厅，详细陈述寺之珍罕，敦促计划永久保护办法。"五台山佛光寺的价值，不仅因为它年代久远，而且，"除殿本身为唐代木构外，殿内尚有唐塑佛菩萨像数十尊，梁下有唐代题名墨迹，拱眼壁有唐代壁画。此四者一已称绝，而四艺集于一殿，诚我国第一宝也。"

每次考察过程中，他们大半需要徒步，这绝对是一件极费体力与精神的事情。即使是对于健康的壮年人来说已是如此，更何况梁思成患有脚疾，而林徽因本就身体瘦弱。对此，费正清后来回忆说：“菲莉斯（林徽因的英文名）穿着白裤子，蓝衬衫，与穿着卡其布的思成相比更显得清爽整洁。每到一座庙宇，思成便用他的莱卡照相机从各个方位把它拍摄下来，我们则帮助菲莉斯进行测量，并按比例绘图，工作往往需要整整一天，只是中午暂停下来吃一顿野餐。思成虽然脚有点跛，但他仍然能爬上屋顶和屋椽拍照或测量。”

建筑在我国素称匠学，中国古代建筑的悠久历史和辉煌成就是由一代一代的能工巧匠手造的。而匠人们对于建筑的知识只是依靠师徒传承，很少诉诸文字。梁思成、林徽因及其营造社的同仁们在山西的一系列发现填补了这方面的缺失，即使梁思成年轻时曾留下脚跛之伤，即使林徽因才刚生产完不久。

人生就宛如一副牌，无论我们手中所持有的这副牌是优是劣，只要你竭尽全力用心便能将它打到淋漓尽致。

在山西建筑考察之行中，两人不仅仅志同道合，更像是找到了彼此人生中最难能可贵的知音相伴。你在我身旁，你就是一切；当你在别处，那么一切便都是你。

第四卷

此情可待成追忆

如花美眷，似水流年。如果，爱情已经渐渐模糊了当初的模样；如果，那曾经的心动已迷失在了滚滚红尘中；你是否，还记得当初那一段的美好？年华淙淙，云淡风轻间骤然想起你，心口依旧瑟瑟。只是，回得了过去，回不了当初。

客厅沙龙文人聚

生活容不容易，关键看你怎么活。处境在于心境，心境改变了，处境便也会改变。给自己一段柔软的时光，便也能在乱世中获得自己的快乐。而真正的智慧并不是预知未来，而是知道现在，懂得享受现在的一切，不在杞人忧天中担心现在和将来。

每个人，都是有一段自己的人生经历的，每个人从来到人世的那一天起，上天也就早已安排好你将要扮演什么样的角色，生死轮回。

幸福是什么？幸福，其实就在俯首可拾的平淡而简单的日子里。

梁思成与林徽因在各地考察古代建筑之余，便会在北京北总布胡同的四合院读书写字，这里便是他们从东北大学回到北京后的家。

两个人都是十分有名望的人，也许又由于夫妇二人所具有的人格与学识魅力，这里经常会聚集一批当时中国知识界的文化精英，如名满天下的诗人徐志摩、在学界颇具声望的哲学家金岳霖、政治学家张奚若、哲学家邓叔存、经济学家陈岱孙、国际政治问题专家钱端升、物理学家周培源、社会学家陶孟和、考古学家李济、文化领袖胡适、美学家朱光潜、作家沈从文和萧乾等等。

这些学者与文化精英常常会在每个星期六的下午，陆续来到梁家，品茗坐论天下事。

后来，林徽因的女儿梁再冰的回忆大致勾勒了这个交往网络的成员与特性：

这时我家住在东城北总布胡同三号，这也是我记忆中的第一个家。这是一个租来的两进小四合院，两个院子之间有廊子，正中有一个“垂花门”，院中有高大的马缨花和散发着幽香的丁香树。父亲和母亲都非常喜欢这个房子。他们有很多好朋友，每到周末，许多伯伯和阿姨们来我家聚会。这些伯伯们大都是清华和北大的教授们，曾留学欧美，回国后，分别成为自己学科的带头人，各自在不同的学术领域中做着开拓性和奠基性的工作，例如：张奚若和钱端升伯伯在政治学方面，金岳霖伯伯在逻辑学方面，陈岱孙伯伯在经济学方面，周培源伯伯在物理学方面，等等……在他们的朋友中也有文艺界人士，如作家沈从文伯伯等。这些知识分子研究和创作的领域虽不相同，但研究和创作的严肃态度和进取精神相似，爱国精神和民族自豪感也相似，因此彼此之间有很多共同语言。由于各自处于不同的文化领域，涉及的面和层次比较广、深，思想的融会交流有利于共同的视野开阔，真诚的友谊更带来了精神力量。我当时不懂大人们谈话的内容，但可以感受到他们聚会时的友谊和愉快。

尽管这个“太太的客厅”里人才济济，但每次聚会，林徽因却是当仁不让的绝对主角。她是这个沙龙活动中的灵魂人物，不仅能在适当的时候抛砖引玉，引起大家的极大兴趣，也能在旁人真情诉说的时候充当灵魂的倾听者，在大家“交战”正酣的时候，适当地控制局面，以免太过激烈而影响感情……

有这样一个主办人，来参加活动的朋友常常感到非常过瘾。但是，林徽因并非只是招待朋友就够了，她也常常会滔滔不绝地谈论文学作品，话题从诙谐的轶事到敏锐的分析，从明智的忠告到突发的愤怒，从发狂的热情到深刻的蔑视，几乎无所不包。当她侃侃而谈的时候，爱慕者总是为她那在天马行空般的灵感中所迸发出的精辟警语而倾倒。

在20世纪20年代的北平，其实有很多社交圈子，也出过很多名媛，比如我们前面提到的陆小曼。但是，和陆小曼不同的是，林徽因不仅仅拥有姣好的面容，还拥有渊博的学识，这也是很多文人墨客聚集于此的主要原因。

风华绝代、才情横溢的林徽因思维敏锐，擅长提出和捕捉话题，具有超人的亲和力和调动客人情绪的本领，使众学者谈论的话题既有思想深度，又有社会广度，既有学术理论高度，又有强烈的现实针对性，可谓谈古论今，皆成学问。随着时间的推移，梁家的交往圈子影响越来越大，渐成气候，形成了20世纪30年代北平最有名的文化沙龙，时人称之为“太太的客厅”。

对于这个备受世人瞩目、具有国际俱乐部特色的“客厅”，曾引起过许多知识分子特别是文学青年的心驰神往。

当时正在燕京大学读书的文学青年萧乾，通过时任《大公报》文艺版编辑、青年作家沈从文，在该报发表了一篇叫作《蚕》的短篇处女作小说，萧乾见报后心中颇为高兴，“滋味和感觉仿佛都很异样”。而令这位文学青年更加高兴甚至感动的事接着出现了，对于当时的场景，多年后萧乾本人做过这样的描述：

几天后，接到沈先生的信（这信连同所有我心爱的一切，一直保存到1966年8月），大意是说：一位绝顶聪明的小姐看上了你那篇《蚕》，要请你去她家吃茶。星期六下午你可来我这里，咱们一道去。那几天我喜得真是有些坐立不安。老早就把我那件蓝布大褂洗得干干净净，把一双旧皮鞋擦了又擦。星期六吃过午饭我蹬上脚踏车，斜穿过大钟寺进城了。两小时后，我就羞怯怯地随着沈先生从达子营跨进了总布胡同那间有名的“太太的客厅”。那是我第一次见到林徽因。如今回忆起自己那份窘促而又激动的心境和拘谨的神态，仍觉得十分可笑。

然而那次茶会就像在刚起步的马驹子后腿上，亲切地抽了那么一鞭。……1935年7月，我去天津《大公报》编刊物了。每月我都到北平来，在来今雨轩举行个二三十人的茶会，一半为了组稿，一半也为了听取《文艺》支持者们的意见。（林徽因）小姐几乎每次必到，而且席间必有一番宏论。

她说起话来，别人几乎插不上嘴。别说沈先生和我，就连梁思成和金岳霖也只是坐在沙发上吧嗒着烟斗，连连点头称赏。徽因的健谈决不是结了婚的妇人那种闲言碎语，而常是有学识，有见地，犀利敏捷的批评。我后来心里常想：倘若这位述而不作的小姐能像十八世纪英国的约翰逊博士那样，身边也有一位博斯韦尔，把她那些充满机智，饶有风趣的话一一记载下来，那该是多么精彩的一部书啊！

当然，这个时期和林徽因打交道的不只是像萧乾这样的傻小子兼文学青年，一旦承蒙召见便受宠若惊、感激涕零。有一些在文学创作上成就赫然者，特别是一些女性不但不把林氏放在眼里，还对此予以嘲讽。

没过多久，林徽因就因为“太太的客厅”这个文艺沙龙而引来流言蜚语，引起这个话题的是另一位才女——冰心。当时，林徽因举办的“太太的客厅”已经成为北平文化沙龙的翘楚，她本人也因此一跃成为拥有超高人气和号召力的名媛。

1933年10月，林徽因与梁思成、刘敦桢、莫宗江等人赴山西大同调查研究古建筑及云冈石窟结束，刚刚回到北平。一篇名为《我们太太的客厅》的文章在天津《大公报》文艺副刊连载，作者正是冰心女士。按道理说，很多文人都在北平，看不到天津的报纸，但却总有好事者将这篇文章拿出来说事，一时之间，两大才女的斗法充满了火药味。

现在，我们依然能够看到冰心女士的原文：

时间是一个最理想的北平春天的下午，温煦而光明。地点是我们太太的客厅。所谓太太的客厅，当然指着我们的先生也有他的客厅，不过客人们少在那时聚会，从略。

我们的太太自己以为，她的客人们也以为她是当时当地的一个‘沙龙’的主人。当时当地的艺术家、诗人，以及一切人等，每逢清闲的下午，想喝一杯浓茶，或咖啡，想抽几根好烟，想坐坐温软的沙发，想见见朋友，想有一个明眸皓齿能说会道的人儿，陪着他们谈笑，便不需思索地拿起帽子和手杖，走路或坐车，把自己送到我们的太太的客厅里来。在这里，各自都能得到他们所向往的一切。

按冰心小说中的描述：

“我们的太太是当时社交界的一朵名花，十六七岁时候尤其嫩艳……我们的先生（的照片）自然不能同太太摆在一起，他在客人的眼中，至少是猥琐，是世俗。谁能看见我们的太太不叹一口惊慕的气，谁又能看见我们的先生，不抽一口厌烦的气？”“我们的太太自己虽是个女性，却并不喜欢女人。她觉得中国的女人特别的守旧，特别的琐碎，特别的小方。”又说，“在我们太太那‘软艳’的客厅里，除了玉树临风的太太，还有一个被改为英文名字的中国佣人和女儿彬彬，另外则云集着科学家陶先生、哲学教授、文学教授，一个‘所谓艺术家’名叫柯露西的美国女人，还有一位‘白袷临风，天然瘦削’的诗人。此诗人头发光溜溜地两边平分着，白净的脸，高高的鼻子，薄薄的嘴唇，态度潇洒，顾盼含情，是天生的一个‘女人的男子’。”只见：诗人微俯着身，捧着我们太太的指尖，轻轻地亲了一下，说：“太太，无论哪时看见你，都如同一片光明的彩云……”我们的太太微微地一笑，抽出手来，又和后面一位文学教授把握。教授约有四十上下年纪，两道短须，春风满面，连连地说：“好久不见了，太太，你好！”哲学家背着手，俯身细看书架上的书，抽出叔本华《妇女论》的译本来，正在翻着，诗人悄悄过去，把他肩膀猛然一拍，他才笑着合上卷，回过身来。他是一个瘦瘦高高的人，深目高额，两肩下垂，脸色微黄，不认得他的人，总以为是个烟鬼。

……

诗人笑了，走到太太椅旁坐下，抚着太太的肩，说：“美，让我今晚跟你听戏去！”我们的太太推着诗人的手，站了起来，说：“这可不能，那边还有人等我吃饭，而且……而且六国饭店也有人等你吃饭，还有西班牙跳舞，多么曼妙的西班牙跳舞！”诗人也站了起来，挨到太太跟前说：“美，你晓得，她是约着大家，我怎好说一个人不去，当时只是含糊答应而已，我不去他们也未必会想到我。还是你带我去听戏罢，你娘那边我又不是第一次去，那些等你的人，不过是你那班表姊妹们，我也不是第一次会见。美，你知道我只愿意永远在你的左右。”

我们的太太不言语，只用纤指托着桌上瓶中的黄寿丹，轻轻地举到脸上闻着，眉梢渐有笑意。

……

这帮名流鸿儒在“我们太太的客厅”指点江山，激扬文字，尽情挥洒各自的情感之后星散而去。那位一直等到最后渴望与“我们的太太”携手并肩外出看戏的白脸薄唇高鼻子诗人，随着太太那个满身疲惫、神情萎靡并有些窝囊的先生的归来与太太临阵退缩，诗人只好无趣地告别“客厅”，悄然消失在门外逼人的夜色中。整个太太客厅的故事到此结束。

冰心的这篇小说发表后，引起平津乃至全国文化界的高度关注。作品中，无论是“我们的太太”，还是诗人、哲学家、画家、科学家、外国的风流寡妇，都有一种明显的虚伪、虚荣与虚幻的鲜明色彩，这“三虚”人物的出现，对社会、对爱情、对己、对人都是一股颓废情调和萎缩的浊流。冰心以温婉伴着调侃的笔调，对此做了深刻的讽刺与抨击。

其实，如果细看这篇文章，冰心是在讽刺他们一心只想着自己如何走在时髦的前端，如何附庸风雅，而对外界的事物却漠不关心。在1933年，日本占领了中国的东北地区，并扶植建立了傀儡政权伪满洲国，这些让每一个炎黄子孙都感到愤慨。可是，当她看到北平的那些阔太太们对这件事情毫不关心，依旧关上门过着自己优哉游哉的日子，决定写这样一篇文章予以针砭。

但是，小说中的人物总归是要有生活原型的。关于这个生活原型究竟是不是林徽因，却有两种说法。但是，这两种说法却都认为，文中出现的这个“诗人”就是徐志摩。关于徐志摩的长相、穿衣特征，我们现在还能从一些照片上看到，徐志摩的确非常喜欢留着中分的发型，同样也是“白净的脸，高高的鼻子，薄薄的嘴唇，态度潇洒，顾盼含情……”那么，文中的太太可以指两个人，一个就是林徽因，而另一个则是陆小曼。

陆小曼和林徽因有一个共同点，那就是喜欢社交，只不过社交的对象不同罢了，但她俩同样都是北平数一数二的名媛。所以，对于文中到底指的是谁，似乎并不确定，甚至是冰心为了讽刺那些阔太太而将两者结合，也是极有可能的。但是，对待这篇文章，林徽因和陆小曼的态度却是截然相反。

陆小曼一贯是我行我素的女子，对于外界的流言蜚语，至多是一笑而过。并且，徐志摩过世之后，陆小曼一直都在上海，是否知道有这样一场风波都不一定。但是，林徽因却不同。当时，林徽因刚刚和梁思成结束了在大同实地考察的工作回到北平，就恰好听说了这件传得沸沸扬扬的事情。根据林徽因的好友李健吾说，林徽因回到北平之后，曾经非常开心地和他分享了一桩趣事，她将自己从山西大同带回来的有名的老陈醋送了一份给冰心。这样的举动无疑是在向冰心挑战，暗讽她是出于嫉妒，才写出这样一篇文章来，两大才女之间的火药味十足。

关于冰心，很多人都是因为一篇名为《寄小读者》的文章而记住了这位民国才女。奇怪的是，冰心在民国时期其他才女的口中，似乎人缘并不太好，公然说出刻薄话的就有苏青和张爱玲。张爱玲曾经说过：“把我同冰心、白薇她们来比较，我实在不能引以为荣，只有和苏青相提并论我是甘心情愿的。”而另一位才女苏青也说：“从前看冰心的诗和文章，觉得很美丽，后来看到她的照片，原来非常难看，又想到她在作品中常卖弄她的女性美，就没有兴趣再读她的文章了。”

或许张爱玲和苏青并没有真正接触到冰心，只是通过文字和照片就发表了评论。但是，林徽因却不尽然。早在林徽因和梁思成到美国留学的时候，就曾经和冰心有过一次交集。

梁思成在清华大学上学的时候，室友是一位叫吴文藻的男孩，他是冰心当时的男朋友，并且和梁思成关系不错。在美国留学期间，梁思成、林徽因、吴文藻和冰心两对情侣曾经有过一次比较短暂的聚会，甚至留下了一张比较珍贵的合影。就是这次聚会，让林徽因和冰心之间产生了一种微妙的关系。尽管这两个人都是民国才女，但是两个人相互比较之心，却和其他小女子一般无二。

当时的林徽因已经出落得亭亭玉立，但冰心在容貌上只能算是清秀有余，却并不能说是出众的美女。美貌不如别人，就连自己一向自负的文采也在林徽因面前失去了往日的光彩。冰心的个性比较孤傲，一心想要和林徽因分出个高下来。就连围绕在林徽因身边的男人，一个徐志摩、一个梁思成，都是受人瞩目的才子。这样一来，冰心对林徽因的嫉妒就似乎成了顺理成章的事情。

正是因为有这样多的前因，才造成了讽刺“太太的客厅”这样的后果。当然，一次指向不明的讽刺并不能让林徽因如此小气，还有一件事情让她不能释怀。自从徐志摩因为飞机失事过早地离世之后，林徽因对徐志摩的事情就非常敏感。可是，她却听到冰心那边传来这样一句话：

“志摩是蝴蝶，而不是蜜蜂，女人的好处就得不着，女人的坏处就使他牺牲了。”这句话无疑就是在说，是林徽因和陆小曼害死了徐志摩。

在徐志摩刚刚过世的时候，舆论就曾经将林徽因和陆小曼推向风口浪尖。尤其是众多徐志摩的狂热追随者，他们将所有的罪责全部推到这两个女子身上——如果当初林徽因没有离开徐志摩的话，徐志摩就不会选择陆小曼；如果林徽因没有邀请徐志摩来听自己的讲座，没有让他答应必须来，徐志摩就可以不用乘坐飞机，更不会出事；如果陆小曼不那么花钱如流水，徐志摩就可以安安稳稳地做一个讲师该做的事情，而不是苦苦地奔波在几座城市之间；如果……太多的如果，让林徽因感到非常难过，冰心的这番话就如同一根刺，狠狠地刺穿了林徽因的自尊和灵魂。这也是她最终无法和冰心女士和解，甚至将这段恩怨遗留给了自己的儿子梁从诫的原因。

与林徽因过从甚密的作家李健吾曾对林徽因的为人做过这样的描述：“绝顶聪明，又是一副赤热的心肠，口快，性子直，好强，几乎妇女全把她当作仇敌。”为此，李健吾还加以举例说明：“我记起她（林徽因）亲口讲起一个得意的趣事。冰心写了一篇小说《太太的客厅》讽刺她，因为每星期六下午，便有若干朋友以她为中心谈论种种现象和问题。她恰好由山西调查庙宇回到北平，带了一坛又陈又香的山西醋，立即叫人送给冰心吃用。”

与萧乾不同，李健吾与林徽因相识是在1934年年初，当时林读到《文学季刊》上李氏关于《包法利夫人》的论文后，极为赞赏，随即写信致李健吾，并约来“太太客厅”晤面。与文学青年不同的是，李健吾在年龄上只比林小两岁，而且差不多在十年前就发表作品、组织社团，在文坛上已经算是个人物了，因而双方见面后，李健吾没有像萧乾那样一副诚惶诚恐的傻小子兼土老帽相，而是在平起平坐的位置上把林引为知己的。这样，李健吾对林徽因的性格分析较之萧乾等文学青年也许更公正、切实、深刻。

后来梁思成的外甥女吴荔明也曾在她所著的《梁启超和他的儿女们》一书中，毫不避讳地说，林徽因和亲戚里众多女性相处不谐，只与吴荔明本人的母亲梁思庄（梁思成胞妹）没有芥蒂。

因此，就在冰心发表《我们太太的客厅》的这一年，林徽因曾竭力提携过的文学青年、后任教于青岛大学的沈从文也发表了一篇叫作《八骏图》的讽刺小说，作品以青岛大学若干同事为生活原型，塑造了八位教授不同的生活态度与生活方式。

小说一发表，就引起了圈内几位人士的不快，曾在青岛大学担任过文学院长的闻一多更是勃然大怒。因小说中有这样的一段描写："教授甲把达士先生请到他房里去喝茶谈天，房中布置在达士先生脑中留下那么一些印象：房中小桌上放了一张全家福的照片，六个胖孩子围绕着夫妇两人。太太似乎很肥胖。白麻布蚊帐里有个白布枕头，上面绣着一点蓝花。枕旁放了一个旧式扣花抱兜。一部《疑雨集》，一部《五百家香艳诗》。大白麻布蚊帐里挂一幅半裸体的香烟广告美女画。窗台上放了个红色保肾丸小瓶子，一个鱼肝油瓶子，一贴头痛膏。"

由"太太的客厅"引发的一系列文人之间的争论，最后终于随着时光的流逝逐渐被人淡忘。但事件的两位女主角之间的恩怨却并没有这么容易化解。冰心以小说公开讥讽"太太"，这令孤傲气盛的林徽因绝对不容，"结怨"势在必行，而且波及后代。

1938 年之后，林徽因与冰心同在昆明居住了近三年，且早期的住处相隔很近（冰心先后住螺蜂街与维新街，林住巡津街），步行只需十几分钟，但从双方留下的文字和他人的耳闻口传中，从未发现二人有交往的经历。倒是围绕冰心的这篇小说与徐志摩之死又滋生了一些是非恩怨，且波及后辈，这可能是冰心与林徽因当时没有想到的。

后来有人曾回忆说："林徽因之子梁从诫曾对我谈论冰心，怨气溢于言表。柯灵极为赞赏林徽因，他主编一套‘民国女作家小说经典’丛书，计划收入林徽因一卷。但多时不得如愿，原因就在出版社聘了冰心为丛书的名誉主编，梁从诫为此不肯授予版权。”

冰心可谓人寿多福，一直活到1999年，以99岁中国文坛祖母的身份与声誉撒手人寰，差一点横跨三纪，益寿齐彭。林徽因比冰心小四岁，然而命运多舛，天不假年，却早早地于1955年51岁时乘鹤西去，徒给世间留下了一串悲叹。

噩耗传来惊心魄

人有时候会很奇怪，选择了的即使坚守也会后悔，放弃了的想要忘记却会遗憾。可是，我们又要去哪儿寻找那份心中构想的完美呢，如果世界本就不那么完美。

我们在世间行走，人生不过是一个行走的影子，一个在舞台上指手画脚的伶人，登场片刻，就要在无声无息中悄然退下。

情感始终拉扯着林徽因生命的步调，不幸又一次降临了。

有些人，他们最终会相遇，会相互喜欢；他们会有巅峰会有低谷，会结婚生活，最终却不太会幸福。世界，就在安静地等待着被这样的人慢慢填满。这些故事一直在发生着。

对于第二任妻子陆小曼的任性，徐志摩只能一味地宠爱，但陆小曼与林徽因不同的是她的个性太好强了，这常常让徐志摩有些为难。每每这个时候，徐志摩总会想起那个如仙子般的林徽因，那个在他最美好的年华遇到的最美的女子。可是命运捉弄，他们没有在对的时间相遇，她没有给他渴望的爱情。

只缘感君一回顾，使我思君朝与暮。

风轻轻地划过指间，散去了时光里的薄凉，季节带着多情的温度，暖出一朵花开的愿望；唯美着那一份忧伤的记忆，带着岁月里凌乱的影像，让盈入衣袂里的馨香在风里冉冉飘扬；让时光散发出清香。

一段情，成了镜花水月，在岁月里流空。我却总会在不经意间，回首彼岸。纵然发现光景绵长，依然觉得酣甜醇美。

在林徽因的记忆里，她始终觉得徐志摩依旧是当年康桥上那个帅气浪漫的大男孩。曾经倒影在心头，便形成了一种美好的挂念。为此，林徽因在她的诗《那一晚我的船推出了河心》中写：

那一晚我的船推出了河心，
澄蓝的天上托着密密的星。
那一晚你的手牵着我的手，
迷惘的星夜封锁起重愁。
那一晚你和我分定了方向，
两人各认取个生活的模样。
到如今我的船仍然在海面上飘，
细弱的桅杆常在风涛里摇。
到如今太阳只在我背后徘徊，
层层的阴影留守在我周围。
到如今我还记着那一晚的天，
星光、眼泪、白茫茫的江边！
到如今我还想念你岸上的耕种：
红花儿黄花儿生动。

那一天我希望要走到了顶层，
蜜一般酿出那记忆的滋润。
那一天我要跨上带羽翼的箭，

望着你花园里射一个满弦。
那一天你要听到鸟般的歌唱，
那便是我静候着你的赞赏。
那一天你要看到零乱的花影，
那便是我私闯入当年的边境！

心动的那一天，成了林徽因永远忘不掉的梦境。可曾经的心魂荡漾，此时却再难泛起涟漪。再相见时，已是物是人非，美好的故事，都在光阴里化成了记忆。

1931 年 11 月 19 日，因为林徽因要到北大上课，徐志摩从上海飞往了北京。他搭乘中国航空公司“济南号”邮政飞机由南京北上，他要参加当天晚上林徽因在北平协和小礼堂为外国使者举办中国建筑艺术的演讲会。当飞机抵达济南南部党家庄一带时，忽然大雾弥漫，难辨航向。机师为寻觅准确航线，只得降低飞行高度，不料飞机撞上白马山，当即坠入山谷，机身起火，机上人员——两位机师与徐志摩等人全部遇难。这一年，浪漫才子徐志摩 35 岁。

那天晚上徐志摩本应该出席林徽因的讲座，林徽因也早早地来到了机场接他。可是反反复复地顾盼，飞机却迟迟不到，她也始终没有见到他的身影。

第二天，她慌乱的心却等来了一个痛苦的结果。徐志摩所乘坐的飞机已在大雾中坠毁于山东的一座大山，意外造成了乘客和机组人员全部死亡。林徽因当即悲痛地昏倒在了地上。

她的心经历了一次最痛的劫难。醒来后，哀恸哽咽了她的喉咙，许久都没有说话。

原本美好的期待，却等来了生离死别的痛楚。徐志摩就像他诗中所写的那样轻轻地走了，他把自己的郁闷、苦楚、落寞和欢愉全部都交给了万里晴空，只留下了轻轻挥手作别之后的那片烧焦的云彩……

如果有什么办法可以缓解心疼的话，那么徐志摩便只有用他的诗歌里依旧栩栩如生的字句交付给他的朋友们了。他对爱情和生活的眷恋只有对飞翔和死亡的向往才能相比。徐志摩的去世，给林徽因留下了难言的伤痛。

11 月 19 日，是林徽因终生永难忘记的日子，直到徐志摩去世半月后，林徽因才有勇气提笔，写下了这一篇《悼志摩》：

……志摩……死……谁曾将这两个句子联在一处想过！他是那样活泼的一个人，那样刚刚站在壮年的顶峰上的一个人。朋友们常常惊讶他的活动，他那像小孩般的精神和认真，谁又会想到他死？

突然的，他闯出我们这共同的世界，沉入永远的静寂，不给我们一点预告，一点准备，或是一个最后希望的余地。这种几乎近于忍心的决绝，那一天不知震麻了多少朋友的心？现在那不能否认的事实，仍然无情地挡住我们前面。任凭我们多苦楚的哀悼他的惨死，多迫切的希冀能够仍然接触到他原来的音容，事实是不会为我们这伤悼而有些许活动的可能！这难堪的永远静寂和消沉便是死的最残酷处……

长歌当哭，字字泣泪，她始终还是难以接受他离去的现实。对于他们之间的那段恋情，林徽因毫不隐讳地说：“这几天思念他得很，但是他如果活着恐怕我待他仍不能改变。也许那就是我不够爱他的缘故。也就是我爱我现在的家在一切之上的确证，志摩也承认过这话。”

思念入骨，伴了她一生。当年徐志摩在济南白马山坠机身亡时，按照林徽因的叮嘱，前去收尸的梁思成专门带回一小块失事的飞机残骸。林徽因把它挂在卧室的墙上，成了一处最特别的景致。

林徽因是一个从容的女子，她不会为了某种情绪而让自己深深沉沦。但徐志摩的死去却是她心口难以愈合的伤，即使走过重重雾霭，又经历了明月清风。

林徽因长年挂在卧室墙上的徐志摩失事飞机的残骸，对已死的徐志摩，大约是一种纪念；但对很多好事者来说，这却更是编造谣言的“铁证”。有一名叫苗雪原者，在《书屋》2001年第11期上，发表了《伤感的旅途徐志摩情爱剖析》一文，内中着重提出梁思成是否真正爱着自己的妻子林徽因的问题，在坊间引起了不小的波澜。

有一位名叫陈宇的徐志摩研究者曾专门到古城西安采访过林徽因的堂弟、已由大学讲堂退休在家的教授林宣。已进入耄耋之年的林宣回忆说：“关于林徽因保存飞机残片，确有其事。但不是一块，而是两架飞机的两块残片，并且都是由梁思成去取回的。一次是抗战期间，林徽因当飞行员的胞弟林恒在对日空战中阵亡，梁思成参与后事处理带回的。另一次即徐志摩出事时，林徽因叫梁思成马上赶去济南取回的。林宣说两块残片他都见过，有烧焦的痕迹，都用黄绫扎着，放置地方并无定所。”

林宣所说的林徽因之弟林恒，自父亲林长民去世后，便一直与梁林夫妇一起生活。七七事变时，已考取了清华的林恒受抗日爱国风潮影响，毅然决定退学，转而报考了空军军官学校，成为中国空军航空学校第十期学员。

1941年3月14日，刚刚从航校毕业的林恒，在成都上空阵亡。

梁思成得知噩耗，没敢立刻告诉爱妻，自己借到重庆出差的机会，匆匆赶往成都收殓了林恒的遗体，掩埋在一处无名墓地里。为了向林徽因的母亲隐瞒这一不幸的消息，梁思成归来后将林恒的遗物一套军礼服，一把毕业时由部队配发的“中正剑”，小心翼翼地包在一个黑色包袱里，悄悄藏到衣箱最底层。林徽因得此消息后，虽承受住了感情打击，心底却充满悲伤。

由此，林徽因也许只将此物视作一种亲情、友情的纪念性标志，只有一种深沉的纪念。而所谓的铁证也只能证明林徽因与徐志摩之间情感深厚了，而且这种情感不会随时间而减淡磨灭。

深沉的情感，从来无惧岁月的洗涤。1935 年徐志摩忌日，林徽因写了《纪念志摩去世四周年》一文表达她的悼念之情。她在文中慨叹：

他离平的前一晚我仍见到，那时他还不知道此次晨南旅的，飞机改期过三次，他曾说如果再改下去，他便不走了。我和他同由一个茶会出来，在总布胡同口分手。在这茶会里我们请的是为太平洋会议来的一个柏雷博士，因为他是志摩生平最爱慕的女作家曼殊斐儿的姊丈，志摩十分的殷勤；希望可再从柏雷口中得些关于曼殊斐儿早年的影子，只因限于时间，我们茶后匆匆地便散了。晚上我有约会出去了，回来时很晚，听差说他又来过，适遇我们夫妇刚走，他自己坐了一会儿，喝了一壶茶，在桌上写了些字便走了。我到桌上一看："定明早六时飞行，此去存亡不卜……"我怔住了，心中一阵不痛快……

……

我认得他，今年整十年，那时他在伦敦经济学院，尚未去康桥。我初次遇到他，也就是他初次认识到影响他迁学的狄更生先生。不用说他和我父亲最谈得来，虽然他们年岁上差别不算少，一见面之后便互相引为知己。他到康桥之后由狄更生介绍进了皇家学院，当时和他同学的有我姊丈温君源宁。一直到最近两个月中源宁还常在说他当时的许多笑话，虽然说是笑话，那也是他对志摩最早的一个惊异的印象。志摩认真的诗情，绝不含有任何矫伪，他那种痴，那种孩子似的天真实能令人惊讶。源宁说，有一天他在校舍里读书，外边下起了倾盆大雨——惟是英伦那样的岛国才有的狂雨——忽然他听到有人猛敲他的房门，外边跳进一个被雨水淋得全湿的客人。不用说他便是志摩，一进门一把扯着源宁向外跑，说快来我们到桥上去等着。这一来把源宁怔住了，他问志摩等什么在这大雨里。志摩睁大了眼睛，孩子似的高兴地说“看雨后的虹去”。源宁不止说他不去，并且劝志摩趁早将湿透的衣服换下，再穿上雨衣出去，英国的湿气岂是儿戏，志摩不等他说完，一溜烟地自己跑了。

以后我好奇地曾问过志摩这故事的真确，他笑着点头承认这全段故事的真实。我问：那么下文呢，你立在桥上等了多久，并且看到虹了没有？他说记不清但是他居然看到了虹。我诧异地打断他对那虹的描写，问他：怎么他便知道，准会有虹的。他得意地笑答我说：“完全诗意的信仰！”

…… ……

这是什么人生？什么风涛？什么道路？志摩，你这最后的解脱未始不是幸福，不是聪明，我该当羡慕你才是。

时光，并没有冲淡林徽因的思念，徐志摩永远活在她的心中，日日如新。那过去的点滴往事仍然深深地烙在林徽因的脑海里，每一个小细节都那么具体清晰。

越是美好的从前，越幸福的曾经，现在只能带来锥心的疼痛，痛到撕心裂肺，肝肠寸断，终于痛到不再痛了，不再有感觉了，终于痛到麻木了，便只剩下缅怀。

过了几个月，林徽因和梁思成路过徐志摩的家乡浙江硖石，硖河从山中流淌而过，山上有亭榭楼阁，云树环合。山下民家，溪水环绕。青山如黛，绿水长流。秀美风景却勾起了林徽因心中酸楚的情感。记忆和思念，悄悄地爬上了她多情的眉头，她知道这里是徐志摩曾经来过的地方，她又想起，他曾给她的生命点亮的那一段花火记忆。

触景伤情的林徽因再一次陷入了感情的撞击之中，和着泪花中她仿佛看到了他翩翩的身影。诸多情绪倾泻到纸上：于是便酿成了这一首《别丢掉》。

别丢掉
这一把过往的热情，
现在流水似的，
轻轻
在幽冷的山泉底，
在黑夜　在松林
叹息似的渺茫，
你仍要保存着那真！
一样的月明，
一样是隔山灯火，
满天的星，
只使人不见，
梦似的挂起，
你问黑夜要回
那一句话——你仍得相信
山谷中留着
有那回音！

有些人，你在他的生命里是过客，他却在你生命里最深刻。有的人只会是生命中最重要的过客，只是过客，因为他未曾为你而停留；最重要，因为他在你的生命中留下了痕迹，抹不掉，忘却不了。

对于林徽因来说，徐志摩便是这样一位生命中最重要的过客。他的离去让她不止一次地在梦境中追想，那个温柔儒雅的大男孩的音容笑貌，可是，梦里面默默相望，梦醒来，却再回不到从前。

或许，那个多情的林徽因再次做了一个好梦，梦里，她看到了那个风流倜傥的身影，淡淡地对着自己微笑着，微笑着。想要开口说些什么，却发不出任何的声音，只能无助地看着他渐渐离去，消失不见……

阴云总会过去，思念也渐渐地下了眉头，却染上了多情的心头。林徽因知道，那不是生活中唯一的味道，她还要继续人生，带着思念与珍惜好好生活，迎接生命下一段崭新的风景。

再美的花，也会随着秋季的萧瑟落寞而枯萎凋零；再美的人，也会随着时光的流逝而老去。转眼之间，花开花落是一季，然而物是人非，一切终将会成为美好的曾经。

人生短暂如瞬，道路却漫长无垠。而在流年尽逝的记忆里，每个人的生命只是沧海之一粟，却承载了太多的情非得已、聚散离首，天各一方，情深意浓，思念起来倒也是遗憾的伤感垂泪；斯人不再，物是人已非，感叹起来倒也是遗憾的潸然泪下。

岁月流逝，人生几何。敢问光阴能不能停止那匆匆前进的脚步？

遇见是劫亦是缘

世界上没有哪对夫妻是完全契合的，也没有永远不倦的爱情。有的只是停停歇歇后，那些最初的梦想被打磨光滑之后，有的人看到的是丑陋的鹅卵石，而有的人则看到了被岁月保养出来的璀璨宝石。

在众多情感之中,有一种情谊是我们除了爱情之外最不愿意割舍的。这情谊不低于爱情，这关系不属于暧昧，这倾诉可以推心置腹，这种关系的结局却总是难成眷属，这便是很多人一生都未必能寻到的知己！

在林徽因的一生之中，除了徐志摩和梁思成之外，还有一个男人不能不提，这就是金岳霖。徐志摩用他最浪漫的诗人情怀，教会林徽因什么是懵懂的心动与爱恋；梁思成用最坚定的肩膀，告诉她什么是家庭的温暖与责任；而金岳霖则用了自己的一生来告诉林徽因，什么是忠贞不渝的单恋与相守。

这种未来的未知性，也许正是生命最迷人的地方，它总是会给你带来意想不到的故事。

金岳霖同样是清华大学的学生，毕业之后出国留学，后回国搞学术研究，与林徽因、梁思成，以及徐志摩的经历相似。正是因为有这样相似的经历，这四个人在一起总是有说不完的话题。金岳霖先认识的徐志摩。这两个人，一个看似最冷静、最理智，常常保持着一种超凡脱俗的隐士风度；一个却是恨不得用灵魂歌颂美好、用最炽热的火焰燃烧情感的诗人。这两个人的交往，却出乎常人意料地和谐。当时，在北平的文艺圈里，林徽因组织的文化沙龙“太太的客厅”非常有名，很多文人都慕名前来拜访。

金岳霖是清华大学哲学系的教授，熟悉他的人都叫他“老金”。金岳霖就是通过徐志摩的介绍，在梁家第一次见到梁思成和林徽因夫妇的。就在北京的这个四合院里，梁思成夫妇与金岳霖后来成了邻居。

金岳霖年长徽因九岁，长思成六岁。两个人都视老金如兄长一般，平日里相互照顾，一点儿都不见外。

既然做了邻居，自然相处见面的机会也就多了起来。金岳霖成了梁林夫妻的生活调味剂。像每对夫妻那样，林徽因和梁思成也常常吵架，吵架时也是得理不让人，闹得很不愉快。善良的金岳霖总是会跑出来劝和，他从不偏袒哪一方，只是非常客观理性地用哲学的思想为他们辨析生活。每每如此，夫妻争吵的战火就会渐渐被平息。

然而，每一种相遇相知的缘分都是一场赌博，无人知其背后是缘是劫。

金岳霖成了林徽因生活的解药和温暖的朋友，可林徽因却成了金岳霖解不开的情结。

一些传闻说，金岳霖在第一次与林徽因见面的时候，就对林徽因一见钟情，但其实并非如此。金先生曾经这样描述过他眼中的梁思成、林徽因和徐志摩之间的感情纠葛：

梁思成和林徽因算是最理想状态下的两小无猜，从小就认识，一同出国留学，经过了最艰难的异国他乡求学之路，经过了最单纯的同窗恋情，更难得的是，这两个家庭对这份恋情的支持。梁家和林家是世交，在政治理念上都出奇的一致。再说回梁、林二人，林徽因思想活跃，主意多，但构思画图，梁思成是高手，他画线，不看尺度，一分一毫不差，林徽因没那本事。这才是真正的珠联璧合。

尽管金岳霖和徐志摩交情甚好，但金岳霖对徐志摩企图插足于梁、林之间的恋情，也是有所不满的。他甚至说过：“志摩追回北京，企图从思成手中抢回林徽因，我觉得他不自量力啊！”可见最初金岳霖对梁、林二人的结合是非常羡慕的，绝无浅薄之意。通过几次“太太的客厅”文化沙龙的活动，金岳霖逐渐和梁、林二人关系近乎起来，却并没有显现出过分的亲密。直到徐志摩的突然辞世，金岳霖才真正走进他们的生活。

徐志摩的离开，让林徽因非常难过，原本她的身子就比较柔弱，经过香山休养之后，好不容易调理过来，却突然遭受到好友辞世的打击，又变得糟糕了许多。金岳霖的家离他们家非常近，两座院子是挨着的，这也是为什么后来有人说，林徽因、梁思成和金岳霖住在一起的缘故吧。因为住得近，金岳霖和常常在家里做学问的林徽因有了更多的接触。

最初，在林徽因的眼中，搞哲学的人都应该是比较冷静，甚至可以说是像木头一样的人物。但是，老金却出乎她的意料之外。金岳霖的幽默和一些可爱的怪癖都是众所周知的，这让一个成为“符号”的哲人瞬间变得充满了人情味。并且金岳霖从不吝啬自己做出的糗事，他甚至非常乐意将这些事情与林徽因分享。

金岳霖出生于湖南长沙，特别喜欢吃地道的湖南菜，他特意请了一个湖南大厨在自家掌勺。很多时候，林徽因在自家的院子里，就能闻到隔壁的金家做饭传出的香味。偶尔，她会和梁思成一起敲开金岳霖院落和自家院落相连接的侧门，一闪身，就跑到老金大哥家里蹭饭吃。

梁思成岂能不知林徽因这是在变着法地去蹭饭，况且金家的大厨做饭实在是美味，也大加赞赏。

就这样，在此之后的“太太的客厅”的周末聚会，就真的如同林徽因所说，到了中午，从侧门走到金家，去吃地地道道的湖南美食。为此，金岳霖给自己家的沙龙起名为“湖南饭店”。“太太的客厅”和“湖南饭店”就这样融为一体。

久而久之，金岳霖发觉自己爱上了才华横溢、美丽柔情的林徽因。当他看着林徽因为他讲解建筑的艺术时，他感到心底在深深地震颤。因为林徽因看起来是那么美，她独特的风韵，是他从未在任何一个女人身上见过的。林徽因虽然身患病，但是对于金岳霖来说，她苍白的脸色却带着另一种柔情。她诗一样的灵魂润泽着金岳霖的心，照亮了他的迷茫。他渴望了解她，呵护她，甚至明知那是一场情感的豪赌，却也甘心深陷。而面对婚后长期平静如水的生活，林徽因的心又何尝不会泛起几圈波纹呢？

无声无息的光影流年，在不经意间悄悄地轮转。时间仿佛一段段纤细的丝线，缠绕在灰暗的心弦，那一指温柔，便是心间最忧伤的美丽。好像是坐上了一班没有窗户的列车，在风雨间盲目地飞驰，旅途间的美景一瞬一瞬地消匿，又一瞬一瞬地浮现。

有生之年，与他人狭路相逢，我们总不能幸免。

刚从宝坻调查回来的梁思成，一进到家门，看到的便是林徽因忧郁的愁容，不禁疑惑。而林徽因却告诉梁思成因为她同时爱上了两个人。

对于自己内心真实的情感，林徽因没有做任何掩饰，只是坦诚地告知梁思成。因为林徽因是新女性，她认为坦诚是一种尊重感情的方式。

梁思成像是接受不住这样的打击一般，向后退了几步，目光紧紧锁定林徽因的脸庞。半天没有说出话来，一种难以形容的痛苦，撕扯着他的心。他脑海中的第一个想法，是挽留。他在考虑，是否用几个子女绑住林徽因的心？扪心自问，他始终爱着眼前的女人，即便是当初徐志摩的突然出现，让他感到一丝危机，他也没有停止过爱与信任。但是，面对自己深爱的妻子，他却又能将自己的情感放在身后，而是替林徽因考量起她的幸福。整整一夜，他都陷入了痛苦的思考，林徽因与谁在一起才会得到幸福？

这一夜，对于梁思成、林徽因和金岳霖来说，都是不眠之夜。

没有人知道他们三个人究竟心中想了些什么。

第二天，他哽咽地告诉林徽因："你自由了，如果你选择了老金，我会祝愿你们幸福。"短短几句话，却字字烫心，他舍不得最爱的妻子离去，却更不舍得妻子为难。两难之中，他只能放逐自己的痛苦和委屈。

一番话说出之后，林徽因和梁思成都哭了。

多年平静的生活，让林徽因一度以为自己的这段婚姻已经不再有爱情的成分，更多的是亲情，以及一种习惯。可是，梁思成的宽容，她却无力承担。很快，她就将这番话告诉给金岳霖，这个男人也同样极为震撼，他的回复是："梁思成是真正的君子，他是真的爱你，甚至超过了我爱你的程度，我不能去伤害一个真正爱你的人。我应该退出。"

梁、林二人的这场风波在最短的时间内，以一种不可能达到的和平状态圆满结束。梁思成的信任、宽容和坦荡的胸怀，让林徽因重新回归了这个家庭，也征服了金岳霖。

出于哲人的冷静和自制，金岳霖不想让事态变得一发不可收拾，那样自己又和徐志摩当初的做法有什么区别呢？可每当面对林徽因的时候，他又无法抑制自己的感情。

为了逃避这段不该发生的感情，他曾经试图搬家，想要和梁、林二人保持距离。但是，刚有了这种想法，心就像揪起来似的疼痛。原来，在不知不觉中，金岳霖早已经把金家和梁家结合起来。他自视为这是一家，他也算是梁家的一分子，而梁林二人也算是金家的一分子。有时候，感情的事情就是这样，没有对与错。

一厢情愿的爱也许是痛苦，但在哲人金岳霖看来，它也可以是甜美的，只要陪伴，只要守护，这便足矣。

不要问我爱不爱你，不管如何回答都只是一句话。如果我爱你，我不会隐藏躲避，而会用各种办法让你感受到。闪烁其词的是心虚，故作神秘的是伎俩。爱是浓烈的美酒，足以沉醉一辈子。

林徽因和金岳霖的关系，就像林徽因和徐志摩一样，始终都是让后来人臆测不断。也正因为似是而非的谜，让这段故事变得更加美妙迷人。

虽然金岳霖同徐志摩一样爱慕林徽因，但是他们爱林徽因的方式却大相径庭。徐志摩那诗人的气质，使他狂烈的感情之火烧熔了理智。而金岳霖自始至终都用坚定的理智驾驭着自己的感情，这不仅显现出了一种超脱凡俗的襟怀与品格，让人自然地想起了柏拉图的那句话："理性是灵魂中最高贵的因素。"

关于这段感情，唯一可以取证一二的是，梁思成在林徽因去世后多年又娶得的妻子林洙的记述。在林徽因去世十年后，林洙和梁思成在交谈过程中提到了关于金岳霖为了林徽因终生未娶的事情，梁思成当时是这样说的："林徽因是个很特别的人，她的才华是多方面的。不管是文学、艺术、建筑乃至哲学，她都有很深的修养。她能作为一个严谨的科学工作者，和我一同到村野僻壤去调查古建筑，又能和徐志摩一起，用英语探讨英国古典文学或我国新诗创作。她具有哲学家的思维和高度概括事物的能力。"

沉思一会，梁思成笑了笑诙谐地说："所以做她的丈夫很不容易。中国有句俗话说的是'文章还是自己的好，老婆还是人家的好'。可是我却认为文章还是老婆的好，老婆还是自己的好。我不否认和徽因在一起有时很累，因为她的思维太跳跃，和她在一起必须和她同样地反应敏捷才行，不然就跟不上她。"

很多人都以为，金岳霖的一生之中，只出现过林徽因一个女子，他将他全部的爱情都给予了林徽因。事实上并非如此，在他和林徽因发生感情之前，他一直有一位同居的外籍女子做伴，只是一直没有产生结婚的念头。但是，在遇到林徽因之后，他将所有的注意力都放在这位才女身上。

放手和成全，是两个男人给予他们最爱的女子最大的温柔。从此后，他们三个一直是好朋友，每每遇到困难，都会互相请教，也许这就是这段感情纠葛的最好结果。

在爱的天平上，林徽因作了最好的选择。她曾说过，如果给她再次选择的机会，她仍然会选择现在的家庭，现在的幸福。她遇到了两个深爱她的男人，却没有沦为爱情的牺牲品，而在情感中体会到了信任、深情和宽容，这无疑是难能可贵的。

梁思成面对情殇，首先想到的不是自己的委屈，而是林徽因和谁在一起比较幸福。金岳霖也是深爱着林徽因的，他深爱着徽因的一切，甚至她的家庭和爱人、孩子。对待梁思成的孩子，他更是视如己出，梁从诫称呼他为“金爸爸”。在林徽因、梁思成相继过世之后，梁从诫承担起照看“金爸爸”的责任。

在以后的日子里，他仿佛成了梁家的一员，守护着她生命中的一切。他爱了她今后整个人生，为了林徽因始终独身一人一直到老。

“女子当如林徽因，情人当如金岳霖”。不知道从什么时候开始，开始流行这句话。林徽因成了女人们争相模仿的幸福典范，她把女人一切的幸福和美好都占尽了。而金岳霖则成了许多人的精神情人。

后来，在林徽因去世多年后的一天，金岳霖宴请了很多朋友去酒店吃酒，许多人都不知道所故。直到在席间金岳霖举起酒杯道：“今天是徽因的生日。”席间的人才恍然大悟，无一不感叹唏嘘。

金岳霖的深情，足以让生命颤抖，让时间惭愧。不禁感叹，旧时的人错过了科技与文明，今时的我们却错过了深情。也许正因为这份深情，才让快餐年代的人们，更加迷恋民国的风韵。

后来，在林徽因去世后的三十年。林徽因的诗集出版前，负责编辑的陈钟英、陈宇去往金岳霖的家中，希望他写一篇关于林徽因的文字附在诗集里。

金岳霖在拿到诗集后爱不释手，脸上的表情毫不掩饰对这本诗集的喜爱，看着诗集灵动的文字，他浑浊的眼眸里闪动着饱满的情感，他仿佛又看见了林徽因温暖的笑靥，于是陷入了深深的沉默中。

许久，终于开口："我所有的话，都应该同她自己说，我不能说。我没有机会同她自己说的话，我不愿意说，也不愿意有这种话！"

时光没有让他的深情褪色，反而在岁月辗转中陈酿了一种浓郁的芬芳。陈钟英形容了金岳霖当时的神态："我无法讲清当时他的表情，只能感觉到，半个世纪的情感风云在他的脸上急剧蒸腾翻滚。"

爱到深处，便成为生命的最大支撑。也许，如果当初知道故事的结局，金岳霖同样还是会选择遇见林徽因，只因她是他永生永世都甘愿沦陷的宿命。

历史就是这样，有时候会让我们长叹一声，感慨世间值得惋惜的情感。甚至会想，如果林徽因先遇到的人是金岳霖，梁思成是否就无法赢得这场爱情之争呢？就如同金岳霖所讲，梁家于林徽因，更多的是家庭的归属感，林徽因在国外留学的半途之中，她的父亲林长民就过世了，一直是梁思成的父亲——梁启超给予她金钱上的资助和精神上的鼓励。如果没有梁家，林徽因绝对不会有如此之大的成就，更不会成为一代女建筑学家。可以说，当初林徽因之所以选择嫁给梁思成，一方面是她认为梁思成为人可靠，是丈夫的最佳人选，但也不能否认，这个婚姻之中有一部分"报恩"的成分存在。在婚后数年的生活里，两个人相敬如宾。梁思成对林徽因的包容，即便是后人看来也都是非常感动的。尤其是在面对徐志摩的时候，他不仅能够包容徐志摩融入自己和林徽因的生活当中，更能够在徐志摩过世之后，允许妻子将缅怀之物挂于墙头。这等的胸怀，又怎么能让林徽因不感动呢？

同理，林徽因说自己似乎是爱上了金岳霖，此时的林徽因已经不再是当年那个对爱情懵懵懂懂的年轻女子，很多人都在揣测，究竟是什么让林徽因对这个年长她几岁的“老男人”动了心？

当时林徽因怀着孩子，可梁思成却依然选择到外地去做实地考察，完全没有顾及妻子怀孕的身体，也没有注意到自己的婚姻已经进入“冷淡期”。所以，当一个新鲜的、热切的、幽默的、体贴的男子出现在你的生活之中，会小心翼翼地呵护着你的心情，会因你的开心而开心，会体贴地照顾你的生活……这样的冲击，对任何一个女人都是致命的。

关于金岳霖、林徽因和梁思成三个人的感情纠葛，很多好事之徒也曾试图演绎出另一个版本来，甚至有流言蜚语传到梁思成的耳中。可是这个时候，梁思成却淡淡地笑出声，说：“我放心，老金不是那样的人，徽因也不是，我信他们。”

这样一份宽厚的胸怀，谁能不留恋依靠呢？

那一个接一个的人走进我们的生命，与我们并肩而行，却终究只是一段路，最后渐行渐远；再然后，便是决绝与遗忘。还好，生命中也总有一些人会放慢或加快脚步，只为一直与你并肩，一起并肩走到终老。

即使时光总有一天会将你我拆散，即便如此，在那个时刻之前，请允许让我一直守护吧！

情爱之事古难全

曾经的一笑，已渐渐远去；曾经的一吻，恰如风，无影无踪；期待红尘千年，却慢慢淡了思念，旧了深情，只剩下无可奈何的一声轻叹。

如果说梁思成是林徽因一生的依靠，金岳霖是林徽因一生的亏欠，而徐志摩才是林徽因一生之中最大的惋惜。徐志摩既已离去，伤心也终究要在表面有个尾声。而徐志摩的离去，却为林徽因留下了一个重大的隐忧。这个多情的才子总是喜欢将过往心动的点滴化为文字在日记里得到永恒的怀念。这些怀念却让林徽因又得罪了另外一个女人，徐志摩引为红颜知己的凌叔华。在林徽因的一生中，即使是在婚后某些部分也是可以与梁思成无关的。在选择了踏实温暖的梁思成陪伴一生之后，心中对徐志摩的挂念应是没有少一分一毫。甚至在徐志摩去世后还引发了让众人猜测不已的抢夺八宝箱事件，而此事也被很多人认为是林徽因人生的污点。

说起徐志摩的第二段婚姻，我们不得不说到那个风华绝代的陆小曼。

陆小曼于 1903 年生于上海，父亲陆定是晚清举人，曾到日本早稻田大学读书，是日本名相伊藤博文的得意弟子。在日本留学期间，陆定参加了孙中山先生的同盟会，后来又到民国政府财政部任职，就是中华储蓄银行的主要创办人。陆小曼的母亲吴曼华也是名门之后，陆小曼生长在这样的家庭中，决定了她未来的道路。

她六岁时来到北京，父母一心想把女儿培养成名媛，因此陆小曼一直受到新式的教育。陆小曼在北京女中读书一直到十四岁。十五岁时，又被父亲送到法国人开办的圣心学堂。这是一所贵族学校，当时北京军政界部长的千金小姐们，许多都在圣心学堂读书。陆定还专门为女儿请了一位英国女教师，教授英文。陆小曼生性聪慧，十六七岁已通英、法两国语言，还弹得一手好钢琴，又精于油画。她既有上海姑娘的聪明活泼，又有北京姑娘的秀丽端庄，在学校里，大家都称她为“皇后”。

因为出色的身世及一口流利的外语，陆小曼多次被外交部邀请去接待外宾，参加外交部举办的舞会，在其中担任中外人员的口语翻译。在外交部街的三年外交翻译生涯使陆小曼从女学生成功转变为社会名媛。十八岁时，陆小曼逐渐名闻北京社交界。她的多才多艺，她的热情大方、彬彬有礼，她的明艳笑容、轻盈体态和柔美声音，令无数人倾倒。

1922 年，陆小曼十九岁，陆家夫妇千挑万选，终于为她选定如意郎君——王赓。王赓少年得志，毕业于清华大学，赴美国留学，到西点军校攻读军事，与美国名将艾森豪威尔是同学。陆小曼之母看到王赓这样的英俊少年，毫不犹豫地就将陆小曼许配给他，从订婚到结婚不到一个月时间，堪称“闪婚”。

然而两人结婚半年，就出现了婚姻危机，不久陆小曼生命中的“真命天子”——徐志摩出现了。

徐志摩与王赓同是梁启超的学生，徐志摩成了王家的常客。由于王赓专注于工作和前途，因此他常要徐志摩陪伴陆小曼，王赓没想到他的婚姻出现了危机。陆小曼与徐志摩一起游长城，逛天桥，到来今雨轩喝茶，去西山上看红叶……他们一个是窈窕淑女，一个是江南才子，爱情的火花在他们之间迸发了。

在相处之初，我想徐志摩并没有那么喜欢陆小曼，他的心已经被一个满腹才情又端庄美丽的女子填满。自从有了康桥那一段美好的爱恋，他便再也不愿动情。也许，徐志摩并没有想要将爱恋从林徽因身上转移，只是长期的相处，让我们总是难以拒绝那份日久生情。似乎，这样的爱，听起来更美好，更绵长！

陆小曼与徐志摩感情渐深，两人“恨不相逢未嫁时”。可是徐志摩的父亲却出了难题，他虽然勉强答应陆小曼与徐志摩的婚事，但提出了三个条件：一、结婚费用自理，家庭概不负担；二、婚礼必须由胡适做介绍人，梁启超证婚，否则不予承认；三、结婚后必须南归，安分守己过日子。这三条徐志摩都答应了。

1926 年 8 月 14 日农历七月初七，是牛郎织女相会的日子，陆小曼与徐志摩在北海董事会举行订婚仪式。10 月 3 日，在北海公园，陆小曼与徐志摩举行了婚礼。因为婚礼是自筹经费，所以仪式草草，与当年和王赓的婚礼简直天壤之别。不久，陆小曼与徐志摩离京，开始了他们甜蜜的日子。陆小曼后来回忆说：“我们从此走入了天国，踏进了乐园……一同回到家乡，度了几个月神仙般的生活。”

然而，跟你绝配的爱人，并不是天然产生的。你能一见钟情的，并不代表会相处融洽。相处融洽的，不一定会忠心耿耿。相爱和相处是两回事。相爱是吸引，而相处却需要为对方而改变。

婚后陆小曼与徐志摩在性格上的差异逐渐显露出来。陆小曼婚后全没了当初恋爱时的激情，似乎不再是一个有灵性的女人。

她每天过午才起床，下午作画、写信、会客，晚上大半是跳舞、打牌、听戏。徐志摩常常婉转地劝告陆小曼，但效果不大。后来，徐志摩的父亲出于对陆小曼极度不满，在经济上与他们夫妇一刀两断。徐志摩不得不同时在光华、东吴、大夏三所大学讲课，课余还赶写诗文，以赚取稿费，即便如此，仍不够陆小曼挥霍。而陆小曼在舞场霓虹里，就把时光轻轻送走了。

徐志摩死后，陆小曼痛悔不已，她在书桌前写下“天长地久有时尽，此恨绵绵无绝期”，从此不再出去交际。1965 年 4 月 3 日，一代名媛陆小曼在上海华东医院悄然过世，她的灵堂上，只有一副挽联：推心唯赤诚，人世常留遗惠在；出笔多高致，一生半累烟云中！概括了她备受争议的一生。

曾经有学者提出：“仅有凌叔华最有资格做徐的妻子、徐家媳妇。”可是，徐志摩娶了家里给他说的张幼仪，恋上了让他初心萌动的林徽因，娶了风华绝代的陆小曼，唯独辜负了最有资格做他妻子的凌叔华。

细说起来，凌叔华的童年和林徽因十分相似。她同样出生于名门望族，祖父曾经是位非常有名的画家，父亲是和康有为一届中榜的进士，母亲是父亲的第三房姨太太。然而，因为家里子女太多，排行第十的凌叔华出生之后，一直没有得到父亲宠爱。打小，她的生活就在学规矩、学课本、学才能中度过。

在她上大学之后，她开始展现出非凡的文学功底，从处女作《女儿身世太凄凉》，到《资本家之圣诞》《我那件事对不起他》等小说，以及《朝雾中的哈德门大街》《我的理想及其实现的泰戈尔先生》，这些作品在北平的报刊上引起了一定的反响，也让她认识了生命中第一个比较重要的男人——徐志摩。

当时，徐志摩已经是新月派的主要成员，又是一位非常有名的浪漫诗人。和这样的男人相识，似乎是上天注定的一段玩笑。她听说过徐志摩和林徽因之间种种过往的新闻，也知道这个男人可以为了爱情不管不顾。但是，她依然动心了。这种动心并不是炙热的爱情，而是一种淡淡的好感。

徐志摩也注意到了这个漂亮的女子，他曾经非常坦诚地对她表示过自己的好感。凌叔华准备出小说《花之寺》，徐志摩主动提出要为这本小说作序，这也是他一生之中唯一一次为人作序，能够享受这个待遇的，只有凌叔华一人。徐志摩的诗集《徐志摩的诗》扉页上有四个字——“献给爸爸”，这四个字出自凌叔华之手，这也是凌叔华唯一一次为别人题字，能够享受到这个待遇的，亦只有徐志摩一人……

凌叔华和徐志摩之间的暧昧原本可以发展成为恋情，凌叔华却退缩了。一方面，当时凌叔华身边有一个同样优秀的男人陈西滢；而徐志摩身边也站着一个同样风华绝代的女人陆小曼。因着这样的缘故，凌叔华和徐志摩之间注定只能是“红颜知己”。

作为这一时期较有影响力的新时代女性，凌叔华和林徽因、陆小曼三个人都彼此相识，林徽因和陆小曼没有什么来往，只有凌叔华和其他两个人都保持着友谊。但是，当徐志摩过世之后，这场友谊便被一个突如其来的风波打断了。

徐志摩有一个鲜为人知的八宝箱，里面存放着他的一些书稿、信件以及其他一些杂物，甚至还有日记。也许因为徐志摩后来一直过得不是很快乐，甚至非常苦闷。但他不能将这种苦闷倾诉给身体刚刚恢复的林徽因，他不想让友人为他担心。而倾诉给陆小曼，却苦苦得不到回应。一个文人，只好将自己的满腹心事都变成一页页文字，让笔墨来见证倾听他的忧愁。写日记是徐志摩一直以来的习惯，如果不能随身携带，他便会将自己的日记锁在一个“八宝箱”里，寄存在好友凌叔华那里。

1925 年，陆小曼和徐志摩暗生情愫的时候，为了防止自己背叛好友，他曾经一度躲避到了欧洲。在临行前，他经过慎重的考虑，决定不将“八宝箱”带在身边。这样一来，他就需要将这个非常宝贝的“八宝箱”托付给一个他极为信任的人，他脑海中第一个想到的就是凌叔华。他曾经这样说：“只有 L 是唯一有益的真朋友。”

但是，他刚刚到达欧洲没有多久，就传来陆小曼因为受到轻伤而生重病的消息。听到佳人生病，徐志摩再也无法忍受这种相思病的折磨，便飞回中国，回到陆小曼的身边，并且勇敢地承担起了作为男朋友的责任。看到好友做出了最后的选择，凌叔华将“八宝箱”还给了徐志摩。

陆小曼和徐志摩婚后不久，就因为张幼仪认徐父、徐母为干爸、干妈而引发了第一次激烈的争吵，这就如同拉开了吵架的序幕。很快，曾经的山盟海誓、浪漫爱情变成了婚后的柴米油盐、琐碎争执。

徐志摩为了维持生计，不得已辗转多座城市，只为了多赚一些讲课费、稿费，来填补家用的亏空。就在这个时候，这个牵动三个女人的“八宝箱”又交到了凌叔华的手中。

而这一次，箱子里又增加了陆小曼的日记，以及她和徐志摩在恋爱时期的信件往来、徐志摩的几篇稿件。其实，“八宝箱”在凌叔华手中，对于林徽因和陆小曼都不是什么秘密，原本谁也没有把这个所谓的“八宝箱”放在心上。但是，徐志摩的突然辞世，让它变成了遗物，这中间的意义就有很大的差别了。

最开始惦记这个“八宝箱”的人是陆小曼，她作为徐志摩的妻子，继承了徐志摩诗作的版权，这关系到为徐志摩做传、为徐志摩整理遗作的工作。所以，陆小曼曾经非常坦诚地给凌叔华写过几封信来讨要“八宝箱”。她说：

他的全部著作当然不能由我一人编，一个没有经验的我，也不敢负此重责。不过，他的信同日记我想由我编（他的一切信件同我给他的日记都在北平，盼带来）……还有他别的遗文等也盼你先给我看过再付印。我们的日记更盼不要随便给人家看。千万别忘。

但是，凌叔华并没有回应。

紧接着，她又写了一封信：

林先生前天去北平，我托了他许多事情，件件要你帮帮忙。日记千万叫他带回来，那是我现在最宝爱的一件东西，离开了已有半年多，实在是天天想它了，请无论抄了没有先带了来再说。文伯说叔华等因徐志摩的日记闹得大家无趣，我因此很不放心我那一本。你为何老不带回我，岂也有别种原因么？这一次求你一定赏还了我吧，让我夜静时也好看看，见字如见人，也好自己骗骗自己。你不要再使我失望了。

看着信中的字字真情，凌叔华感到非常为难。她知道，陆小曼是一个自恃清高的女子，如果不是出于真心，断然不会采用这种姿态，甚至是卑微的乞求。

可是，她自己也有难处——在徐志摩将这个“八宝箱”第二次交付给她的时候，非常严肃且郑重地说过，这里面有些内容不太适合陆小曼看。具体是什么东西，凌叔华不得而知。她并没有窥探别人隐私的癖好，只是遵照好友的意愿行事。所以，对于陆小曼的恳请，她无法做出任何回应，只能在自己的日记中写下这样一段：

徐志摩坠机后，由适之出面要我把徐志摩的箱子交出，他说要为徐志摩整理出书纪念。我因想到箱内有陆小曼私人日记两本，也有徐志摩英文日记两三本，他既然说过不要随便给人看，他信任我，所以交我代存，并且重托过我为他写“传记”。为了这些原因，同时我知道如我交胡适，他那边天天有朋友去谈徐志摩的事，这些日记恐将滋事生非了。因为陆小曼日记内也常记一些是是非非，且对人名也不包涵。

就在这个时候，林徽因也突然找上门来，她同样恳求将“八宝箱”交给自己来收藏。究竟是出于什么样的心态，林徽因插手到这件事情上来，我们不得而知。不过，后来事态的发展却和她有了千丝万缕的联系。她知道自己出面上门讨要，或许凌叔华并不会给自己面子，但对胡适，凌叔华不好驳回。于是，她委托胡适去做这件事情。

果不其然，凌叔华将“八宝箱”交给了胡适，她以为胡适是代陆小曼来要的，考虑到陆小曼的确要为徐志摩整理最后的书稿，而且这个箱子里有陆小曼本人的日记。但她没想到胡适却转手将“八宝箱”交给了林徽因，这个举动让凌叔华非常尴尬且愤怒。

她曾经给胡适写信说：“前天听说此箱已落入林徽因处，很是着急，因为内有陆小曼初恋时日记两本，牵涉是非不少，这正如从前不宜给陆小曼看一样不妥。”胡适的回答非常有趣，他说自己没有私藏“八宝箱”内的任何东西。而林徽因本人也否认自己接手了“八宝箱”，她的儿子梁从诫也同样说过，收拾屋子的时候，从来没有看到过有陆小曼日记这样的东西。陆小曼更是委屈，说：“其他日记倒还有几本，可惜不在我处，别人不肯拿出来，我也没有办法，不然倒可以比这几本精彩得多。”

可是“八宝箱”到底去哪里了呢？没有答案。在众人的转递中，“八宝箱”神奇地失踪了，连同里面的所有内容，就像几人之间的爱恋情仇一般，都随着时光的流逝不见了踪影。

因为这一个神秘消失的“八宝箱”，三个因为同一个男人而聚集在一起的女人，同样也因为这个男人而分道扬镳。这样的告别方式，让很多人唏嘘。

而对于林徽因这一举动，很多人曾提出质疑，为什么如此想要得到徐志摩和陆小曼的爱情记录，这些文字对于她又有什么意义？她将梁思成的颜面置于何地？

或许在徐志摩的日记中，他曾经或多或少地记录着林徽因的点滴，甚至有些让人面颊发烫的情话，毕竟年轻时候的爱情，特别是未能修成正果的爱情总是更加浪漫。八宝箱最终归于何处，谁知道呢，又或许这就是徐志摩冥冥中最想要的、能保护林徽因的结果吧！

我们寄生在时间里，观世态沉浮，察人情冷暖，如空气般若有若无，如尘埃般若即若离。你说，要与我一路相伴，却最终还是先走一步。犹记得，你从茫茫人海中盈盈逸出，浅笑轻颦，如今却独留我徘徊在十字路口，不知何去何从。

红尘路茫茫，许愿念长长。我们在红尘中行走，总会遇见几个让你心动，让你为之不顾一切的爱人，最后却还是难以修成正果，何等悲伤。

为建筑奔走远方

人的一生是一条没有回头的路，路上总有风花雪月的故事，有你侬我侬的感动，但更多时候我们是在泥泞中前行，磕磕绊绊，数不完的坎坷。

命运仿佛是那你不愿臣服却始终反抗不了的统治者，很多时候，我们不得不选择无奈地接受了命运的残忍。

自从梁思成与林徽因从东北回到北平后，两人的生活并没有因为执教生涯的结束而变得枯燥无趣，反而更加丰富起来，出外考察、与友相聚，不亦乐乎。

然而随着国内形势的日益严峻，日本又步步紧逼，恐怖紧张的气氛扑面而来。自从儿子梁从诫出生之后，林徽因在家里的时间越来越多，她逐渐回归家庭，并且开始了文学方面的研究，梁思成依旧在各个地方考察建筑实物。对于建筑，梁思成非常执着。可是，林徽因的内心却涌现出很多不好的预感。

自从 1934 年之后，她的这种预感就越来越强烈。日军企图侵占东北的时候，她和梁思成就在沈阳，那段时间可以说是她一生都难以磨灭的噩梦。日军为了控制民众思想，有着一系列的疯狂举动。他们用刀枪逼迫百姓承认“日本天皇”是至高无上的象征，承认自己是伪满洲国的良民。尽管在那个时候，他们没有太过血腥的画面上演，但这种赤裸裸的威胁也足以让林徽因恐惧不已。

原本以为这场噩梦能够就此打住，没想到回到北平后，这样的噩梦又再次上演。1935 年，北平的气氛已经到了非常紧张的时刻。城外，日军控制着北平通往外面的铁路枢纽——丰台。这个消息传来之后，梁思成只好被迫停止了一系列的建筑考察工作，安心待在家中研究学问。可是，每日传来外面的消息让这两个爱国的文人揪心不已。

当日军展开“只是为了万一发生战争的情况下的演习”，又把满载兵士的两辆军车开往更远的保定府以“试验卡车”的时候，梁思成感到事态已经到了不容乐观的地步。日军的脚步越来越往华北地区扩展，他们已经不满足在东北所得到的权利了。

梁思成曾经这样对林徽因说过：“在中国，这一代人中已无建筑学研究的余地。时代要求更带根本性的行动，面对这更大的问题，那训练一个人干别的事的教育应当毫不犹豫地抛弃掉。”

看着丈夫坚定的模样，林徽因知道，在这个战乱之中谈建筑梦想是可笑的，也是不切实际的，可她仍然抱有一线希望。或许这就是男人和女人在思维模式上的差异吧。不过，自从日军企图控制铁路之后的一年半的时间里，他们并没有动手。尽管学生游行事件较为频繁，但整体看来，这些并没有给大家的生活带来太多的苦难。

1935 年，清华大学准备将自己的主要教学阵地南移。与此同时，很多国立大学都开始做这项工作，一方面是为了保存那些非常珍贵的学术材料，另一方面是为了保证师生的安全。或许是由于学生游行活动过于频繁，很多学生已经上了黑名单，学校有责任保证每一个学生的安全，这也是迫不得已的一项重要任务。

当时，梁思成已经在清华大学任教，但同时还兼职中国建筑研究会的工作。他第一时间将各个大学的决定告诉给朱启钤，尽管研究会只是一个不起眼的小单位，但它却是中国建筑学的希望，收藏了很多非常珍贵的资料。在战火纷飞的时刻，一旦被销毁就成为永远无法追回的遗憾。

“我希望你能跟我们一起走，这样对大家都比较好。面对战争，军人的使命是保家卫国，文人也有文人的使命，那就是将文化传下去，我想你懂我的意思！”一向给人谦谦君子感觉的梁思成也有非常强硬的一面。

“我已经老了，我不愿在最后关头当一个逃命的落魄之人。东西，你带走。人，我独自留下！”朱启钤虽然已经白发苍苍，但是目光坚定，没有丝毫的回旋余地，“这是我的底线！”

听到他这样说，梁思成只好拱手，充满了感激和敬佩之情，他最后说了句：“保重！”

是的，在这种时刻，他又能说些什么呢？一句保重，包含了他所有的情绪，不仅仅是对这位亦师亦友的领导，还是对他所热爱的北平这座城市，更有这座城市里居住的每一个人。

为了保护研究会的宝贵收藏不被毁坏，也不会被日军抢夺，梁思成连夜将这些珍贵的财富整理装箱，和同仁们将它转移到一个安全的地方。

“徽因，我们也要离开北平，这里已经不再安全了。”那一天，梁思成第一次提出这个想法，让林徽因有一点难以接受。她在这里居住了许多年，对于这座院子、对于这个城市，她产生了一种难以割合的感情。在这座城市里，她经历了太多的事情，和徐志摩的爱情纠缠、和梁思成的相濡以沫、和金岳霖的知音情分、和友人们的太太的客厅，以及那些流言蜚语，都让她觉得这个城市带给她人生太多的丰富，转到别的城市，这些她将不再拥有。

然而，在战争中，任何一座传统建筑，很可能在一秒之内灰飞烟灭，成为过眼云烟，历史也是在这样的进程中完成了它的使命。这场战争是残酷且残忍的，中华民族的瑰宝前途未卜，我们不能只顾着自己的尊严，还有更重要的事情。后来，林徽因回忆的时候说道：

思成和我已经为整理旧文件和东西花费了好几个小时。这些年的生活居然积存了这么一大堆杂物！我看着这许多故旧，它们是由这么多人和这么多可爱的事物组成的，而现在它们都受到了威胁，我们发现这事情真是难以形容的悲伤。特别是因为我们现在是在事物悲惨的一端悬着，对于前途只有非常模糊的期望……如果说我们的民族灾难来得特别快又特别残酷，我们也不得不立即起来主动应战。困难是肯定有的，但我们不会无所作为地坐在那里，只是暗暗地捏紧拳头，而我们的“面子”每一分钟都受到羞辱的威胁。

在1935年到1937年期间，梁思成和林徽因两个人虽然艰难，但依旧是相互扶持着走在考察建筑的道路上。

1937年，梁思成和林徽因应顾祝同的邀请，到西安做小雁塔的维修计划，同时还到西安、长安、临潼、户县、耀县等地做古建筑考察。之后，林徽因又意外地发现了榆次宋代的雨花宫及唐代佛光寺的建筑年代。

如果没有紧张的局势，甚至让他们产生了一种错觉，似乎一切都回到了刚刚结婚之后的欧洲蜜月之行。两个人妙语连珠、引经据典，让这场原本充满了危险和艰难的旅程变得快乐起来。似乎很久了，忙于工作、忙于应酬的他们，早就忘记了这种最单纯的快乐和满足。

然而，这年7月，卢沟桥事变爆发，梁思成与林徽因等人不得不匆匆返回北平。

1937年，资本主义世界爆发了新的经济危机。为了缓和危机，继续推行侵略扩张政策，日本帝国主义者制造了卢沟桥事变，向中国发动了全面侵略战争。

卢沟桥位于北京城西南约十五公里的永定河上，是北京通往各地的咽喉要道。从 1937 年 6 月起，日本侵略军几乎每天都在卢沟桥附近进行挑衅性的军事演习。7 月 7 日，日军借口一名士兵失踪，要求进入桥头的宛平县城搜查，遭到中国守军的拒绝。当晚 8 点钟，日寇突然向卢沟桥发动进攻，中国守军忍无可忍，奋起自卫，中国人民反对日本帝国主义侵略的抗日战争从此开始了。这是一个预设的阴谋。顿时，日本军方一片狂欢，他们叫嚣要在三个月征服中国，实现“雄国大业”。

“七七事变”爆发，这是所有北平人，甚至是所有中国人都感到非常耻辱的一天。这一天，日本人采取了占领北平并企图征服整个中国的行动。开始是日本军队和当地中国驻军在北平郊外的卢沟桥发生遭遇战。这是和日军在满洲的初次行动相似的一幕，意图是想让这种全面侵略和征服在世人面前显得是不可避免的行动。当地军队在接下来的几周内继续抵抗，可得不到蒋介石的接济。他躲在南京，把他经过德国人训练的军队留起来，作为将来一个没有说明的时候进行抵抗之用。7 月 29 日，北平被日本人占领，战斗停止。

这个消息，成为全中国各大报刊的头版头条。身在外地的梁思成马上就看到了这个消息，原本考察时候的所有兴致和喜悦瞬间跌到了谷底。

1937 年，对于梁思成夫妇而言，是辉煌的一年，也是灾难的一年。这一年的 7 月 9 日，《北平晨报》报道了两则消息，一则是说梁思成从五台山佛光寺发电报回北京，报告发现了中国早期的唐代建筑寺院；而另一则报道的则是有关于“七七事变”的消息，在报纸的第三版上赫然印着“卢沟桥事变发生后，外交部向日严重抗议，事态不致扩大，和平解决有望。”的醒目标题。而实际上，此次事态正在急剧恶化，但远在五台山的梁思成却并不知道北平发生的一切。直到 7 月 15 日，梁思成才读到报纸。

为了能够回到北平去看看，他们两个沿着北路躲开了日本和傀儡军队的排查，总算回到了北平。但是，这次时间非常短，目的也只是回到这座他们熟悉的城市来看一看。

当他们再一次踏进这座古老的都城的时候，立刻被眼前的景象吓到了。空气中弥漫着刺鼻的火药味，保卫北平的士兵们在门口挖了堑壕，好像是要打一场大仗的样子。

政府却好像还是采取不抵抗政策。梁思成、林徽因等众多文人一致签署致政府要求抗日的呼吁书。梁思成突然感到一阵悲哀，作为一介文人，最大的悲哀无疑是一旦发生了什么事情，除了声援、签名，似乎什么都做不了。堂堂七尺男儿，在国家危难之际，只能挥一挥笔墨，签下自己的名字，这是何等的憋屈。

原本林徽因还对政府有所希望，她期望这些守军能够拿起手中的武器。但是，在 7 月 28 日那天，守军却悄悄地离开了。这个消息让很多人都感到大难来临。看着满大街的日本太阳旗，民族自尊心和耻辱感充斥着林徽因的内心，这种耻辱彻底击垮了梁思成和林徽因最后一点信心。

自从“卢沟桥事变”后，北平城里的国民政府机关便开始向外地疏散，梁思成所在的中国营造学社也不得不宣布暂时解散，社长朱启钤先生不愿意离开北平，留了下来；其他的社员则纷纷返回了自己的老家，或者另谋出路。

对于梁思成来说，自己的老家就是北平，所以根本没有逃回老家这一说法。由于年轻的时候出过车祸，梁思成现在患上了脊椎软组织硬化症，而妻子林徽因也因为长年的肺病而查出了有空洞，两个孩子还年幼不懂事，母亲何雪媛又上了年纪，一家五口人实在是老弱病残，行动不便，也只好暂时留在了北平城。

林徽因和梁思成并不怕旅行，那么多考察的时光给他们带来了太多行路的经验。可是这样因为外国人的侵略，背井离乡的流亡，却使他们身心俱疲。

在那个国家动荡的年代，想要静下心来做些学问研究这样的事情，听起来是多么奢侈与遥远！可是，正是这样一份坚定执着的心，在那样的年代里才显得弥足珍贵。也多亏有了心中的一份理想，执着着生命中那一份追求，才没有让艺术荒废在那样胆战心惊的日子里。

或许在这个时候，梁、林二人还并未决定真正踏上流亡的道路，一封请柬却寄到了北平的梁家，请柬的落款是“东亚共荣协会”。请柬的内容则是邀请他参加会议并发表对“东亚文化共荣圈”的看法。

在刚开始占据北平的时候，日军并没有撕开自己虚伪的面容，依旧打着“东亚共荣”的旗号，企图以此来蒙蔽百姓。所以，他们决定召集这些在北平比较有地位、有身份的人士，希望能够让他们来笼络人心，而梁思成和林徽因二人恰好就在这个邀请名单之列。

其实，梁思成的心中清楚得很，参加会议只不过是日本人打的幌子罢了，这其实是日本人对他的“特别关注”，他已经觉察到了危险与不安。梁思成知道，如果自己现在不抓紧时间离开北平城，那么这些日本人是不会善罢甘休的。梁思成也明白，自己是迟早要离开北平的，这里毕竟不是长久逗留之地。可是在离开之前，他还有一件很重要的事情要做，那就是中国营造学社的宝贵书籍。

看到这封邀请函的时候，林徽因则压制不住自己的气愤，她颤抖着身子，用尽全力将邀请函撕得粉碎。可是，然后呢？撕碎了邀请函，就能逃开日本人的眼线吗？在沈阳居住过一段日子的梁、林二人非常清楚日本人的手段。

日本人已注意到了他们，不当汉奸，就必须离开北平。而对于中国建筑事业振兴的使命感，更让梁思成觉得一刻也不能再多停留。他的梦想是建筑，在战争中，他最重要的责任便是要让那些珍贵的资料，那些他们用汗水测量出来的数据，那些好不容易汇总的学识完好地保存下去。

真正点亮生命的不是明天的景色，而是美好的希望。为了不让中国营造学社的宝贵收藏受到毁坏或者落入日本人的手中，梁思成觉得自己必须把它们装箱、转移到一个安全隐秘的地方。于是，在营造学社职员们的帮助下，这项工作便紧张有序地开始了。

这时的岁月仿佛一把锋利的尖刀，深深地割伤了中国人的心。而对于北平，梁思成与林徽因也只能默默在心里悲凉地说一声：我若离去，后会无期。此时，谁也拿不准国难何时会过，家园何时能还，一切仿佛都成了未知的未知。

从此一转身，即使再相见，也已不是当年身。

第五卷

山河破碎奔天涯

灯火星星，人声杳杳，多少王朝更迭，江山易主，唱不尽乱世烽火。奔走在山河破碎的天涯之路，我们风尘满面，历经颠沛，尝尽苦楚，原来清雅的不再清雅，原本端庄的已然萎靡，谁还可以在时光的明镜里收拾好凋落的容颜呢。

硝烟中与你同行

尘世间的繁杂数不胜数，来来往往，无穷无尽。而时间，只顾自己拼命地前行，丝毫不管周遭的一切。它就这样流走着，流走了悲欢离合，流走了喜怒哀乐。

聚散人生，与亲朋，与好友，我们终究有一天是要离别的，离开自己的亲人，离开自己那温馨的家。只是那一天，有些时候来得如此让人措手不及。

岁月流转，林徽因和梁思成的那一天，已然悄悄来临了。

林徽因和梁思成是经历过东北“九一八事变”的，对于战乱，他们深有体会。根据在东北的经验，他们太清楚日本人占领下的北平城将会变成什么样子，这也是他们绝不愿忍受的。因此，在整理好营造学社的书籍资料之后，林徽因与梁思成也开始着手整理个人东西了。

他们怀着美好的希望，勇敢地走着，跌倒了再爬起，失败了就再努力，永远相信明天会更好。

林徽因跟着梁思成，带着家人，又像在山西考察那样，准备过着颠沛流离的生活了。他们是学者，是建筑师，是艺术家，但他们也是人，也要生活，也要为了吃住地方的脏臭而扫兴，也要为了国家的战乱而奔波。

尽管如此，现实却不容许他们的情绪陷入低落和迷茫。

现在的他们，要收起自己那颗浪漫的诗心，收起关于建筑的痴迷与喜爱，因为他们还有很多的事情要去思考，要去解决：我们将要搬到哪里去？什么时候出发？行李怎么收拾？两个孩子由谁看管？哪些东西是要带走的？哪些是要留下的？然而，他们要解决的，还远远不止东西，他们还有朋友、亲人、事业和责任。

一切的一切，变化得是那么快，似乎只在转瞬之间，曾经那美好与甜蜜就像是发生在昨天一样。任那日月星辰，宁谧无言；青山长河，蜿蜒缠绕；那些昔日的温馨与美好，如今只能把它们深藏在心中，独自品味。

于是，就在一个天色朦胧的清晨，梁思成与林徽因叫醒了两个还在睡梦中的孩子，搀扶着因上了年纪而行动不便的母亲，背上早已经收拾好的行李，匆匆登上了由北平开往天津的列车。

山河破碎，国家动荡不安，就在这硝烟弥漫的北平城，人们开始了空前悲壮的流亡。曾经安逸美好的生活，转瞬之间变成了随身携带的简单行李。然而，天津与北平近在咫尺，终是不能成为他们最终的避难所。逃离北平，流亡天津，也只是他们流离生活的开始。

没有行走的人生，如一口枯井，缺了生命的活力，丢了活着的要义。这一年，才女林徽因三十三岁，她人生中最美丽的诗篇，已然正在悄悄合上……

生活的磨难正在一点一点地摧残着林徽因那诗人的心与灵魂。此时的林徽因还清晰地记得十五岁的那一年，自己初见梁思成时的娇羞与柔情；那个渥太华的美满婚礼带给自己的甜蜜与幸福。多少个闲暇的时光，自己沐浴在午后的阳光里，感受着诗词带给自己的宽慰；多少次，他们夫妻二人携手相伴，外出考察钟爱建筑时带来的激动与兴奋犹在昨日。

曾经的曾经，是那样淡然，那样温馨，那样让自己满足。可如今，一场战乱，早已让自己身心疲惫，心力交瘁。

一切，都是命运使然，生活所迫。

似乎不难想象，梁思成与林徽因一家人那扶老携幼、带着行李的流亡路程是怎样的一幅凄凉景象。国难当前，流离失所，不幸总是来得那么突然，让人措手不及，一切都显得那么悲凉与不安。

他们选择的第一站是天津，梁思成曾经在天津居住过一段日子，对于那里的情况算是相对熟悉的。和他们同行的还有金岳霖，以及另外两位清华大学的教授。

国家的灾难对于任何一个爱国人士来说都是沉痛的。梁思成长叹一声，此刻他心中所想无人知晓，或者他是在感慨为什么近代的中国要轮番遭受这样、那样的重创，先是八国联军的入侵，然后是一战、日本侵华。父亲的那句“少年强则中国强”一直都在耳边激励着他成长。他不渴望能够成为多么有权有势的大人物，只是想完成自己在建筑学方面的梦想。可现实却是这样艰难，每走一步，都这样沉重。

没过几日，梁、林二人就无法在天津居住下去了，因为天津的形势同样不容乐观——天津的火车站里到处都是手持真枪实弹的日本兵。他们一个个地排查百姓，看看是不是中国士兵，要么就是对着年轻的女子吹口哨，做一些下流的动作，引起周围人的恐慌。其实，这个时候，北平已经有了大量流亡的人都蜂拥地挤在天津。车站、街道上人山人海，甚至有一些老弱妇孺就坐在街道上。这种场面，没有亲身经历过的人根本无法想象。

林徽因后来回忆说，那真是非常恐怖的几天。当时，天津的街道上都刷满了“中日亲善”“东亚共荣”“建设大东亚新秩序”之类的黑字标语，一队队巡逻的日军列队走过，没有人敢说话，也不敢做出任何动作，大家都像是木偶一样站在那里。即便是在英租界，也常常听到外面的枪炮声、婴儿的啼哭声。那个时候，觉得整个世界都陷入黑暗之中，似乎光明抛弃了这里。

天津已经不安全了，这是所有人的共识，可安全的地方到底在哪里呢？最终他们选择了长沙，途经青岛、徐州、郑州、武汉，九月中旬到达了长沙。

人生就是这样变幻莫测，谁能料想到，曾经还可以聊天作诗，聚会谈心的人们，转眼之间，便已是背着那简单的行李卷，流离失所，孤苦漂泊。

1937 年 9 月 25 日，曾经狂妄地扬言要在三个月内灭亡中国的日本军队在平型关战役中遭到了迎头痛击，足足有一千多名日本士兵被八路军消灭得干干净净。如此振奋人心的消息传来，让人们不禁欢呼雀跃。在平型关战役取得胜利六天之后，梁思成一家人背井离乡，辗转多地，经过了苦难与艰辛，终于来到了数千里外的长沙。

初到长沙，梁思成与林徽因便在火车站附近租了三间房屋，算是有了一个落脚的地方，暂时安定了下来。虽然长沙这个临时的家与北平那个温馨的四合院差别很大，但梁思成与林徽因却并不在意，对于生活水平的明显下降，他们只是安之若素。

一个人的一生，或许从来没有绝对安稳的时候，无论是谁，都是如此，都会经历波折，经历磨难，只是它们或大或小，或轻或重。有些人会幸运一些，生活过得平静如水，没有大风大浪。而有人，就注定了这一生要轰轰烈烈。

对于生活的安定，对于生活的幸福，每个人都有着不同的理解。有些人会觉得守着一座房子、儿孙绕膝是最大的幸福；而也有特立独行的人，把浪迹萍踪看作是自己的幸福。

于梁思成和林徽因来说，虽然战乱让他们颠沛流离，居无定所，但他们一家人始终在一起和睦生活着，这，便是最大的幸福。出身名门、身为高级知识分子的他们，在面对国家的战乱和生活的动荡时，难得地保持着一个平和乐观的心态。

那时候，人们想，打仗并不是很长远的事情，看老舍先生在《四世同堂》里写的，祁老爷子常常嚷嚷着打仗打不过三个月。那么，躲避战乱的话逃到黄河以南，就是安全的了。

虽然一家人不顾艰辛来到了千里之外的长沙避难，但这里却并没有他们之前想象中那样安宁。到了 11 月，梁思成和林徽因就知道，这并不是一场和从前一样的战争。

长沙，这座岳麓山下、湘江之滨的千年古城，在战乱的骤然膨胀中，到处拥塞不堪，混乱无序。空袭警报时常响起。惊惶中，人们纷纷躲进防空洞或地下室。

11 月下旬，日机开始在长沙的上空中盘旋，就如同在空中翱翔的鹫鹰俯视着地面的猎物一样。

有一天，当梁思成听到飞机的隆隆声时，还以为是苏联援助中国的飞机到了，便急急忙忙地跑到走廊上去看。惊心动魄的一刻到来了：梁思成还没看清楚是什么样的飞机，就只见飞机上落下一个小黑点，那是炸弹！梁思成大叫一声“不好”，再一仔细看，便看到了日本飞机的红膏药标志。于是，梁思成与林徽因抱着两个孩子，再拉着年迈的母亲，慌慌张张地从楼梯上跑下来。可是跑得再快，也比不过炸弹的速度。就在楼梯的拐角处，一颗炸弹落在了房子的后墙外面爆炸了。那个时候，梁思成已经抱着女儿跑到了院子里面，而林徽因还抱着儿子坐在楼梯的拐角处，由于炸弹的冲击力，让林徽因与梁从诫从那个转角上一下子飞到了院子里面。虽然让人心惊胆战，但所幸没有人受伤。

此时，门窗已被震垮，到处是玻璃碎片。刚刚走到楼梯拐角处，又一批炸弹在天井里炸响。林徽因被气浪冲倒，顺着楼梯滚到院里。楼房倒塌了，一家人逃到街上。大街上黑烟弥漫，有几处房子燃起了大火，四处是人们惊慌的哭叫声……

等这波轰炸结束之后，梁思成又跑回去，从废墟中扒出一些还能用的衣物和散碎的物资。没有安稳几天，刚刚安置的家就这样顷刻间变成了废墟。就在这个时候，金岳霖在长沙圣经学院找到了一个临时住所。

梁思成、林徽因没有办法，只好带着家人暂住在那里。

房子被炸的第二天，梁思成回到了那里去看了看，他来到那个炸弹爆炸的后门口，清晰地看到墙上有一个人形的血印子。他知道，那是一颗炸弹爆炸的气流把整个人冲击到墙面上，尸体拿下来后，印上去的血印子。

几天以后，在死神那里逃过一劫的林徽因用诗人特有的感触写道："战争正在前所未有地阴森森地逼近我们，逼近我们的皮肉、心灵和神经。"

对于长沙的这次轰炸，林徽因在给费慰梅的信中写道：

长沙第一次遭到空袭时，我们的住宅差不多是直接被一颗炸弹命中。炸弹落在离住宅大门十五码的地方，我们在这所住宅里有三间房子，作为我们临时的家。当时我们都在家——外婆、两个孩子、思成和我。两个孩子都有病躺在床上。也不知道我们是怎样逃脱被炸成碎片的厄运的。当我们听见先扔下来离我们较远的两颗炸弹的可怕炸裂和轰鸣声以后冲下楼梯时，我们的房子已垮了。出于奇特的本能，我们两人一人抓起一个孩子就奔向楼梯。但我们还没有到达地面，近处那颗炸弹就响了。我抱着小弟（儿子）被炸飞了又摔到地上，却没有受伤。同时房子就开始裂开，那大部分是玻璃的门窗啦、镜框啦、房顶啦、天花板啦，全都倒下来雨点般地落到我们身上。我们从旁门冲出去，到了黑烟呛人的街上。

当我们向联大的防空洞跑去的时候，另一架轰炸机正在下降。我们停止奔跑，心想这次跑不掉了，倒不如大家要死死在一起，省得孤零零地活着受罪。这最后的一颗炸弹没有爆炸，而是落在我们在跑着的那条街的尽头。我们的东西（现在已很少了）都从垃圾堆里掘出来了，现在我们就在这儿那儿的朋友家暂住。

每天晚上我们就去找那些旧日的"星期六朋友"，到处串门，想在那些妻儿们也来此共赴"国难"的人家中寻求一点家庭温温暖。在空袭之前我们仍然常常聚餐，不在饭馆，而是在一个小炉子上欣赏我自己的手艺，在那三间小屋里我们实际上什么都做，而过去那是要占用整整一栋北总布胡同三号的。我们交换着许多怀旧的笑声和叹息，但总的来说我们的情绪还不错。

对你的生活最有影响力的人，就是你自己。在这样颠沛流离，居无定所的日子里，一家人还能有这样的情绪也实在是难得。

战争不断，家不像家，国不像国。但梁思成依然肩负着“顶梁柱”和“调味剂”的责任。

闲暇的时候，作为父亲的梁思成经常会教两个孩子唱《义勇军进行曲》。偶尔，梁思成的一些朋友也会来到长沙，他便和朋友们一起讨论战局和国内外的形势，如此一来，大家就习惯了在晚上一同唱起救亡歌曲，从“起来，不愿做奴隶的人们”到“向前走，别后退，生死已到最后关头！”一首首高昂的歌曲，像一簇簇不会熄灭的火焰，在每个人的心中熊熊燃烧着。

对于那段时期的生活，林徽因在她的诗《微光》中这样描述：

街上没有光，没有灯，
店廊上一角挂着有一盏；
他和她把他们一家的运命
含糊的，全数交给这黯淡。
街上没有光，没有灯，
店窗上，斜角，照着有半盏。
合家大小朴实的脑袋，
并排儿，熟睡在土炕上。
外边有雪夜，有泥泞；
沙锅里有不够明日的米粮；

小屋，静守住这微光，
缺乏着生活上需要的各样。
缺的是把干柴；是杯水；麦面……
为这吃的喝的，本说不到信仰，——
生活已然，固定的，单靠气力，
在肩臂上边，来支持那生的胆量。
明天，又明天，又明天……
一切都限定了，谁还说希望，——
即使是做梦，在梦里，闪着，
仍旧是这一粒孤勇的光亮？
街角里有盏灯，有点光，
挂在店廊；照在窗槛；
他和她，把他们一家的运命
明白的，全数交给这凄惨。

这一次日机的轰炸，让人们更加懂得生命的珍贵。在硝烟战火面前，任何力量都那么薄弱不堪，此刻你看到的人还在那铿锵有力地谈救国，也许转瞬就会化为灰烬。

灾难过后，梁思成、林徽因决定离开长沙，辗转前往昆明。然而即将与清华、北大教授们一同前往云南昆明避难的行动，还是让梁思成与林徽因感到了一种前所未有的屈辱和不满。作为高级知识分子的他们，恨自己不能像勇猛的战士一样杀上战场，去保家卫国。但事实就是如此，尽管心中有着千万的不愿，可是为了保障自己的基本生活，离开让人心惊胆战的长沙，前往云南昆明避难已是无可奈何的选择了。

很多时候，也许你航行一生也没能到达彼岸；也许你攀登一世，也不能登上顶峰。有人说，能触礁的，都是勇士。而在这战火纷飞的年代里，人们大抵都是英雄了。

逃亡山远天高路

那些或天真或憧憬的思想被岁月磨得不见了光辉，蜕去了外壳，只剩下可悲的年华依然在固执地守候。面对灾难，我们不得不改变自己，调整自己的生活方式来适应这世间变化的角度。

人生好比一条曲曲折折的道路，一路行来，有时风光明媚，有时崎岖惊险。人生的奇妙在于，有时要直驱向前，有时也要委曲求全。时局的逼迫让人无法不去躲闪，在命运跟前，有时你不得不俯首称臣。

此时的长沙已不再安全，必须往西南方向走，林徽因提出去昆明。早就听说昆明是一处原始味十足的荒蛮之地，虽然可能生活条件会比较艰苦，但相对这些大城市来说，或许是安全的。

12 月 8 日，被逼无奈的梁思成与林徽因不得不再一次扶老携幼离开长沙，搭乘一辆严重超载的破旧长途汽车，晓行夜宿，开始向云南昆明进发。

在离开北平城之前，梁思成就因为患上了脊椎软组织硬化症而经常背痛，到医院看过医生之后，梁思成“穿”上了专门为他设计的一副铁架子，将这样的铁马甲“穿”在衬衣里面，用以支撑脊椎。虽然梁思成并不把此放在心上，但长途的旅行，着实加重了他的负担。

原本身体就不好的林徽因也在途中感染了肺炎。这一系列的变故都延长了他们的行程。因为林徽因的肺病复发，使得全家不得不在湘黔交界处的一个无名的小镇——晃县驻足。

身处在陌生的他乡，在这里并无认识的亲戚朋友，一家人只好在凄苦风雨的夜晚步履蹒跚，寻找可以住宿的地方。原本身穿"铁马甲"的梁思成，背着一家人的行李，搀扶着还在高烧中的林徽因，身后是林徽因的母亲牵着两个年幼的孩子。时不时地遇见路人，向他们打听着何处可以落脚歇息。然而怀着极大的焦虑走在黑暗而又泥泞的路上，艰难地走过了好几条街，终究是没有找到一处住所。

对于这一段记忆，梁从诫也记了下来：

泥泞的公路两侧，错落着几排板房铺面，星星点点地闪出昏暗的烛火。这里已滞留了几班旅客，到处住满了人。妈妈打起了寒战，闯进一个茶馆，再也走不动了。她两颊绯红，额头烧得烫人。但是茶铺老板连打个地铺都不让。全家人围着母亲，不知怎么办才好。

就在那走投无路的时刻，竟发生了一个奇迹，从雨夜中传出了一阵阵优美的小提琴声。父亲听仙乐耳暂明，拉这琴的一定是一位来自大城市、受过高等教育的人，或许能找他帮一点忙？

乐曲戛然而止，父亲惊讶地发现，自己面对的，竟是一群身着空军学员制服的年轻人，十来双疑问的眼睛正望着他。那年月，老百姓见了穿军装的就躲，可是眼下，秀才却遇上了兵！父亲难为情地作了自我介绍并说明来意。青年们却出乎意料地热心，立即腾出一个房间，并帮忙把母亲搀上那轧轧作响的小楼。原来，他们二十来人，是中国空军杭州笕桥航校第七期的学员，也正在往昆明撤退，被阻在晃县已几天了。其中好几人，包括拉提琴的一位，都是父亲的同乡。这一夜，母亲因急性肺炎高烧四十度，一进门就昏迷不醒了。

好在两个星期后，林徽因终于退烧了，他们赶上一辆开往昆明的小公共汽车。在长沙上汽车时本来计划的“十天艰难的旅行”实际用了差不多六个星期。

费慰梅女士后来在回忆录中也曾讲到过这个场景：

在这个关键时刻，徽因病倒了，她得了很厉害的支气管炎，并迅速发展为肺炎。城里很脏的小旅馆挤满了难民。思成毫无办法。他怀着极大的焦虑走在黑暗而又泥泞的街上，忽然听见附近的一家小旅馆里传出有人拉提琴的悦耳声音。“这演奏者一定是来自北京或上海”，他想，同时敲了敲门。在里面他遇上了一屋子空军学院的八位学员，他们是在等车到昆明去。

梁思成把他的严重问题告诉了这群空军学员们：有重病人却没处可待。听此缘由，年轻热情的空军学员们欢迎了他们一家，挤到一起去给梁思成一家人腾地方。奇迹还不止此。在大约一百个也被阻在这个小村里等车的外来者当中，有一位女医生，她曾在日本的一所美国教会医院受过训练，又曾专门研究过中草药。她给肺病发作的林徽因吃了一些根据西医理论处方的当地能买到的中药，调理了两周后，林徽因的烧退了，身体也在逐渐的恢复当中。

真正打动人的感情总是朴实无华的，它不出声，不张扬，埋得很深。就这样，梁思成与林徽因在那里与学员们一同住了下来。

有道是：“患难之中见真情”。就在那样一个颠沛流离的战争年代，八名空军学员与梁思成夫妇之间建立了真挚深厚的友谊，以至于后来在昆明的日子里，梁思成夫妇和这群空军学员成了好朋友。

人就像藤萝，他的生存靠别的东西支持，他拥抱别人就从拥抱中得到了力量。节假日的时间，这群空军学员总是会三五成群来到昆明这里聚会，热情好客的梁思成与林徽因很快就成了这些年轻人的好朋友，他们把梁思成夫妇当成了大哥哥大姐姐，那些憋在心里无处诉说的话，也都向梁思成夫妇倾吐。

即便是遭遇如此的艰难困境，梁思成与林徽因还是乐观的。在林徽因病情有所好转之后，梁思成会经常带着一双儿女去小河边“打水漂”，这也是日后让女儿梁再冰印象最为深刻的。不仅如此，到了晚上，梁思成还会教两个孩子认识地图，帮助他们认识自己走过的路，也正应为如此，两个孩子在长大之后，依然清晰地记得沿途上的许多地名。

在晃县待了一小段时间，梁思成一家人决定开始向目的地昆明出发，曾经那颠沛流离的旅程又要开始了。

逃难的旅程，总是困难重重。

有一次，梁思成和林徽因一家人从黑暗的子夜一点钟就开始准备，他们把随身带的少得可怜的行李塞进了汽车，可是车子却一直没有启动。当上午十点钟汽车开动的时候，车上已经挤了二十七名乘客。这是一辆破旧的长途公共汽车，没有窗户、没有点火器、可以说什么也没有，它仅仅是能开动而已。可即便是能开动，也是一路颤抖着前进，就连爬过一段平坦的路面都很困难，更别说是险峻的高山了。没有了退路，梁思成与林徽因一家人也只能坐上这辆汽车继续前进。不幸的是，当汽车开到一个土匪多得出了名的大山顶上之后，在这位于贵州的荒凉之地车子就突然停住不动了。

询问司机过后，得知是汽车没有油了。不得已，梁思成只好带着全家人下了车，趁着天没有完全黑下来之前沿着山路徒步前进。虽然是坎坷多难，但他们又一次遇上了奇迹，因为在峭壁的一旁，一个村庄奇迹般地出现了，这也使得梁思成一家人不用露宿街头。

人生总是无常，学会接受百味生活、经历酸甜苦辣才会更韵味悠长，生命中因为有了够多的云翳，才能造就一个美丽的黄昏。

或许，我们应该庆幸，因为上天对于梁思成与林徽因一家人来说，还是眷顾的，没有在困难重重的时刻将他们逼入绝境。虽然这逃亡路上所经历的种种，足以让人惊心动魄。这惊心动魄，不知道要比林徽因那摇曳多姿的诗文紧张多少倍。战乱时期的生活我们多多少少也能猜想得到，而梁思成与林徽因随后的行程我们也可想而知，依旧充满着艰难险阻。但只得庆幸的是，最终的结果还是好的，梁思成和林徽因一家终于在 1938 年的 1 月中旬到达了昆明。

颠沛流离的日子总是那样地让人不安，但面对命运的强大，渺小无助的我们也只能束手无策，任凭上天对于我们的安排。我们只能在这如浮萍般漂泊不定的人生里独自哀叹，哀叹那昔日的美满生活早已不复存在。

昆明，在当时还不算是一个非常大的城市，相对于长沙来说，还保留了很多当地居民淳朴的民风，是一个非常不错的宜居之所。

在林徽因与梁思成来到昆明后不久，他们的朋友杨振声、沈从文、萧乾等人也陆陆续续来到了这座城市。一群朋友住在离梁思成一家不远的北门街上，那是一栋毫不起眼，而且年头久矣的小房子，但院子里两株合抱的大树却是很引人注意。随后的日子里，沈从文的妻子张兆和带了两个孩子也绕道香港来到了昆明；杨振声的一双儿女也到了这里。同样来到昆明的，还有梁思成一家人的老朋友金岳霖。

曾经的知心好友如今在昆明得以重聚，倒也给这烽火连连的日子增添了不少的照料与安慰。虽然生活条件不如曾经的北平，但是一群文人学者依旧苦中作乐、不失情趣。偶尔，他们还会像在北平的时候一样，一同来到梁思成的家中，谈文学，聊时事，这给艰苦的日子增添了一丝的快乐。在这里，这群文人居然过起了最原始、最田园的日子。

那时候，梁、林二人居住在一栋极平凡的小房子里，斑驳陆离的瓷砖上，有“宣统二年造”字样，院子里有两株合抱大的尤加利树。金岳霖养了一只非常漂亮的大公鸡，梁从诫没事情做的时候就喜欢追着大公鸡满院子跑。看到这样充满童趣的一幕，大家的心情逐渐放松下来。

偶尔的小聚，让他们感到非常惬意，时光似乎又回到了北平那个充满了宁静的午后，几个好友在一起谈谈文学、聊聊国事。心情不错的时候，林徽因很喜欢到一家茶铺里坐坐。可以说，在那段比较糟糕的时期，这间茶铺带给她很多温暖，只需要一毛钱就可以买到很大一碗米线，痛痛快快、不顾忌形象地吃干净，再喝上一大口汤，别提有多满足。

这间茶铺的老板是一个典型的瑶族大妈，为人非常热情，做的米线味道也非常正宗。由于是熟客的关系，林徽因每次来的时候，瑶族大妈都会送给她一盘爆炒黄鳝丝，或者是一盘爆炒田螺，虽然小菜不值什么钱，却是一番难以割舍的情谊。

比较有趣的是，这家店里还有一道菜叫作“恋爱豆腐果”，口味非常辛辣，却远近闻名。如果是夫妻二人，或者是一对恩爱的小情侣前来，瑶族大妈还会故意多放些辣椒，以增加它的辣味。因为在这里有这样一种风俗，有感情的两个人要一起吃这道菜，越能吃辣的就说明两个人的感情越深。对于一向比较喜欢玩的林徽因来说，这绝对是一个百试不爽的小游戏。所以，每次当她和梁思成一起出现的时候，她便特别爱点这道小菜。看着梁思成辣得眼泪都流出来的狼狈样子，她笑得很是开怀。

但是，这种快乐在时代背景之下，尤其是在两个关心国家局势的人的心中，也带有一种难以掩藏的悲伤。他们关心国家局势，担忧着中国建筑的未来，这样的沉重如同一个无形的包袱压着他们。

不久，几位研究会的同仁也来到了这里，他们的到来似乎让梁思成看到了希望。他的想法非常简单，就是将研究会搬到昆明来，让大家在这里继续研究建筑学，恢复原先的工作。

重建后的中国营造学社所展开的第一项研究，就是对云南昆明的古建筑进行考察。由于梁思成的病还没有痊愈，身体不便，因此外出调查的工作就交给了刘敦桢、刘致平、莫宗江以及陈明达等人进行。1938

年 10 月至 11 月，经中国营造学社在昆明考察的有圆通寺、土主庙、建水会馆、东寺塔、西寺塔、真庆观大殿、金殿等大约五十余处古建筑遗物。可以说，这是昆明有史以来第一次对古建筑文物的普查，而当年拍摄的珍贵照片也就成了一笔宝贵的财富，至今都有着深远的影响。

1939 年初，昆明成为研究会的第二个办公地点，中国营造学社迁移到了麦地村。尽管天上的飞机依旧会狂轰滥炸，尽管日军还是会突然袭击，但是每次都有望风的同志把守，一旦有异常情况，这几个文人就携带着所有资料跑到防空洞去。

当梁思成与林徽因来到麦地村的兴国庵后，夫妻二人便发现这一带茂林修竹，田畴水塘，景色甚是宜人。暂居昆明多时，梁思成也不知道战争什么时候会结束，一家人什么时候会返回北平；再加上许多的老友都聚集到了昆明，因此他们迫切需要一个稍大一点的聚会场所。有了这样的考虑，林徽因与梁思成便决定在龙头村北侧棕皮营靠近金汁河埂的一片宽广的空地上，为他们自己设计并建造一所房屋。

这是夫妻二人给自己建造的第一所房屋，自 1939 年中旬开工，到 1940 年春天完成。这座木构的房屋面积大约有八十平方米，一共有三间住房，坐西朝东，其中有两间附属用房坐东朝西。房屋中间隔着一条通道，自然形成了一个庭院。从外观上来看，房屋的面积明显地增大，窗户也是独具匠心；房屋的内部装修中，最独特的则是林徽因在客厅内设计安置了一个壁炉，而且三间住房全都铺了木质地板。对于这样的设计，林徽因颇为赏识，她期待有“真诚的朋友来赏识它真正的内在质量”。

这是梁思成和林徽因一生中唯一一次为自己设计建造的房屋，而仅仅是这唯一的一次，也耗尽了他们所有的积蓄。为了建成房屋，他们不得不为了每一块木板，每一块石砖，甚至是每一根钉子而努力奋斗。除了这些，他们还得亲自运料，自己做木工和泥瓦工。

这段时期的林徽因可以说生活得很辛苦：丈夫梁思成要外出考察，

自己的身体又有病，营造学社的繁忙工作、照顾一双儿女的重担，全都落在了她一个人的肩上。这一切都让爱慕林徽因的金岳霖感到惋惜：“她仍旧很忙，只是在这种闹哄哄的日子里更忙了。实际上她真是没有什么时间可以浪费，以致她有浪费掉她生命的危险。”

即便是如此，林徽因还是会忙里偷闲，或者给远方的朋友写信，或者自己一个人静静地写诗。她体会到了田间地头农妇村夫的辛苦，感受到了人民大众的生活无奈，所有的经历都在激发着林徽因那颗诗意的心。在昆明，林徽因创作了五首诗歌：《除夕看花》抒发了她忧国忧民的情愫；《茶铺》和《小楼》体现了她对民俗文化的兴趣；而《对残枝》和《对北门街园子》则表达了自己在病中对大自然、对生命的无限眷恋。

多少年之后，女儿梁再冰回忆起那段在昆明的时光，虽然还是会有艰难苦楚萦绕在记忆中，但她总不会忘记妈妈林徽因会偶尔从外面采来一些漂亮的野花，装到陶罐里，放到屋子的角落中。原本单调的房间也因为这小小的野花而有了一抹让人精神为之一振的明艳色彩。

作为老朋友的金岳霖，也在这个时候重新与梁思成和林徽因成了邻居。他在梁思成一家的新房旁边的东面加盖了一间耳房，也算是自己的居室。重新做回了邻居，依旧像在北平城四合院那样，似是一家人地相处。

每天清晨，林徽因都很早起来打扫庭院，给丈夫和孩子做饭，洗洗衣服。在北平的时候，这些工作都是交给下人干的。来到昆明之后，她开始过上了一种家庭主妇的生活，回归到家庭之后的她，显现出一种别样的风韵来。

但是，生活是艰难的。那段时间可能算是梁、林二人在一起之后最窘迫的一段日子了。从前从未为金钱而担心的他们，开始算计手里的钱还能够买多少米，还有什么方法能够赚到一些钱。用林徽因的话来说：

我一起床就开始洒扫庭院和做苦工，然后是采购和做饭，然后是收拾和洗涮，然后就跟见了鬼一样，在困难的三餐中间根本没有时间感知任何事物，最后我浑身痛着呻吟着上床，我奇怪自己干吗还活着。这就是一切。

思成笑着、驼着背（现在他的背比以前更驼了），老金正要打开我们的小食橱找点东西吃，而孩子们，现在是五个——我们家两个，两个黄家的，还有一个是思永（思成的弟弟）的。宝宝常常带着一副女孩子的娴静的笑，长得越来越漂亮，而小弟是结实而又调皮，长着一对睁得大大的眼睛，他正好是我所期望的男孩子。他真是一个艺术家，能精心地画出一些飞机、高射炮、战车和其他许许多多的军事发明。

夜深人静的时候，林徽因也会思索着，如果没有这一群志同道合的朋友共同流亡昆明，一起谈天说地，一起品茶论文，或许，她都不知道自己与梁思成要怎样度过这段艰苦难熬的苦难时光。

世事风云变幻，让原本就已模糊不清的生命，变得更加迷离难以把握。我们所能做的，便是在有限的时光里，去做原来不屑却很有意义的事情，让人生多一些圆满，少一些悔不当初。

当上帝为你关上一道门的时候，往往已经为你打开了另一扇窗。

大约就是在这个时候，梁思成那篇关于公元六世纪赵县大石桥的英文论文手稿寄到了剑桥。梁思成在全家离开天津的时候把这份手稿寄了出去，希望能在美国发表。而在美国的朋友费慰梅帮助他找到了麻省理工学院建筑系主任威廉·爱默生。那是一个法国建筑史专家，他研究的题目之一恰巧就是法国最早的散拱桥。

威廉·爱默生怀着极大的爱好审视了随稿子附寄的精美图画和莱卡照片，读完文稿，威廉·爱默生就立刻把手稿寄给了权威的建筑杂志《笔尖》，并附上了自己的推荐信。于是，建筑杂志《笔尖》在 1938 年一月号和三月号将梁思成的论文分为两次刊出发表。

论文发表之后，《笔尖》杂志给梁思成付了稿费，但让梁思成夫妇真正感到兴奋的，还是在收到刊登论文杂志的时候。梁思成的论文印刷在了细腻的纸上，让那些图片显得更加的漂亮精美，而论文内容的版式设计也很宽松雅致。这一次梁思成论文的成功发表，恢复了他同美国建筑师和建筑学家们的联系，对于痴迷于建筑学术研究的梁思成来说，没有什么比这更让自己振奋的了。每个人的一生几乎都在为了梦想而奋斗，有人为了金钱，有人为了权利，有人为了纯粹的快乐，有人为了继承传统推进社会。对于梁思成来说，让中国建筑学发扬光大便是他的责任和使命。

在这个战乱不断的时代，即使孑然一身一无所有，即使不得不到处流亡辗转，至少有梦陪着，那就不会孤独，心便有了归处。

屋漏偏逢连夜雨

时光轻浅，曾经那悠扬的往事被微风吹散，被雨水沁浸，早已洗去了浮华，清澈明亮。以为经历过人生的离别团聚，品尝过俗世的种种况味，便理应承担岁月带给我们的沧桑。可时光却分明安然无恙，一切都如从前一般，只是我们那心心念念所向往的，已不再重来；那曾经的美好与安宁，再也找寻不见。

在这个硝烟弥漫的年代，许多人藏起了风花雪月的心事，让自己深入红尘。因为战乱，让他们更明白，今天的生也许就是明天的死，眼前的沧海也许下一个瞬间就会变成桑田。

时光在一天天地流逝，昆明终是没有逃过敌军的炮火，轰炸越来越凶猛了。

对于梁思成和林徽因来说，飞机的轰鸣和炸弹的炮火，就意味着他们需要继续踏上逃亡的路途。曾经山清水秀的昆明，如今也变得不再安宁。中国的大后方最终也未能成为他们的安身之处。迫不得已，梁思成一家再一次离开了温暖的小屋和亲爱的朋友，踏上了流亡的旅途。

人在漂泊的时候，总会感觉自己力量的微薄，我们无力改变人生的沟渠，就只好任由流水东逝。

中央研究院史语所、社会所和体质人类学所也从1940年秋分期分批迁往李庄。中国营造学社是个半官方半民间的学术团体，挂靠在中央研究院史语所。梁思成是史语所的通信研究员，也要随迁李庄。梁思成在给费正清的信里抱怨道：

这次迁移使我们非常沮丧。它意味着我们将要和我们已有了十年以上交情的一群朋友分离。我们将要去到一个除了中央研究院的研究所以外远离任何其他机关、远离任何大城市的一个全然陌生的地方。大学将留在昆明，老金、端升、奚若和别的人也将如此。不管我们逃到哪里，我们都将每月用好多天、每天用好多小时，打断日常的生活、工作、进餐和睡眠来跑警报。但是我想英国的情况还要糟得多。

当时，美国方面已邀请梁思成去讲学，还请了林徽因同去治病。梁思成回信说："我的祖国正在灾难中，我不能离开她；假使我必须死在刺刀和炸弹下，我要死在祖国的土地上。"林徽因也毅然谢绝，她想的是："决不愿做中国的白俄。"

1940年11月底，梁思成一家迁至四川南溪县李庄镇上坝村。梁思成与林徽因带着两个孩子和老母亲坐上了离开昆明、前往四川李庄的卡车。卡车上的所有乘客，无论年龄大小，每家都会得到一份少得可怜的行李津贴。坐在敞篷卡车上的所有人都采取"骑马蹲裆式"的坐法，也就是双脚叉开来，坐在行李卷上。梁思成和林徽因也是如此，沿途过曲靖、宣威、毕节、叙永等地，一路劳顿，车船颠簸，艰难的旅途持续了两个星期后终于到达了李庄。

这个几十户人家的村子，距李庄镇只有一公里，属南溪县所辖。当时，梁思成领头的研究会在昆明恢复工作之后，就得到了很多人的关注，相继有人给他们写来支持的信件，甚至还有人提供资金资助。有了这些人的支持，梁思成越发坚定了自己坚持下去的想法，他打算利用自己的弟弟梁思永供职的中央研究院史语所的图书资料。为此，他们搬到了李庄。到了李庄，一家人在上坝村一片竹荫丛中的张家老房子里安定了下来。

这次，他们没有太多的银两去修建院子了，只好随便租用了两间低矮的平房。由于长年风吹日晒，墙壁都裂出了很大的缝隙，常常能够看到老鼠从这里钻进钻出。梁思成是一个男人，他的心思全部都放在工作上面，林徽因原本是极为不习惯的，甚至产生过很多抱怨。但她心里也清楚，这些都是不可避免的，毕竟世道不同了，他们现在已经不再是曾经清高孤傲的文人，也不再是受人尊重的教授，在国家危难之际，他们什么都不是，他们只有一个身份——中国人！

没多久，梁思成就去了重庆为中国营造学社筹集资金。多年的长途跋涉、万水千山的漂泊，却在这时让林徽因这个坚强的女子病倒了。林徽因一直纠缠于身的肺病在旅途中就已发作，这次变得更加严重，大概有三个月左右的时间一直卧床不起。病中的林徽因与梁思成还是有书信来往的，但善良的她在信中从来都是报喜不报忧。实际上，林徽因的病情要比她告诉梁思成的情况严重得多。

在这样的困窘当中，林徽因再一次展现了她坚定的内心，她没有像陆小曼那样自怨自艾，在很短的时间里就适应了这种生活。适应归适应，但她还是有矛盾之处——每次做家务的时候，她都觉得自己是非常讨厌做家务的，觉得这是在浪费时间、浪费生命。所以，她曾经自嘲地说过，她觉得自己一向不擅长做家务，或许是和家务无缘；但另一方面，她又喜欢做家务，觉得这样的做法让她有了一种新奇的感受。

尽管家境窘迫，林徽因却在这个平淡的生活中逐渐放下了身段，这和从前的她大不相同。平日里，她会把两间简陋的房子打扫得非常干净，即便是没有什么像样的装饰物，她也会在心情大好的时候跑去田间摘几朵野花回家装点一下。

心情平静了，人也就变得宽容许多。

林徽因是个强势的人，甚至有时候会有些苛刻。但在李庄这个民风淳朴的小镇里，她却成为这个村子里的“好人缘”。她可以和那些大字不识的姑娘和年轻媳妇一同玩乐，教会她们一些简单的游戏，说些她们不知道的笑话来哄她们开心，有些姑娘家的贴心话村民也是很乐意和林徽因分享的。哪一个姑娘出嫁办嫁妆，都找上门来请她出主意。谁家媳妇生了娃娃，总也忘不了给她送上几个红鸡蛋报喜。

这对于林徽因来说，绝对是一种崭新而奇特的体会。你可以淡然出尘，却不能惨淡独活，这或许便是战火让林徽因学会的新生存法则。

人的一生，总是在不断地相遇与离别。人们常说：福无双至，祸不单行。有些时候我们不得不承认，生活就是这样残酷无情。

在去往昆明途中结识的一批飞行员，大约在那一年之后，这批学员从航校毕业，并作为驱逐驾驶员编入对日作战部队。由于学员们没有任何一位有亲属在昆明，当这批学员毕业时，梁、林夫妇被邀请做他们全期（第七期）的“名誉家长”出席毕业典礼并致词。

据梁从诫回忆，当时国民政府只用一些破破烂烂的老式飞机来装备自己的空军，结果是抗战没有结束，这批学员便全都在一次次与日寇力量悬殊的空战中牺牲了，没有一人幸存。

因为多数学员家在敌占区，他们阵亡后，部队便把一封公函和一个小小包裹——一般是一份阵亡通知书，几个日记本、一些信件和照片等私人遗物寄到梁家。每一次接到遗物，作为“名誉家长”的林徽因睹物思人，都要哭上一场。当时梁、林没有想到，此种做法后来竟成为这支部队的惯例。

当梁家迁往四川李庄后，双方只靠通信联系，但部队仍按原有的惯例向梁家不断寄阵亡飞行员的遗物。此时林徽因已重病在身，难以承受一次次感情上的打击。梁思成为了保护妻子，每有阵亡飞行员的遗物寄来，便默默藏起来，不再声张。

然而，这些却还不是最让人心痛的。未过多久，刚刚从航校毕业的第十期学员林徽因的三弟林恒，也在成都上空阵亡了。

梁思成得知噩耗，没敢立刻告诉爱妻，自己借到重庆出差的机会，匆匆赶往成都（林恒的训练基地此时已由昆明迁往成都）收殓了林恒的遗体，掩埋在一处无名墓地里。为了向林徽因的母亲隐瞒这一不幸的消息，梁思成归来后，把林恒的遗物——一套军礼服和一把毕业时由部队配发的“中正剑”小心翼翼地包在一个黑色包袱里，悄悄藏到衣箱最底层。

不久，老人还是从邻居口中得知了这一消息悲痛欲绝，当场晕厥。

这时，林徽因自己已是疾病缠身了，可是就是在病中，她也从母亲口中得知了这个噩耗。林恒在空战中击落一架日本飞机之后，自己也不幸被击中头部，坠落牺牲了。

对于林徽因来说，这无疑又是一个沉重的打击。她至今无法忘记父亲林长民去世、徐志摩离开时那种伤心欲绝的心情，她不想再听到那样的不幸消息，不想再去过那样生不如死的日子。可是天不遂人愿，又一个亲人就这样离开了世界，让林徽因再一次坠入痛苦的深渊，不能自拔。

自林徽因与梁思成结婚后，因父亲林长民已去世，林徽因的母亲与三弟林恒便跟梁家一起生活。七七事变时，已考取了清华的林恒受抗日爱国风潮影响，毅然决定退学，转而报考了空军军官学校，成为中国空军航空学校第十期学员。

关于林徽因的这个小弟弟林恒，金岳霖是这样记载的：

从开战以来他就随学校从一个地方迁到另一个地方。他 1939 年夏天到了昆明，1940 年春天可以说是以优异的成绩毕业，在同班一百多学员中名列第二。在短短的几年中，他已成为一个老练的飞行员，一个空军驾驶员。他得到了他自己选择的专业，完成了他的使命，他是死得其所。

为了让病痛的妻子多少能有些安慰，梁思成专门在林恒的遇难地找到了一块飞机残骸，带回了李庄。林徽因将这块残骸挂在自己的床头，以示永久纪念。梁思成在给他的好友费正清、费慰梅夫妇的信中写道：

刚到李庄不久我就到重庆去为营造学社筹点款，而后徽因就病倒了，一病不起，到现在已有三个月。3月14日，她的小弟林恒，就是我们在北总布胡同时叫‘三爷’的那个孩子，在成都上空的一次空战中牺牲成仁。我只好到成都去帮他料理后事，直到4月14日才返家，我发现徽因的病比她在信里告诉我的要严重得多。尽管是在病中，她勇敢地面对了这一悲惨的消息。

面对这样的伤痛，林徽因这个重情义的刚烈女子，又怎么可能真的做到勇敢面对呢？她只是不想让自己的悲伤过多地传染给自己丈夫，她只是默默地将伤痛留在了心底。直到三年后，她才勉强收拾起自己的伤痛，给三弟林恒写下了一首悼念的诗《哭三弟恒（三十年空战阵亡）》：

弟弟，我没有适合时代的语言
来哀悼你的死；
它是时代向你的要求，
简单的，你给了。
这冷酷简单的壮烈是时代的诗
这沉默的光荣是你。

假使在这不可免的真实上
多给了悲哀，我想呼喊，
那是——你自己也明瞭——
因为你走得太早，

太早了，弟弟，难为你的勇敢，
机械的落伍，你的机会太惨！

三年了，你阵亡在成都上空，
这三年的时间所做成的不同，
如果我向你说来，你别悲伤，
因为多半不是我们老国，
而是他人在时代中辗动，
我们灵魂流血，炸成了窟窿。

我们已有了盟友、物资同军火，
正是你所曾希望过。
我记得，记得我当时怎样同你
讨论又讨论，点算又点算，
每一天你是那样耐性的等着，
每天却空的过去，慢得象骆驼！

现在驱逐机已非当日你最想望
驾驶的“老鹰式七五”那样——
那样笨，那样慢，啊，弟弟不要伤心，
你已做到你们所能做的，
别说是谁误了你，是时代无法衡量，
中国还要上前，黑夜在等天亮。

弟弟，我已用这许多不美丽言语
算是诗来追悼你，
要相信我的心多苦，喉咙多哑，

你永不会回来了，我知道，
青年的热血作了科学的代替；
中国的悲怆永沉在我的心底。

啊，你别难过，难过了我给不出安慰。
我曾每日那样想过了几回：
你已给了你所有的，同你去的弟兄
也是一样，献出你们的生命；
已有的年青一切；将来还有的机会，
可能的壮年工作，老年的智慧；

可能的情爱，家庭，儿女，及那所有
生的权利，喜悦；及生的纠纷！
你们给的真多，都为了谁？你相信
今后中国多少人的幸福要在
你的前头，比自己要紧；那不朽
中国的历史，还需要在世上永久。

你相信，你也做了，最后一切你交出。
我既完全明白，为何我还为着你哭？
只因你是个孩子却没有留什么给自己，
小时我盼着你的幸福，战时你的安全，
今天你没有儿女牵挂需要抚恤同安慰，
而万千国人象已忘掉，你死是为了谁！

字字质朴简单，其间对三弟林恒浓烈的感情却扑面而来。只是，人离去了终究是离去了，是谁也改变不了的事实，我们能做的，就是祈祷，愿逝者安息。

历史就如一个神秘的作坊，上帝的魔掌随意操纵着它，改变着它，任何一个个体的生命都小如芥子，没有人会计算你所付出的代价。只有走过平湖烟雨，岁月山河，那些历尽劫数、尝遍百味的人，才会更加生动而干净。

歌德说："能将生命的起点和终点连接到一起的人才是最幸福的人。"因为起点和终点是生命之线的两头，两个连接到一起才是一个圆，圆满的圆。也许，此时林恒的生命已经圆满，他用自己年轻的生命很好地诠释了"生如夏花之绚烂，死如秋叶之静美"！

人的生命时光，如同涓涓溪流，自源头而来，奔终点而去，中间穿行过人与事物的丛林。生从来只是过客，跋涉过虚无之境，我们终于都要走向世界的另一个必然。在尘世里翻滚的人们，谁不是心带惆怅的红尘过客?

日暮乡关何处在

人来人往，事成事败，物新物旧，岁月在更换着场景，变化着色彩。朝青丝，暮白发。生命在时钟的“滴答”声中飞速流逝。此刻，你所拥有的一切都弥足珍贵，也许下一刻，它们就会离去，也许下一刻，它们就已消失。

生命不止，岁月不息，走过春夏秋冬，带着自身的温度，或冷或暖，流经于一个接一个的平凡日子。

从重庆和成都筹款回来的梁思成，再一次投入到了学术工作当中。中央研究院历史语言研究所图书馆及其中英文的一些十分重要的藏书都成了李庄研究人员研究攻读的重点。梁思成的弟弟梁思永、朋友李济以及一些同事都来到了李庄，帮助梁思成一同工作。

病中的林徽因身体日益衰弱。于是，生活的重担全部都压在了梁思成一个人身上。而最让他头疼的问题则是营造学社没有固定的经济来源，虽然他曾向重庆教育部门请求了资助，可是物价飞涨，像是脱了缰的野马一般不受控制。每个月的薪金本来就少得可怜，再加上严重的通货膨胀，让梁思成一家的生活水平直线下降。带病在身的林徽因得不到身体所必需的营养，最后几乎瘦得不成人形。

转眼到了 1940 年年底，梁思成开始对《营造法式》进行系统而具体的注释工作。到了第二年，梁思成便开始把自己主要的精力全部放在撰写《中国建筑史》上。完成这本书，可以说是梁思成深藏心中十多年的梦想。

早在 1939 年，国民政府中央博物院就聘请过梁思成来担任中国建筑史料编纂委员会主任，准备编撰《中国建筑史》。那时候的他，就曾做了大量的文字准备工作，并完成了一系列的讲课稿。但一系列的变故却让此事耽搁了下来。没想到如今在李庄，梁思成终于可以潜心撰写《中国建筑史》，实现了自己心中多年的夙愿。

这时，卧病中的林徽因也没有让自己闲着，当梁思成接受委托开始编写《中国建筑史》，林徽因亦按捺不住，为写作《中国建筑史》而抱病阅读了二十四史做足资料准备，并写了该书的第七章，五代、宋、辽、金部分，又承担了全部书稿的校阅和补充工作。然而，这样通宵达旦的努力再次消耗了本就病弱的身体，使得病情一直不得好转。

人生在举步维艰的岁月里，最需要的往往不只是食物，更多的是精神上给予的支撑。尤其是对林徽因这样感情丰富的文人来说，更是如此。也就是在这段最难熬的日子里，寂寞的林徽因常常以书为伴。年少在英国的时候，林徽因就读过拜伦和雪莱的诗，那些优美的诗句和韵律让她深深地陶醉其中。或许，卧病在床的林徽因此时最需要的就是这些，它们就像是止痛药一样，安慰着林徽因那因为岁月动荡而划伤的寂寞灵魂。

关心妻子的梁思成每天除了安排好家事以外，还会经常从图书馆里带回林徽因能够躺在床上看的书籍，这倒是让林徽因恢复了自己对学术研究的兴趣。

林徽因曾经在私下里非常勤奋地了解了汉代著名人物，帝王和王后，将军和大臣，甚至是他们的敌人林徽因都非常熟识。每当林徽因谈到这些人物的时候，那种亲切的感觉就像是在谈论隔壁最好的朋友一样！有的时候，梁思成也不得不猜想：按照林徽因这样喜爱的程度继续研究下去，她可能会成为在汉朝研究方面最有学问的女子。

外面的动荡似乎也平乱了不少，林徽因便主动提出，想要和梁思成一同去外地考察。在她的内心深处，她始终没有忘记，自己是一个建筑学家，她一生的梦想都和建筑有着密不可分的关系。有很多人都说林徽因的身份太多，她是才女、是文学家、是建筑家、是教育家。其实，文学只是林徽因的兴趣爱好，只是为她锦上添花的光环，而她内心追求的却并不是文学，而是建筑。

一直以来，梁思成没有让林徽因参加到考察研究之中，一方面是因为孩子还小，需要人照顾，现在家中已经没有了仆人；另一方面是因为外面的局势依然很乱，尤其是他听说了很多日军的暴行，更是不敢让林徽因参加到他们的考察研究队伍当中，生怕出现意外。

搬到李庄之后，担心战火的顾虑终于算是打消了。相比于其他城市来说，这里算是较为平静的地区了，尽管有时候也会有部分日本飞机从他们的上空飞过，让林徽因心中一惊。但是，几次过去之后，除了飞机的轰鸣，却没有听到炸弹爆炸的声响，让她略安了些心。其实，在长沙那次的空袭事件，让她内心产生了恐惧的心理。林徽因曾经写道：

即使我几乎是百分之百地肯定日寇绝不会把炸弹扔到这偏远的小城镇李庄来，可是那一个小时前就在我们头顶上以那种无可名状的轰鸣声飞过的二十七架飞机仍然使我起鸡皮疙瘩——一种害怕在任何时候可能被击中的奇怪感觉。它们向上游飞去了，轰炸了什么地方，或许是宜宾，现在正以那种威胁的轰鸣声和致命的目的性从我们的头上缓缓飞过。我要说的是这使我感到恶心，然后我意识到我已经病得很厉害，而这不过是让我一时间里病得更厉害，体温有些微升高，心脏不适而心跳加速。

在今天中国的任何地方，没有一个人能够远离战争。我们和它联成了一个不可分割的整体，不管我们是否实际参加打仗。

尽管她怀着恐惧的心理，但是观察了一段时间之后，林徽因那旺盛的精力没有受到疾病的干扰，她又忍不住想要参与到实地考察的队伍中去。所以，她主动提出要和梁思成一起去距离南溪县比较近的兴文，有建武僰人悬棺集中区。

僰人是个古老的民族，春秋前后居住在以僰道为中心的川南及滇东一带。楚僰是古县名，汉代治所，在今四川宜宾西南安边镇。僰人是个强悍的民族，他们有过自己的黄金时代，创造了自己的灿烂文化。但是，他们似乎是在历史的一场梦境里神秘地消失了，从此无影无踪，只留下这崖壁上的悬棺，也把一个千古之谜悬挂在这峭壁上，让后来者去诠释。

林徽因怀着一种去解密的心态来到了兴文，她仰望崖壁，内心被深深地震撼了。

那个远去的民族把死亡的旗帜高高悬挂在这里，让灵魂呼啸飞扬，如同江涛击打天空和岩石。生命的一切奥秘已无须破译，时间终究会同石头一起风化。人生是走向久远的一个过程，只有礼赞生命的人，才会把死亡当作庆典。他们没有刻下显赫的碑文，没有留下荡气回肠的号子，没有留下折戟沉沙的故事，这些都算不得什么，只要他们的灵魂永远贴在这故国的山崖，只要他们在这里守护着一个遥远的梦境，这就足够了。

之后，他们取道大足，登古龙岗山，去考察摩崖造像，古龙岗山又称北山，唐末昌州刺史，昌、普、渝、合四州都指挥韦靖，于此建永昌寨。后于唐景福元年在这里造像，经五代到南宋绍兴年间，历时二百五十余年建成。石刻分布在佛湾、白塔寺、营盘坡、观音坡、佛耳岩等处。佛湾一处有 264 座龛窟，岩高 7 米，长 500 米，南段多晚唐和五代雕刻，北段多宋代雕刻。最使林徽因感叹的是神车窟中的蟠龙“心神车”，正壁为佛，左净宝瓶观音，右多罗。左壁为文殊、玉印观音、如意珠观音。右壁为普贤、日月观音、数珠手观音。林徽因入迷的是那对称的雕刻，是那样严谨有条，浑然一体。八躯菩萨像丰腴圆润，典雅大方，实在是石刻中的精华。

在这次的实地考察过程中，林徽因非常开心，很久了，她都没有这样高兴过，长久的家庭劳作让她甚至产生了一种错觉，觉得自己似乎在一点点地枯萎，那种对精神领域的追求正在一点点地萎缩。这一次实地考察，让她再一次感受到自己内心中澎湃着一种对建筑的热情，自己终于又活了过来。

但是，她和梁思成都没有想到的是，这一次的实地考察几乎成为林徽因最后一次的实地考察之旅。从大足回到李庄之后，林徽因因为操劳过度，再加上山上的空气比较寒冷，导致林徽因的肺病再次发作，这场病来得是如此急切和凶猛。

在将近一个月的时间里，她高烧到四十度，头晕目眩，耳鸣，重重的症状迅速让她枯萎下去。梁思成看到妻子如此痛苦，恨不能以身代劳，却苦于李庄根本没有什么像样的医院。

在那段时间里，为了照顾林徽因，梁思成和金岳霖都非常憔悴，而且家里的经济迅速拮据起来，林徽因的医药费非常昂贵，再加上那段时间通货膨胀严重，每月开了工资，必须马上去买药、买米。通货膨胀如洪水猛兽，稍迟几天，手上的钱就会化做废纸一堆。

由于生病，林徽因根本就没有什么胃口，也不舍得多吃，想要把东西都留给自己的丈夫和孩子，短短数日，就变得不成人形。为了节省，梁思成一个大男人被迫学会了蒸馒头、炒菜，甚至还跑到老乡家里去学习怎么腌咸菜、做酱料。但是，再怎么节省，都挨不到下个月发工资的日子。梁思成看着父亲留下的一样样物品，那些和他一起经历了空袭爆炸遗留下来的物品，一狠心，就抱着物品走到典当铺里。

每当站在当铺高大的柜台下面，梁思成的双腿就忍不住发抖，觉得自己的身躯在一点一点地矮下去。留山羊胡的账房先生，总是从那双高度近视的镜片后面，闪出一种嘲弄的目光。或许这是每一个文人都能体会到的那种悲哀，悲哀在这个世道里，文人竟然有活不下去的一天，悲哀他必须承受这份侮辱。那个当铺掌柜的只对梁思成递过来的东西感兴趣，可每一次他都把价钱压得不能再低。梁思成拙于谈价钱，账房先生的算盘打得飞快的时候，那声响如同一梭子弹打在他的心上，每一次他都逃一样离开那家当铺。

衣服当完了，便只好把宝贝一样留下来的派克金笔和手表送到那山一样巍峨的柜台上。账房先生对梁思成视为生命的东西，却越来越表现出冷漠和不耐烦。一支二十年日夜伴随他的金笔，一块从万里之遥的美国绮色佳购得的手表，当出的价钱只能在市场上买两条草鱼。

没过几个月，这个家里值钱的东西就空了，甚至可以用家徒四壁来形容，唯一没有被卖掉的就是那台已经有些年月的留声机了。在梁思成准备卖掉派克笔的时候，林徽因曾经提出过，要不还是卖掉留声机来缓解一下吧。但是，梁思成却拒绝了。

林徽因和很多贵族小姐一样，平时喜欢听听高雅音乐，那几张黑胶唱片，曾经可是林徽因的宝贝，沏一壶茶，坐在藤椅上，看着报纸或者书籍，就那样度过最温暖的一个下午。

生了这场病之后，林徽因的体力根本不允许她看书、费精力，听音乐是最好的选择，也省得她无聊，或者总是睡觉。出于这样的考虑，梁思成绝对不会同意她卖掉留声机。

音乐自然有它的魅力，每当黑胶唱片放到留声机里，流淌出一串又一串音符的时候，她似乎能够看到有一束阳光从简陋的窗户穿透这间狭小的房屋，又似乎能够看到几只蝴蝶在不停地闪动着自己的翅膀，让原本死气沉沉的房间里充满了生机，让原本焦躁不安的心情得到平复。

尽管林徽因此时的身体已经不太好了，但她依然不能放下自己钟爱的书籍，她常常恳求梁思成在她的枕边放上一本诗集，或者是杂文札记等，稍微有点精神了，就拿起来看上一篇。

那些精致的文字，似乎就此生根在她的心田，滋润着她日渐枯萎的灵魂。她觉得自己的生命快要耗尽的时候，便从这些诗句中重新汲取到了力量，如同一个在沙漠里跋涉太久的旅人，惊喜地发现了甘泉和绿洲。

然而，纵使有了书籍的陪伴，在病中的人儿也还是难免伤感，这时的林徽因大概也会想起曾经在香山养病期间的过往吧，只是远在西南的边陲，又要怎样抓住对北平的想念呢？

此时，仰望，不再是树的高度，而是回忆的距离；回首，已经没有了家的陪伴，甚至没有了冰冷的房屋。风继续吹，树在轻轻摇曳，鼻尖传来的不是桂花的香味。花是否还会开，我的想念，能否唤回一切？

一笔一画，可以勾勒出想要的场景，却毕竟是虚无；一字一句，可以描绘出此时的心情，也终究偏颇。时光要带走的，我们又怎能抓得住。

再见物是人已非

得意之时，光阴总是倏然而过，仿佛还没有好好享受，美好就消逝得无影无踪了。失意之时，流年仿佛也变得缓慢，秋天与春天的距离是那么遥远。但人生总要浓淡有致，莫忘了时光也是可以用来奢侈的。

林徽因卧病在床，再也不能和从前一样行走天涯，少了烦琐，多了寂寥。在这里，林徽因没有什么朋友，寻常的日子独自在小屋里，靠几本书籍来打发时光。不像当年在香山时那般总是高朋满座，哪怕是养病期间亦是文友不断。

这对于这个本就热爱生命，喜欢被人围绕的人来说，孤芳自赏无疑是一种折磨。生病不仅是身体的痛苦，更是灵魂的折磨。

林徽因生病的消息，传到了美国好友费正清夫妇那里。这对夫妻和梁林二人关系匪浅，他们在美国留学的时候就已经相识，这么多年一直保持着书信来往。在林徽因眼里，这两个人是她的知己，是她的闺蜜，她能够将所有的心事说给他们听。但是这一次，她选择了沉默。有着强烈自尊心的她，不愿意让友人看到自己贫困潦倒的一面。

费正清夫妇得知梁、林二人的处境之后，立刻写了一封非常长的信件，主要是关心林徽因的病情，再者就是规劝他们两个人回到美国。在这封信里，费正清夫妇言辞诚恳，甚至表示愿意为他们在美国找到一份薪水丰厚的工作，至少让林徽因先到美国把身体调养好。这是出于朋友的关心，也是一种难得的情谊。但是，林徽因和梁思成却拒绝了。

经过几个月的时间，林徽因的身体稍微有所好转了，梁思成便将一些资料性的工作交给她，一方面怕她无聊，一方面又担心她的身体。为此，金岳霖都曾经笑过他，说他太紧张林徽因才会这样。

尽管梁思成拍着胸脯保证，但其实他心里一点底都没有。抗日战争时期的四川，出版刊物是非常困难的，尤其是在李庄乡下。没有印刷设备，他们就用药水、药纸书写石印。

莫宗江的才华得到了最大的发挥，他把绘制那些平面、立体、刨面的墨线图一揽子包了下来。他描出的建筑图式甚至可与照片乱真。从抄写、绘图、石印、折页、装订，学社的同仁一起动手。最紧张的时候，连家属和孩子们也都参与了劳动。

一期刊物漂漂亮亮地出版的时候，大家高兴得又笑又跳。就是在这样艰苦的环境下，继抗战前的六期汇刊之后，第七期刊物便诞生在这两间简陋的农舍里。

报刊发出之后，林徽因非常激动，这也是她生病之后最开心的一天了。她无法抑制内心深处的喜悦，给费正清夫妇写了一封信：

思成的营造学社已经从我们开始创建它时的战时混乱和民族灾难声中的悲惨日子和无力挣扎中走了出来，达到了一种全新的状态。它终于又像个样子了。同时我也告别了创作的旧习惯，失去了同那些诗人作家朋友们的联系，并且放弃了在我所喜爱的并且可能有某些才能和颖悟的新戏剧方面工作的一切机会。看来我们终于有了一切理由可以庆贺梁家生活方式和前景的转折。

不久，作为梁、林二人的至交好友，费正清夫妇也来到了李庄，想要借此看望一下这两位已经多年不见的老友。这次相逢，他们激动得握着手达五分钟之久。

费正清走进李庄这座最平凡、最普通，甚至有些简陋的小屋子的时候，他似乎看到了一只青涩的小鸟正在涅槃重生，成为浴血凤凰，当然这只是个比喻，曾经那个婀娜多情的年轻女子，现在正俯首桌案，那就是林徽因。几年的艰苦时光，让她失去了原有的风采。但在眼角眉梢，却看到了一种属于知识女性特有的韵味。费正清回忆起当初，这样写道:

躺在床上的徽因又苍白又瘦削，但毫不气馁。她和我长谈多次，相互诉说我们离别这么多年生活中发生的事。她经历的生活艰辛和病痛深化了她的理解力和感情。我开始想，回顾起我们在北京认识的那些中国知识分子的生活，他们离开中国的实际问题差不多和我们外国人一样遥远。但这些年来一切都改变了。

她的女儿宝宝已经十六岁，现在人们都叫她的成人名字再冰。她是非常娇孝女性化和内向的。在单调的李庄日常生活中，每天当她从学校里把她所理解的世界新闻带到她母亲的床边时，她给这个家庭带来了一种特殊的轻松。徽因和从前一样，还是生活在她周围人们的喜怒哀乐、麻烦和阴谋之中，即使他们只是处于和宝宝同龄的孩子气的水平上。

后来，费正清在他的《费正清对华回忆录》一书中，满怀深情地谈到当年去李庄访问徽因和思成的情景:

梁家的生活仍像过去一样始终充满着错综复杂的情况，如今生活水准下降，使原来错综复杂的关系显得基本和单纯了。首先是佣人问题。由于工资太贵，大部分佣人都只得辞退，只留下一名女仆，虽然行动迟钝，但性情温和，品行端正，为不使她伤心而留了下来。这样，思成就只能在卧病于床的夫人的指点下自行担当大部分煮饭烧菜的家务事。

其次是性格问题。老太太（林徽因的母亲）有她自己的生活习惯，抱怨为什么一定要离开北京；思成喜欢吃辣的，而徽因喜欢吃酸的，等等。

第三是亲友问题。我刚到梁家就看到已有一位来自叙州府的空军军官，他是徽因弟弟的朋友。在我离开前，梁思庄（梁思成的妹妹）从北京燕京大学，经上海、汉口、湖南、桂林，中途穿越日军防线，抵达这里，她已有五年没有见到亲人了。

林徽因非常消瘦，但在我作客期间，她还是显得生气勃勃，像以前一样，凡事都由她来管，别人还没有想到的事，她都先行想到了。每次进餐，都吃得很慢。餐后，我们开始聊天，趣味盎然，兴致勃勃，徽因最为健谈。傍晚五时半便点起了蜡烛，或是类似植物油灯一类的灯具，这样，八时半就上床了。没有电话，仅有一架留声机和几张贝多芬、莫扎特的音乐唱片，有热水瓶而无咖啡，有许多件毛衣但多半不合身，有床单但缺少洗涤用的肥皂，有钢笔、铅笔但没有供书写的纸张，有报纸但都是过时的。你在这里生活，其日常生活就像在墙壁上挖一个洞，拿到什么用什么，别的一无所想，结果便是过着一种听凭造化的生活。

我逗留了一个星期，其中不少时间是由于严寒而躺在床上。我为我的朋友们继续从事学术研究工作所表现出来的坚韧不拔的精神而深受感动。依我设想，如果美国人处在此种境遇，也许早就抛弃书本，另谋门道改善生活去了。但是，这个曾经接受过高强度训练的中国知识界，一面接受了原始淳朴的农民生活，一面继续致力于他们的学术研究事业。学者所承担的社会职责，已根深蒂固地渗透在社会结构和对个人前途的期望中间。

如果我的朋友们打破这种观念，为了改善生活而用业余时间去做木工、泥水匠或铅管工，他们就会搞乱社会秩序，很快会丧失社会地位，即使不被人辱骂，也会成为人们非议的对象。

生活是那么难，即便现在他们有了精神上的寄托，但梁思成总是觉得自己给林徽因的并不多，这让他感到很愧疚。

在生活面前，任何人都不再是圣人。但是，林徽因此时却显现出了一个女性的柔软和温暖。

林徽因是一个让人钦佩的女子，也许她征服不了命运，却可以驾驭自己的情感、把握自己的内心。她是一个贪恋岸上烟火的女子，不会让自己逆水行舟，倘若不慎溺水，也会用最美的姿态自我救赎。

曾经有很长一段时间，梁思成总是忙着去外地考察，金岳霖对林徽因和两个孩子的照顾非常细致。这一切的一切，梁思成都看在眼里。他知道那种感觉，如果不是非常深厚的感情，金岳霖不会如此。再回想起当初林徽因当时坦诚地对自己说，她好像爱上金岳霖的时候，梁思成的内疚感更加了几分。

也许，梁思成曾经有过这样的疑问，自己究竟是不是一个好丈夫、好父亲？林徽因和他就好像心有灵犀一般。那一日，林徽因写下一张纸条留在桌边，梁思成拿起来看，纸条上写着：

思成是个慢性子，愿意一次只做一件事，最不善处理杂七杂八的家务。但杂七杂八的家务却像纽约中央车站任何时候都会到达的各线火车一样冲他驶来。我也许仍是站长，但他却是车站！我也许会被辗死，他却永远不会。老金（正在这里休假）是那样一种过客，他或是来送客，或是来接人，对交通略有干扰，却总能使车站显得更有趣，使站长更高兴些。

车站、站长，这是多么奇特的比喻，这是多么贴心的比喻。如果没有车站，站长就不再是站长了，她会迷失自己的归途，没有了回家的港湾。在林徽因心中，梁思成就是这个家，就是这个港湾。

在纸条的背面，竟然还有金岳霖的一段话。他说：

当着站长和正在打字的车站，旅客除了眼看一列列火车通过外，竟茫然不知所云，也不知所措。我曾不知多少次经过纽约中央车站，却从未见过那站长。而在这里既见到了车站又见到了站长。要不然，我很可能会把它们两个搞混。

梁思成不禁在心中好笑，原来三个人中，只有自己才是真正的傻瓜。一个女人，愿意为你付出一生。一个男人，因为友谊和爱情，甘愿守护一个家庭的平和。那自己又算什么呢？想到这里，他提起笔来，在纸条上写道：

现在轮到车站了，其主梁因构造不佳而严重倾斜，加以协和医院设计和施工的丑陋的钢铁支架经过七年服务已经严重损耗，从我下面经过的繁忙的战时交通看来已经动摇了我的基础。

这个故事成为梁思成、林徽因和金岳霖三个人之间最好的形容，三人分别自比为“车站”（梁思成）、“站长”（林徽因）和“过客”（金岳霖），调侃对方也调侃自己。

一个人感情的总量是有限的，如果你把它给零敲碎打地用完了，等到需要大额支出的时候，你的账号就已经空了。虽说爱有深度和广度之分，但真爱更是一个对深度而不是对广度的体验。

曾经，有很多人都在质疑林徽因是否真的爱过梁思成，因为在这三个和林徽因有过感情纠缠的男人中，除了家境原因，无论从浪漫程度，还是和林徽因的契合程度，梁思成都不算是最出色的，为什么林徽因选择了他？在这一点上，或许连梁思成都觉得自己是太过幸运了。比如在结婚前，梁思成问的：“徽因，这个问题，我只问一遍，你最终为什么会选择我？”林徽因轻轻拉过他的手，笑着说：“答案很长，我要用一生来回答。”

任何一句山盟海誓，在梁思成心中，都没有这一句来得甜蜜，也没有这一句来得真切。

在北平举办“太太的客厅”文化沙龙的时候，林徽因也曾在友人面前打趣道:“你们男人，永远都是文章是自己的好，老婆是别人的好。”听到林徽因这样说，正在和别人交流建筑方面事情的梁思成突然回头说：“老婆是自己的好，文章是老婆的好。”

这样认真的、听起来非常恭维的话，让友人们哈哈大笑，让林徽因羞红了脸。

他们之间的爱情，没有那么轰轰烈烈，也没有那些高山流水，却真真实实地发生在他们相处的每一天，即便是在李庄那样艰苦的日子里，两个人都没有放开彼此的手。

前来李庄探望友人的费正清，在临走前，拥抱了林徽因和梁思成，说道：“林，我已经明白了，你的事业在中国，你的根也在中国。你们这一代知识分子，是一种不能移栽的植物。”

正是这样两个相互依存的人，才能体会出这种依存的温度。

时间的滚轴终于到了 1945 年 8 月 15 日，日本宣布无条件投降。这条消息让全中国的华人同胞都陷入了一场绝对的欢喜之中，好像陷进古井里的人，一下子看到了阳光。可是，梁思成当时不在李庄，而正与两位年轻的作家在重庆的美国大使馆食堂共进晚餐。

林徽因庆祝的方式是极其特别的，她拖着病体，坐轿子到茶馆去。这是她四年来第一次离开她的居室，以茶代酒，庆祝抗战的胜利。梁思成兴致勃勃地回到李庄镇后，把家里仅有的一点钱，买了肉和酒，还请了莫宗江一起相庆。林徽因也开了不喝酒的戒，很痛快地饮了几杯。

但是，喝过酒之后，林徽因却突然流下泪来，她想念那些曾经的知己，故去的亲人。时光就像一把尖锐的匕首，夺去了故人，抢去了健康。多少年过去，很多人已翩然远去，还在的人也已不复当年的意气风发。

时间亦是最好的良药，能够治愈所有的伤痛，但终究会留下伤痕。徐志摩如是，林恒同样如此。

但是，梁、林二人没有想到的是，抗日战争打完了，并不意味着就此结束，从此风平浪静。解放战争的打响，让林徽因又陷入了忧虑之中。她在给费正清的信中这样说：

正因为中国是我的祖国，长期以来我看到它遭受这样那样的灾难，心如刀割。我也在同它一道受难。这些年来，我忍受了深重苦难。一个人毕生经历了一场接一场的革命，一点也不轻松。正因为如此，每当我察觉有人把涉及千百万人生死存亡的事等闲视之时，就无论如何也不能饶恕他……我作为一个"战争中受伤的人"，行动不能自如，心情有时很躁。我卧床等了四年，一心盼着这个"胜利日"。接下去是什么样，我可没去想。我不敢多想。如今，胜利果然到来了，却又要打内战，一场旷日持久的消耗战。我很可能活不到和平的那一天了（也可以说，我依稀间一直在盼着它的到来）。我在疾病的折磨中，就这么焦灼烦躁地死去，真是太惨了。

此时，林徽因的疾病已经拖到不能再拖的地步了。他们没有多余的钱去看病，也没有能力再找到更好的医院。弟弟梁思永提议回到北平去，那里才有最好的医生。

在临行前，梁思成担心林徽因的身体经受不起这样长途跋涉的艰辛，坚持让她去教会医院做一次全面检查。结果出来的时候，医生非常遗憾地说："现在来太晚了，林女士肺部都已空洞，这里已经没有办法了。"

这句话让梁思成的坚强轰然倒塌，他甚至不知道怎么和林徽因走出了医院，木然地迈着脚步。倒是林徽因非常坦然地接受了这个结果：“思成，你不要担心，我现在已经觉得自己好了很多，等回到北平，我还要去香山疗养，这次你和我一起去。”听到这句话，梁思成抑制不住地痛哭起来。

香山，那个已经非常遥远的地方，那个他们都非常熟悉的地方，曾经那些他们都非常熟悉的故人，如今都已不在。

这座他们离开了九年的古都，还是那样宽厚、温暖吗？

第六卷

天若有情天亦老

芳华一刹，满汀落花，萧簌微寒。思无尽，梦未央，沉寂如昔。人生，于平平仄仄的过往里缥缈，如烟散去。一缕香，历尽风霜，余馨袅尽，却也从容回旋。这次我离开你，是风，是雨，是夜晚；我向你摆一摆手，一条寂寞的路便展向了两头。

回归清华重新生

时光，是一种抓不到摸不着的东西，趁我们不注意时悄悄溜走；时光，给我们带来了喜怒哀乐，让我们体会到生活的各种滋味；时光，它睥睨一切，在它眼里一切都不重要，没有任何东西可以使他感动；时光，给我们带来许多东西，也让我们失去了更多东西。

在漫漫人生中，值得追求的东西实在太多。经历得多了，就会看淡很多。世事如棋局，迂回曲折才是高手；人生似瓦盆，打破了方能见真空。

还在昆明时，林徽因就已经得到好友费慰梅带来的医生里奥·埃娄塞尔博士的诊断。里奥·埃娄塞尔博士是著名的美国胸外科医生，当时在战后的重庆中国善后救济总署工作。当他知道林徽因长期患肺病后，慷慨地答应到招待所的宿舍去看她。在用听诊器做了简单的床边检查和询问她的病史后，他没有直接将结果告知林徽因，而是对她的好友费慰梅说，他断定林徽因两肺和一个肾都已感染，她短暂而多彩的生活将在几年内，也许是五年，就会走到尽头。

林徽因的身体状况显然已不适于继续待在这潮湿、寒冷的环境之中。1946 年，林徽因在费慰梅的陪同下，乘机去到昆明拜会西南联大校长梅贻琦，建议清华大学增设建筑系。她住在唐继尧后山祖居一座花园别墅，与张奚若、钱端生、金岳霖等旧友重聚。

为了林徽因能有更好的休养和医疗条件，梁思成决定尽快启程回京。梁思成和他留下的几个同事是在忙着给营造学社的书籍、文件、图片和技术装备打包装箱，准备一旦运输恢复时运回北京。中央研究院各研究所这时候也在捆扎它们宝贵的书籍、研究报告和考古文物，它们最后被送到了台湾去。中央博物馆也在把他们的馆藏和图书等等运回南京，他们在那儿曾想建一座“雄心勃勃”的大楼，它在日本侵略的初期混乱中没有建成。

在日本投降以后的好几个月，在李庄不愉快的暂住终于快结束了。林徽因也将她的厌恶说得很明白：“这可憎的重庆，这可怕的宿舍，还有这灰色的冬天光线。这些真是不可忍受的。”

在回京之前，他们在中央研究院招待所里等了一个多月，跟大约四十个无助的家庭挤在一起。这一困境几乎是他们过去五年当中，在李庄和重庆遭受苦难的一个高潮。尽管是在这样毫无希望的现实中等待着，林徽因依然保持着她那特有的美学才能，怀念起昆明的美好：

不管是晴天或者下雨，昆明永远是那样的美丽。我窗外的景色在大雷雨之前或紧接它之后特别优美。大雨下来时我房间里的气氛之浪漫简直无法形容——当一个人独处在静静的大花园中的寂寞房子里时，忽然天空和大地一齐都黑了下来。这是一个人一辈子都忘不了的。

人生没有完美，幸福没有满分。当我们兜兜转转一圈后，似乎又回到了当初的起点，只是没有了当初的青春年华，没有了当初的热血沸腾，也没有了当初陪伴的那些人儿。生活，却还是需要继续向前。

1946 年 7 月 31 日，梁思成、林徽因、金岳霖等人坐了一架从重庆直航的飞机终于回到了北京。这时，战争已经结束一年多了。

回到北平之后，清华大学就给梁思成发出了邀请函，希望他能够回到清华大学建筑系任教，并且担任教导主任一职。教育厅也表示，愿意资助梁思成到美国研究当代美国大学的建筑教学。刚刚摆脱多年贫困和隔绝，受到沉重的家庭负担和管理任务双重困扰的梁思成，对于他的老大学所提供的受人尊敬的职位和家庭住房感到宽慰。另一方面，计划中的美国之行要他用拮据的经费往返于许多大学之间，听来却是很吃力的。

梁思成并不放心，林徽因现在的身体非常不好，他不愿意离开她半步，甚至担心如果离开了，或许就再也见不到了。但林徽因却非常支持这个决定。

正当他为此而发愁的时候，他收到了耶鲁大学和普林斯顿大学的邀请函。耶鲁大学邀请他 1946 至 1947 学年作为客座教授到纽黑文去教中国艺术和建筑，普林斯顿大学则希望他参加 1947 年 4 月“远东文化与社会”国际研讨会的领导工作。两份邀请函都赞扬了思成不畏各种艰难险阻坚持研究中国建筑史并发表研究成果的顽强毅力。他战前的论文引起了国际学术界的注意，战时出版的两期《汇刊》也赢得了赞扬。他忽然间成了一个国际知名的人物，为他的西方同行所关注。作为两所最具权威大学的嘉宾去美国，也使他此行有了完全不同的意义。

在林徽因的强烈坚持下，梁思成终于踏上了前往美国的行程，时间为一年，这也是梁、林二人分别最久的时段。

这一时期，北平的生活并不是很好。战后的北平，由于经济萧条带来了物价飞涨，工商业纷纷萎缩，国统区的钞票长了“翅膀”。在他们回来的几个月内，北平的大米由法币 900 元一斤，猛涨到 2600 元一斤。清华大学的学生食堂前，常常拥挤着出售衣物的学生，铺在地上的旧报纸上，用毛笔写着：“卖尽身边物，暂充腹中饥。”

拖着生病的身体，林徽因依旧坚持着，他们一家浪迹萍踪，整整九年，回来已是两手空空，带出的衣物，也在重庆当光。刚刚踏上故土，贫困和饥饿，如影子一样又跟随他们而来。

苦难，真是最好的人生课堂，它可以让娇滴滴的大小姐变得自力更生，可以将心高气傲打磨成心平气和。

在经历了这么多苦难之后，林徽因似乎真的坚强了很多。她从来没有给梁思成写过一封抱怨的信，永远都只是说些好的方面，对于自己所承受的痛苦和压力只字不提。而且在这一时期，还为清华大学设计了胜因院教师住宅。若非人说起，没有人会相信，这样一个富有生机的女子已经身患重病。她的身上，仿佛总有着无限充沛的力量，所有人都愿意为她折腰。

而远在美国的梁思成的工作迅速展开，就连很多美国人对他都是交口称赞。美国曾经是他和林徽因一起来留学的地方，也成为他工作方面全新的开始。在这里，他遇到了耶鲁建筑系的年轻教师邬劲履。邬劲履是 1945 年哈佛建筑学院毕业生，回到耶鲁来是做城市规划研究的，尽管年龄相差悬殊，两人却一见如故。

在私下里，邬劲履常常会在工作范围内给予梁思成一定的帮助，并且根据自己的近期研究开列了关于欧美建筑和城市规划的名著，认为这些是新设的系图书馆所应备的。这些书购买后都寄到了清华，并一直保存到今天。

每当工作得烦闷了，梁思成总是喜欢拿出林徽因寄来的那些信件，从头到尾再次阅读一遍。这种小儿女情怀，让梁思成都嘲笑自己。

梁思成在耶鲁的一年讲学由于不可避免的麻烦而掐头去尾，他在美国只待了七个月。临行前，在上海长时间的候船把秋季学期缩短了三个月,而家里传来的坏消息又迫使他把下一个学期的教学计划也砍掉一些。

梁思成没有想到，尽管学期为一年，但在他到达美国七八个月之后，就接到了一封电报，林徽因病情加剧，梁思成不得不丢下手头的工作，回到北平。

长期的劳作使得林徽因的肺炎转为肺结核。在民国时期，这个病可以说是绝症了。鲁迅先生笔下的“人血馒头”就说明了这一切。这个病在当时的医学领域几乎是致命的。体弱的她只能静养，这对于天性活泼的林徽因来说实在是难熬。

梁思成没有回来的时候，林徽因由她的母亲何雪媛照顾。看着白发苍苍的老母要照顾病榻上的自己，林徽因突然有些恍惚，好在母亲和自己的隔阂越来越小。就连她的大女儿冰冰也说，母亲病重之后，和外婆的关系非常融洽了。那些过眼云烟的矛盾，那些生活里的磕磕绊绊，终于从她们的生活中被剔除出去。

这个夏天，病痛虽然给林徽因带来了藏不住的痛苦，却也让她在这段难得的清闲时间又会见了曾经的好友。

同样饱经战争浸染的萧乾从上海来清华园探望她。也许因为年岁的增长，也许因为彼此阅历的深厚，两人比以前更加投缘。各自诉说着这七年来的人生故事，春秋转换，彼此容颜都已变得沧桑，期间所邂逅的人不同，发生的故事也不同。七年，已让两人经历了不少风云世事，不禁生出感叹。

过往的千灾万难如今都已成为回忆，成为茶余饭后闲聊的故事。人生总是这样聚散无常，起落不定，但走过去了，便会变得从容，无论喜悦还是悲伤。

虽然有少数往日的旧友会前来探望，但这种在病痛中煎熬而毫无生机的日子，还是让林徽因感到了一种难熬的绝望。她无时无刻不想念着远方的丈夫，或许这一生之中，她都没有这样思念过一个人，这个她生命中最重要的人是她的丈夫、她的爱人。

人在脆弱的时候，总是会想起过往那些悲伤或悔恨的事，林徽因也不例外。在养病的那段时间里，她常常会想起故去的徐志摩，想到他们在香山的交谈，甚至还想到了徐志摩的前妻，那个被他们伤害的无辜的女人。所以，在这个时候，她做了一件让人非常吃惊的事情。

徐志摩辞世之后，张幼仪便进入了自家的银行工作，从原本的弃妇转身为一代女强人。她独自抚养着儿子阿欢，给他最好的教育。那天，她收到了林徽因寄来的一封信件，内容无非是很怀念曾经的日子，对于她和阿欢的种种抱歉。在信的末尾，林徽因提出了一个不情之请，她希望张幼仪能够带着阿欢去看望自己。

这是一个非常奇怪的请求，张幼仪思索了很久，也挣扎了很久，她不知道自己要用什么心态去面对这个当初破坏他们夫妻关系、破坏她的家庭的女人。但是，张幼仪是善良的，她也听说林徽因病重的消息，或许是对丈夫的一丝残念，让她带着阿欢敲响了林徽因的家门。

关于这次会面，很难找到相关资料，只有张幼仪曾经回忆过整个情境。她说，当时林徽因的状态非常不好，枯瘦如柴，就连原本充满神采的眼眸都变得黯然无光。

他们是被何雪媛引进卧房的，阿欢对这个陌生的女人只是报以礼貌的问候，并无其他。林徽因却激动起来，甚至咳嗽不停。张幼仪说："尽管林徽因不停地看着阿欢，可是我却知道，她是在通过看阿欢，来怀念徐志摩，至少他们曾经相爱过。"

林徽因对徐志摩的感情，包括最终是否后悔没有选择徐志摩，我们不得而知。但是，林徽因对待徐志摩的态度，我们却是知道的，她真心并且努力维护着这段感情。在徐志摩过世之后，徐志摩这三个字似乎成了她的禁忌，或许这次想看看阿欢来怀念一下徐志摩，也不无可能。

张幼仪的探望只是林徽因在北平最后日子里的一段小小插曲，并没有引起什么大的波澜。不久，梁思成返回了北平。当他看到因为受到疾病折磨的妻子的时候，他恨不得将妻子揉碎在自己的拥抱之中。

看尽人间花开花落，阅遍书中悲欢离合，我们还是无法将与最爱的人相关的事情看得风轻云淡，一旦相关便痛彻心扉；谁能在离别时与爱人潇洒挥手而不满心凄凉呢？

林徽因的病已不能够再拖延，必须进行一次手术。这场手术安排在12月。对于手术，林徽因曾经笑着说，这不过是替身体重新换上一些零件，我这残破的身躯，的确需要大修了。可这样的玩笑话，并不能让紧张过度的梁思成有半点宽慰。

手术前一天，胡适之、张奚若、刘敦桢、杨振声、沈从文、陈梦家、莫宗江、陈明达等许多朋友来医院看她，说了些鼓励和宽慰的话。为防万一，林徽因给费慰梅写了诀别信：

再见，我最亲爱的慰梅。要是你忽然间降临，送给我一束鲜花，还带来一大套废话和欢笑该有多好。

在推上手术台之前，她淡淡地投给梁思成一个无言的微笑。她躺在无影灯下，却看到命运拖长了的影子。她似乎觉得自己在走向一个很遥远的地方，沿着一条隧道进入一个洞穴，四周变得一片混沌。

这次手术非常成功，也让林徽因找到了一种重生的希望和感觉。这种感觉就如同新中国成立一样，是一个全新的、美好的开端。

1949年，北平解放，四十五岁的林徽因被聘为清华大学建筑系一级教授。此时的她，宛如一朵绚烂的晚霞，在落日的河岸绽放出了琉璃的光彩。

硝烟散去的天空终于重现澄明，那些隐蔽的星辰又开始遵循各自的轨迹开始运行。逝去的人如同流星一样陨落，刹那光芒之后，便无声无息。活着的人亦不必为他们的辞世做深情的告白，因为他们一直留在了心里。

精彩由酸楚汇聚，成功是伤痛凝结。与其蜷缩做梦，不若连夜赶路，用心血来浇灌苦旅，用生命灌溉出那朵梦想之花。

峥嵘岁月多坚持

有句话说，凡是杀不死你的，都会让你更强壮。世上唯有困难才是我们成长茁壮最好的催化剂。

人生没有痛苦，就会不堪一击。因为痛苦，成功才美丽动人；因为灾患，欢乐才令人喜悦；因为饥饿，佳肴才更加美味。经历过风雨的人，总能给人更强大的力量。

即使旧疾缠身，即使颠沛流离，但人生一世，总有些什么是可以永远留下的。

作为北平文化圈里的风云人物，梁思成和林徽因有着一种无与伦比的号召力。新中国即将成立，很多东西方兴未艾，等待着他们去完成。说到这里，就不能不提到一件足以代表林徽因所有才华的象征，那就是她所设计的国徽。

1949 年 7 月 10 日，中华人民共和国成立前夕，新政治协商会议筹委会在《人民日报》等各大报刊，刊登了公开征求国旗、国徽图案及国歌词谱的启事，征稿截止日期为 8 月 15 日。梁思成和林徽因领导了清华大学国徽设计组的工作。同时，梁思成还担任国旗、国徽评选委员会顾问。

国徽征稿结束时，已收到了全国各地、包括海外侨胞设计的九百多件图案，但都未被选用。政协筹委会决定把设计国徽的任务交给清华大学和中央美院。

为了设计这枚象征着国家尊严的国徽，林徽因不仅将各国的国徽都拿来参照，还将很多中国传统的古典元素拿出来，希望能够在国徽上体现中国特有的文化。

一张又一张图纸，一场又一场争论，大家的设计思想越来越明确了。林徽因始终主张，国徽应该放弃多色彩的图案结构，采用中国人民千百年来传统喜爱的金红两色。这是中国自古以来象征吉庆的颜色，用之于国徽的基本色，不仅富丽堂皇，而且醒目大方，具有鲜明的民族特色。

清华小组先后做了二三十个正式完成的国徽图案，陆续送政协国徽审查小组和中央领导审阅。

6 月，经过三个多月的昼夜奋战，一枚定型的国徽图案诞生了。迎接终评的前一天，林徽因十分兴奋，但也有隐隐不安。确定评选方案的那天，梁思成和林徽因都病倒了，让兼任秘书工作的朱畅中去参加了评选会议。

第二天，林徽因和梁思成立即组织国徽设计小组研究讨论周总理关于修改国徽图案的指示。大家群情激奋，只用了两三天的时间，就完成了修改任务，重新画了大幅国徽图案。在图纸上首，林徽因用红纸剪了“国徽”两个字，图的下方写了“国徽图案说明”：国徽的内容为国旗、天安门、齿轮和麦稻穗，象征中国人民自五四运动、新民主主义革命斗争和工人阶级领导的以工农联盟为基础的人民民主专政的新中国的诞生。修改后的国徽图案立即送往中南海。

1950 年 6 月 23 日，全国政协一届二次会议召开，林徽因被特邀参加了这次会议。

会上，在毛主席提议下，全体代表起立，以鼓掌的方式通过了由梁思成、林徽因主持并设计的国徽图案。当掌声在大厅里回荡的时候，林徽因激动得热泪盈眶，她病弱的身体已无力从座位上站立起来答谢了。

政协会议之后，他们又对国徽细部作了一些技术上的修改，由高庄把平面国徽雕塑成立体模型。

1950年9月20日，中央人民政府毛泽东主席发出了公布国徽图案的命令：中国人民政治协商会议第一届全国委员会第二次会议提出的中华人民共和国国徽图案及对该图案的说明，业经中央人民政府第八次会议通过，特公布之。

这一年，林徽因被任命为北京市都市计划委员会委员兼工程师。这个要强的女子，每日废寝忘食，极度消耗自己的体力，预支将来的年华，终于赢得肯定。

新中国成立后的第二个国庆日，病骨支离的林徽因，由梁思成、莫宗江陪同，来到天安门金水桥头。仰望着天安门城楼上悬挂的国徽，林徽因的泪水模糊了双眼。

那枚金红色的朝暾在她眼前飞升、幻化，她仿佛正沿着一条光的道路，进入虹的拱门。她倾听到了一个声音，那个声音从历史的方阵上空传来。

没有拥有，只有这光的昭示，此刻她脚下的位置，便是世界的全部。这是她用自己的骄傲捧出来的辉煌。

梁思成、林徽因这对在硝烟中流亡、在质疑中坚持的夫妻，除了国徽之外，两人还有一件最受人瞩目的举动，那就是保护老北京城墙，虽然这一举动并没有取得十分明显的效果。

这是梁思成一辈子的遗憾，也是我们的遗憾。我们没有能够挽留住历史的能力，也没有能够化解悲伤的能力。幸好，他们在建筑方面还留下了其他几样代表作品，比如参与人民英雄纪念碑的设计，比如景泰蓝的改良。这些成果足以证明林徽因并不是一个只会卖弄文字的女子，她的才华全部展现在了世人面前。

不是所有的付出都会有同等收获，但是辛勤耕耘总会有回报。当成果像繁花一样在枝头绽放，当你能心平气和地俯瞰终生，这，对于要强的林徽因、勤恳的梁思成来说，未尝不是一种美。只是高处不胜寒，当人生最是如意时，便会害怕此消彼长的到来。

繁华之后是落寞，鼎盛之后是消亡。是谁，一语成谶。

莲花归寂引人叹

许多看似拥有的，其实未必真的拥有。那些看似离去的，也未必就真的已然离去。倘若一切果真有所定数，那么，有朝一日，该忘记的都要忘记，该重逢的终会重逢。

在拥挤的尘路上相遇，也许熟悉，还会陌生；也许相依，还是会背离。

离别，是一叶舟，离开江心，苦渡，寻觅着有你的滩口。离别，是一座古桥，它承载了太多太多的辛酸，无奈，却始终渡不过一段情。离别，是一片叶，飘落了思念，飘来了一段秋的折磨。离别，是一只寒蝉，在生命的最后一刻唱响决绝，凄惨。离别，是一道河，隔开了两行千年的热泪。离别，是一串风铃，摇响了声波那头的牵挂。

仿佛意识到自己生命即将远去，这些年，林徽因已经停止了对往事的怀想，她将所有的经历都给予了钟爱的建筑事业。四十七岁，对于一个健康女性来说，也许还有足够的精力来应付生活中的琐事，可疾病缠身多年，林徽因却觉得自己已到了迟暮之年，而她要做的，就是让自己在迟暮中唱响最美的绝唱。

在工作面前，林徽因保持着一种前所未有的激情，甚至不顾自己刚刚康复的身体。

梁思成虽然也会稍微劝劝她，可是，投入到工作之中的林徽因根本无暇顾及。或许她也在内心中有这样的想法，现在的她就是在跟时间赛跑，能够抢夺一分一秒，都是重要的。她舍不得将这些宝贵的时间用在休息上。并且，经历了几年的战火纷飞，她和丈夫早年积攒下来的建筑学的成就几乎被毁于一旦，仅凭借着梁思成和几个同仁之间的坚持，也只能保存住部分文献。这样几乎是致命的打击，让他们心力交瘁。

林徽因原本就脆弱的身体，早在战争之中就被过度透支。没过多久，旧病再度复发。这一次，林徽因没有能力再次战胜病魔。她住进了同仁医院，再不像从前那样被人围绕着生活。因为病重，她需要真正的静养，她甚至可以感觉到自己的生命正在像秋叶一样逐渐枯萎。每每友人来探望，她也已变得寡言。

躺在病床上，看着身边神情焦灼的丈夫、看着满眼担忧的子女、看着虽然心存芥蒂却依旧不舍的白发苍苍的老母。

将视野投向窗外，她又想起了那个让她懵懂心动的徐志摩，那个白净浪漫的男人。在生命的最后一刻，她终于又有心情想起这些尘封的往事，心里一阵疼痛。

迷蒙的视野里，仿佛又出现了那个敬她怜她的痴情男子金岳霖，那个宠她爱她的温暖男子梁思成，可为何心还是有些微的疼痛，难道他们的爱竟然一直没能焐暖内心角落的寒凉？

一路走来，每个季节都有残缺，每个故事都有伤痕。情感虚虚实实，往事明明灭灭，要让自己清醒，没那么容易。你想要的未必属于自己，你得到的也未必是最期待的。

这个世界，似乎正要有一个崭新的开始，她却不能再继续参与其中。但是，此时此刻的她却突然之间平静下来。

或许这一生，她都在追求完美的路上，无论是在建筑学、还是在文学，在当时那个时代，林徽因可以算得上是最传奇的女性之一，也是很多女子争相效仿的对象。可是，再不平凡的一生，在即将终结之前，她的心境也到达了一种前所未有的平和。

望着躺在病床上的妻子，梁思成的心似乎也从某种焦虑的情绪中走出来，他似乎已经感受到了林徽因的生命已经走到了尽头……

他永远都无法忘记，第一次见到林徽因的场景。在自家的院子里，她和她的父亲林长民缓缓走了进来，阳光就那样肆无忌惮地洒在林徽因的发丝上，映衬着她腼腆却毫不吝啬的纯净笑容。随着轻盈的步伐，她的发梢也一翘一翘的，似乎青春就这样肆无忌惮地在发尾上跳动，一点一点地骚动了梁思成的心。当林徽因陷入徐志摩和张幼仪之间的感情漩涡之中，梁思成除了难过之外，更多的却是心疼。当他决定迎娶林徽因之后，更是义无反顾地承担了一个丈夫应尽的责任……

在很多人心中，林徽因并非完美无瑕，甚至有人曾经专门写过文章抨击过她的小资情调，批评她的小姐脾气。即便是到了现在，这个并不能全面认识林徽因的时代，依然有人细数林徽因的种种不足。还好，在梁思成的眼里，林徽因，只有林徽因才是这个世界上唯一一个能够和他并肩站在一起的女子，她身上的小缺点、小瑕疵都变成了生活中的浪漫点缀。

这样的相知相伴、只羡鸳鸯不羡仙的日子，似乎遭到了病魔的嫉妒，它很快就要带走一切，林徽因的病情进一步恶化，死神在向她靠近。

度过了一个漫长寒冷的冬季，散尽了所有苍凉与冷漠。林徽因的生命终结在了柳叶开始萌芽、万物开始复苏的春天。云在窗外自在来往，阳光正要给大地带来温暖的希望。恍惚间，她似乎放下了一切执念，只在心里默默地说了几句对不起，便开始了另一种新生。

对不起——我不能再陪你；对不起——我曾经带给你些许的烦恼；对不起——我真的累了。

谢谢——谢谢你带给我生命的精彩；谢谢——你给我所有的包容和

爱；谢谢——你陪我到生命的尽头。

1955年4月1日6时20分，林徽因病逝于同仁医院。4月2日，《北京日报》发表讣告，治丧委员会由张奚若、周培源、钱端升、薛子正、柴泽民、陈岱荪、崔月犁、金岳霖、杨廷宝、赵深、吴良镛、陈占祥、钱伟长等13人组成。4月3日，在金鱼胡同贤良寺举行追悼会。莫逆知己金岳霖亲笔题字，作下挽联曰："一身诗意千寻瀑，万古人间四月天。"字字泣血，恸如哀歌，令人唏嘘。

林徽因的遗体安放在八宝山革命公墓，梁思成亲自为妻子设计了墓体。莫宗江书写碑名：建筑师林徽因之墓。至此，民国第一才女、中国第一位女建筑师林徽因，走完了她绚烂的一生。

一程山水，一段故事，一个路人，离去之时，再不用给谁交代。走过浮生尘世，我们终究都要离去，不是抛弃，不是放逐，只是找到了灵魂的归宿。

色将暮，宴席已阑。人生聚散各有因，无须强留。若有必须要行的事，那不如洒脱上路。你知道，明日天涯，必有我思忆追随。

孤灯独照只身人

在生死轮转的海岸，我们惜别，但总是不能不别。这是人生最大的困局。然而生命就是这样，不能逆转，与其跌跤而怨恨石头，还不如从今天走路就看脚下，与其被昨日无可挽回的别离所折磨，不如就回到现在适当追思。

我知道，你终将离去，即便没有春的到来，你一样会悄无声息地远去，如一缕轻烟凭空而绕，散成丝，幻成梦，在我眼里倒映成最后的印象，永生铭记。在下个轮回里，我会有一双翅膀，去追逐你渐行渐远的美丽。

林徽因的过世，对梁思成来说，是一个非常沉重的打击。他悲痛到近乎麻木的状态，似乎灵魂深处的某一部分已经被残酷地抽走一般。在灵堂上，很多好友都自发地前来祭奠林徽因。但同时，他们都将担心的目光投向了梁思成。

是的，此时此刻的他已经憔悴到枯瘦如柴的状态，两眼呆呆地看着林徽因生前最爱的一张照片，似乎要将照片看穿，这样最爱的人就能从照片里走出来，给他一个调皮而温暖的微笑。子女们站在身旁，生怕这个坚强伟岸的父亲就这样倒下去。

这时的梁思成，已经是一位接近六旬的老者，他的子女也都已成家。林徽因故去之后，如何照顾他的生活起居成了问题。在最初的一段日子，梁思成对待工作真的到了废寝忘食的地步。他曾经也说过，时间不多了，上天留给我的时间、留给我们的时间已经不多了。他也感受到了林徽因在临终前的那种心境。

他们一向都心灵相通，这一点，毋庸置疑。

在距离林徽因香消玉殒七年之后，孤独让梁思成变得更加苍老。对亡妻的想念唯有通过忙碌的工作来缓解，即使已是花甲之年，他却依然在国际声誉的光环下于各国的会议所忙碌着，而且，他急需一个助手。

于是，一个女子走进了他的生命。一直和梁家关系很好的林洙被选中了，最初，林洙只是以一个秘书的身份出现在梁思成的世界之中，他对于这位年轻的女子，绝对没有任何其他想法，而且非常尊重。最后，林洙从秘书水到渠成地成了他的妻子。

对于一个花甲之年的对建筑事业近乎痴迷的老人来说，为爱而结婚似乎已是有所牵强。梁思成与林洙的婚姻，更大成分上应是他在工作与生活方面需要一个助手。

林洙的父亲是铁道部的工程师，想让她北上去考清华的先修班。他给同乡林徽因写了一封信，恳请她帮助女儿进入先修班。初到清华，她才 20 岁，扎着头巾，穿着裙子，露出细长的小腿。因为先修班那一年没有办，林徽因决定每周二、五下午亲自辅导她的英语。而林徽因当时肺结核已经到了晚期，英语课只能断断续续进行，直至完全停止。在林洙的记忆中，对与林徽因的相处有这样的描述：

我想着要去见梁思成夫妇这两位赫赫有名的大人物，心中不免忐忑不安，我和他们谈些什么呢？我还从来没有单独和父辈的人打过交道呢。但是，真的见到他们之后，我所有的顾虑都消失了，林先生热情地为我安排在吴柳生教授家借住。当她知道我的学业中英语最差时，又主动提出为我补习英语，并规定每周三、五两次。因为我不善交谈，所以最怕和生人打交道，但是去看林先生，我只要带着耳朵去就行了，她是那么健谈又风趣，我除了不时发出咯咯的笑声外，再也插不上嘴。她是我一生中所见到的女子中最美、最有风度的。当然，我见到她时她已是四十多岁的人了，病魔已把她折磨得只剩下一把骨头。但是一旦和她接触，实体的林徽因就不见了，你所感受的只是她的精神，她的智慧与美的光芒，我常常陶醉在对她的欣赏中。

那时她的健康状况极坏，下午常常发低烧，还坚持教我这个不用功的学生，我感到十分内疚。但是她又是那么吸引我，使我不愿放弃每次可以接近她的机会。我们总是在下午三点半开始上课，四点就开始喝茶。梁先生在家时就和我们一起喝。有时候宾客满堂。当客人不多时，林先生就给我讲北京城的规划，谈建筑，或者谈文学艺术，仿佛从不考虑我那时还是个“建筑盲”，与她相比我简直是个无知的孩子。而就在这种闲谈中使我多少增加了对建筑的知识，并对建筑发生了兴趣。

……

林先生是我的老师也是我生活的领路人。而且，连我当初的婚事都是她在病中一手为我操办的。不久因为林先生病情加重，我们停止了英语课。但因为那时梁再冰已南下，梁从诫正在上大学，所以我还是常常去梁家。使我印象最深的是他们夫妇对祖国文化的热爱，对事业的执着，以及对生活的乐观精神。

林洙在建筑系的楼道里，第一次遇到了梁公——梁思成。这位长者扬了扬眉毛，说：“这么漂亮的姑娘，一定是林小姐。”

林洙有些不好意思地笑了。而多年以后，林洙回想起来，她当时绝对想不到，命运给她与梁思成安排了那么多的纠葛和磨难，以至于她的后半生，只得以他为中心。

1959 年，作为清华大学建筑系资料馆的管理员，林洙承担了为梁思成整理资料的工作。闲暇时间，她也时常与梁思成聊天、谈心，或者做些小菜，送给梁思成的岳母吃。

过去，林洙与林徽因交谈，都是林徽因口若悬河，她自是插不上嘴。而与梁思成谈天，虽然是晚辈，就连林洙这等本来不善言辞的人，也在这个“大人物”面前，发挥其有限的口才，发表着幼稚而热忱的意见，从沈从文、曹禺、巴金，到欧洲、苏俄的小说，再到新中国成立后的小说，滔滔不绝。而梁思成则在一旁静静倾听。他是她的师长，现在却渐渐成为她倾诉的朋友。她甚至对他讲了她恋爱的烦恼、她的婚姻，而梁思成对林洙也是推心置腹。

虽然林洙和梁家早年就交情甚好，连婚姻都是林徽因一手操办的，至于后来离婚那都是后话。

可以看出来，林洙对于这位年长自己许多的文人梁老师，也是非常尊敬的。她希望这位长者能够带给自己知识、智慧，但绝对没有爱情。

直到林徽因过世，梁思成悲痛欲绝的时候，林洙才用女性的温柔来安慰这位痛失爱妻的长者。也正是在这种关怀之下，两个人才渐渐产生了情愫。这种感情并非爱情，带有更多的患难见真情的感动。

那日，梁思成鼓足勇气，半是忐忑，半是自嘲，给她写了一封大胆的信：

真是做梦没有想到，你在这时候会突然光临，打破了这多年的孤寂，给了我莫大的幸福。你可千万千万不要突然又把它“收”回去呀！假使我正式向你送上一纸“申请书”，不知你怎么“批”法……我已经完全被你“俘虏”了……署名是“心神不定的成”。

林洙当面看完了这封信，梁思成却害怕唐突了她，嗫嚅着说：“我以后……再不写这样的东西了。”

林洙一听到这样的话，陡地觉得伤心。她扑到她敬爱的师长和朋友的怀里，放声大哭起来。

没有海誓山盟，没有花前月下，他们只是决定，从此以后生活在一起。

若没有林洙，梁思成最后二十年，不知会怎样度过。梁思成晚年曾亲口对老友陈占祥说：这些年多亏了林洙！

虽然说林徽因是一直爱着梁思成的，但对于她来说，梁思成不是她的全部。她有如此多的事情要做，她有如此多的古建筑要研究，她有如此多的英国诗歌要读，她的内心足够强大。而梁思成，不是她生活的唯一，她还有徐志摩、金岳霖、费慰梅夫妇，以及因太太客厅而慕名而来的朋友们。

所以，梁思成的一生，也多亏有自己的事业要为之奋斗，要设计人民英雄纪念碑，设计国徽，参与联合国大厦的设计，才不会把毕生的精力都用来追随红颜。否则，这辈子光看住自己的妻子就得累死，不累死也得酸死。当然，如果梁思成是这样的男人，也就不配与林徽因共度一生了。

在林徽因去世之前，他也未能单独一人独品独享妻子的时刻。虽然已得美人芳心，但芳心的另几瓣却不是分给他的。已是迟暮之年，更需要一位伴侣互相搀扶着走完余生。

林洙能心甘情愿地担任第二任妻子、佣人、理发师、护士等多重角色，每日料理梁思成的饮食起居，忍受丈夫经常多日出差，独自品尝烟花寂寞，是十分令人钦佩的。

自古才子配佳人，但在林徽因这个传奇女子面前，梁思成的光芒就这样被掩盖了，以致人们在了解梁思成的时候大部分是从“林徽因的老公，梁启超的儿子”开始，除了学建筑的和其他少部分人，大概很少有人能先入为主地了解到“梁思成是我国著名建筑学家和建筑教育家”吧。

每一个伟大的男人背后都有一个默默无闻的女人。当林徽因的光环逐渐淡去，大家才发现梁思成这个才华横溢的男人，却很少提及他身后的那位外表普通、没有绝代才华的林洙。

如今，才子佳人，变成了才子“加人”。林洙，无怨无悔地成为才子身边加的那个不重要却又十分重要的人。在建筑学大师梁思成的婚姻中，如果说林徽因是他前半生的高调荣耀，那林洙则是他后半生的低调陪伴。

在梁思成与林徽因的爱情中，林洙就如同一根刺一样，扎在很多人的心中。似乎更有很多人认为，梁思成最后娶了林洙，就是对林徽因的背叛。

然而，如果林徽因真的能够在天堂的某一处看着梁思成后来的生活，她也一定会以最大的感激来回馈林洙。正是这样一个女子，牺牲了自己的爱情、牺牲了自己的青春，持之以恒地照顾着梁思成，给予了他最真实的温暖。

我们不能否认，在林徽因过世之后，梁思成将所有的感情都投入到了自己的工作当中。甚至有一些人会认为，梁思成就是个薄情郎，林徽因刚刚过世几年，就续弦另娶。其实，梁思成并没有一刻忘记他的妻子林徽因，他们之间的爱情，除去任何一对男女之间的激情，转化到相濡以沫的亲情之外，还有一种情感的成分，那就是知音。

也许，在梁思成后来的生活中，在解决了某个建筑难题时，在发掘了某个新的理论时，在突然想要畅聊天文地理时，在遭遇某种灾难时，总会发出“千里明月无处话知音”的感慨吧。当夜深了，人静了，只听得见萧萧北风吹，听得见自己的怦怦心跳声，心，总会隐隐有点痛，总觉得人生缺少些什么，只是再找不到那个能让自己心安的人。

纵使有千言万语，不如站在窗口吹吹冷风，说与亡人。切切思念无人知晓，也只能拨弄沾满灰尘的心弦，没有曲子，弹乱了声音，谁又懂呢。

年轻时意气风发，留学国外；中年时事业有成，婚姻美满；可到了晚年，却动荡凄凉，坎坷苦难。回想起自己的一生，梁思成不禁感叹，一生中最辉煌的莫过于有林徽因陪伴在侧，才子佳人伉俪情深，受尽世间男人的艳羡了。

在往后寂寥的日子里，没有了林徽因的陪伴，仿佛整个社会也开始了对这位孤单老人的欺压。

“文革”期间，梁思成停发工资，林洙每天遭到训话。1968 年 7 月 27 日，天上下着瓢泼大雨，梁思成早已破败的家中突然闯进来一拨人，带着枪和刀开始勒索钱财，林洙拼命周旋，结果被劈头盖脸打了一顿。这位诚恳善良的女子后来回忆说：“也许我和他会一起被红卫兵打死，也许我会被兄妹疏远，也许会被子女抛弃，也许会被朋友们拒绝。但是……我唯一能做的，只能是诚实地把绞索套在自己的脖子上。”这对于梁思成来说，多少会是生命最后阶段的一种慰藉。往后，在梁思成生病无法住院的日子里，林洙与医院的几位大夫暗中联系，担任着妻子、保姆、理发师和护士的多重角色。

然而，林洙再勤劳体贴，也终究留不住这位疲惫的老人。在经历了多年的凄凉生活后，在这个极端复杂的政治环境里，梁思成变得越来越沉默。1972 年 1 月 9 日，这位为中国建筑事业奔走奉献了大半生的男人终于微笑着走向了另一个世界，那个可以与林徽因团聚的世界。

对于当天的情景，林洙永生难忘：“那天我下班回来，发现一箱林先生（林徽因）生前与思成为人民英雄纪念碑设计的花圈纹饰草图，被扯得乱七八糟，还踏上很多脚印。我正准备整理，思成说，算了吧！于是让我把这些图抱到院子里去，他点燃火柴默默地把它们烧了。最后的一张他拿在手中凝视了良久，还是扔进了火堆。结婚几年，我没有见过他哭，但是这时，在火光中我看到了他眼中的泪花。”很快，这位疲惫不堪的老人便像沉重的墓碑一般轰然倒下，扬起的灰尘就如人这一生，最终总要尘埃落定。

这最后一次的泪花，是对生的眷恋吗，还是看到这张与林徽因一起设计的草图而回忆起了往昔的美好时光？无须再多言。

在剑桥读书时，他们是彼此相互依赖的港湾；研究建筑时，他们又是最默契的合作伙伴。从柳树碧波的剑桥到古朴庄严的古都，从战火连天的北平辗转偏居一隅的云南，他们携手走过了数十载。情到深处时，梁思成深情款款地说：“俗话说文章是自己的好，老婆是人家的好。但是我却是老婆是自己的好，文章还是老婆的好。”

如今，爱人远逝，梦想已灭，还有什么可留恋的。

当初离别，以为习惯了新的生活便不会再对过往念念不忘。以为走着、走着，旧的过去的就会交给回忆封存，仿佛一切都不曾来过。可为何，没有你的岁月，悲伤和沧桑永远都道不完，快乐和幸福再也难以感受到。哪怕是最后一次，请让我为你流下想念的泪水。你看，那枯萎的枝丫间正有一对老鸦在筑巢，以躲避冬的寒冷，回味春的温暖；那荒芜的河岸正有精灵在唤醒着生灵，沉寂的大地正要奏响一曲春天的乐曲；那冬眠的虫豸正在缓缓苏醒，摇曳了一整个残破的冬季，终将迎来新生的明天。

就让我离去吧，我的爱人已走远；就让我离去吧，离开这黑暗之疆，去找寻我的天堂；就让我离去吧，也好酝酿下一世的相逢。

吾唯愿，下一世能再续良缘。